中國語言文字研究輯刊

十九編

許學仁 主編

第 2 冊

字本位研究：
複體字、右文說暨字文化舉隅

俞美霞 著

花木蘭文化事業有限公司

國家圖書館出版品預行編目資料

字本位研究：複體字、右文說暨字文化舉隅／俞美霞 著 --
初版 -- 新北市：花木蘭文化事業有限公司，2020〔民 109〕
目 2+232 面；21×29.7 公分
（中國語言文字研究輯刊 十九編；第 2 冊）
ISBN 978-986-518-152-9（精裝）
1. 中國文字 2. 文字學

802.08   109010406

ISBN-978-986-518-152-9

中國語言文字研究輯刊
十九編　　第二冊　　　　　ISBN：978-986-518-152-9

字本位研究：
複體字、右文說暨字文化舉隅

作　　者　俞美霞
主　　編　許學仁
總 編 輯　杜潔祥
副總編輯　楊嘉樂
編　　輯　許郁翎、張雅淋　美術編輯　陳逸婷
出　　版　花木蘭文化事業有限公司
發 行 人　高小娟
聯絡地址　235 新北市中和區中安街七二號十三樓
　　　　　電話：02-2923-1455／傳真：02-2923-1452
網　　址　http://www.huamulan.tw 信箱 hml 810518@gmail.com
印　　刷　普羅文化出版廣告事業
初　　版　2020 年 9 月
全書字數　178830 字
定　　價　十九編 14 冊（精裝）　台幣 42,000 元
　　　　　　　　　　　　　　　　　　　版權所有・請勿翻印

字本位研究：
複體字、右文說暨字文化舉隅

俞美霞 著

作者簡介

俞美霞，台師大國文系學士、文化大學藝術研究所（美術組）碩士、文化大學中文研究所博士。研究範疇以民俗、器物、工藝美術、書畫、文字為主，現職台北大學民俗藝術與文化資產研究所教授，並任文化部文資局、台北市文化局、桃園市文化局、台北市文獻委員會、台北市殯葬處等評審委員；曾經擔任民藝文資所所長，台灣藝術行政暨管理學會理事長，並於南天、藝術家、花木蘭出版專書9本，發表研討會論文、專書論文、期刊論文計70餘篇。

提　要

　　漢字的體例有：象形、指事、會意、形聲、轉注、假借，且其形成在全世界或少數民族的文字發展中，都是別樹一幟且風格鮮明的獨創，這是表意文字的代表，和西方以表音（拼音）為文字主體的結構極為不同。因此，想要充分了解並學習漢字，唯有從漢字最早的字典《說文解字》入手，才能真正瞭解先民造字之初衷，進而體悟其獨具的文化內涵與特色。

　　事實上，漢字的本質不外乎形、音、義三要素，而其形式則是方塊字、一字一音節，並有獨體為「文」、合體為「字」的分野。尤其是合體的「字」多由各個「部件」架構而成，其功能除了「假借」之用外，並都是有意識的符號呈現，也可見其沿革脈絡，於是，在漢語學習蓬勃興起的年代，「字本位」研究便成為學術發展的重要標的。

　　至於本書則是個人在長期關注下，探討文字與文化間之關係，並從漢字形、音、義三方面予以剖析，從而就其本質──形符、聲符與字文化三者予以闡釋，是以輯錄論文十篇為例。如：以形符架構的「複體字」研究，以及從文化角度闡釋的「哭喪」文化、台灣語的文化傳承，朱熹「閩學」暨《家禮》對台灣禮俗的影響等。

　　尤其最吸引個人注意地是：形聲字，這是以形符和聲符為「部件」的組合，並也是「六書」體例中字數最多，漢字結構最重要且豐富的形式；更重要的是，大多數的聲符，除了表音之外，又兼具釋義的內涵與作用，並可顯示先民造字時的社會思想和文化本質，對漢字的學習與理解裨益頗大。

　　事實上，這樣的研究早在晉‧楊泉《物理論》即已開其先河，至宋‧王子韶則獨創「右文說」，降及有清，又有段玉裁倡言「以聲為義」的思想，並對形聲字的釋意暨運用頗具推動之效；這樣的闡發正是現今世界各民族「字源學」、「語源學」的基礎，唯於漢字研究則付諸闕如。是以本書不揣淺陋，以大小、厚薄、分背、祭祀文字、干支四時為例，藉「以聲為義」的構字理念，脈絡為形聲「字族」，使讀者可以快速且大量地理解形聲字族的結構與內涵，從而更理解漢字的趣味和文化。

目次

一、《說文解字》複體字剖析

【中文摘要】

　　漢字的體例不外乎六書，而其形式則是由許多「部件」結構而成，這樣的「部件」或為形符、或為聲符，甚或形義相參，並在相關「部件」脈絡地組合下，從而衍生：會意、形聲、轉注、假借等體例，並因此豐富漢字的數量及其文化內涵，這樣系統而又具科學性的結構，不僅裨益華語文的教學與習得，並也是漢字「字源學」及「語源學」的重要基礎，其影響既深且廣。至於本文的研究，則是以中國現存最早的字書《說文解字》為範疇，就其中複體字的「部件」，以及二重、三重、四重構字的現象予以剖析，並列舉《說文解字》中的複體字計 108，予以分類梳理，說明其發展與特色；尤其值得注意地是：複體字的「部件」，其形式多是「形符」的運用，並透過不同位置的排列而構成，這樣的發現，使華語文教授者與學習者均可明其流變，輕鬆快速地學習，並真正明白漢字的奧妙與趣味。

　　關鍵詞：《說文解字》、字源學、複體字、部件、形符。

1. 前　言

　　漢字中有許多「部件」重疊架構的複體字，或上下左右如「棗、棘」，相背相從如「北、比」，又或有形式相對如「誩」字，內外相參若「回」字，其「部件」雖然相同，然而，其結構、位置和意義卻大相逕庭，很容易造成學習者的困擾並混淆。

　　事實上，這些複體字不僅構字有趣，且具有科學性的結體和脈絡，很能表現先民構字時的社會思想並文化內涵，這種「以形為義」或「義見於形」的現象，正是漢字「字源學」及「語源學」的重要基礎，並因此衍生出許多相關的字詞和語句，其影響既深且遠；同時，這種因相同「部件」所組合而成的字彙，在其他民族文字形式中也並不常見，自然值得深入剖析與闡述。

　　至於本文的研究，則是以文獻分析法為主軸，並以中國現存最早的字書東漢·許慎撰、清·段玉裁註解的《說文解字注》〔註1〕為範疇，依其卷數先後，探討複體字的「部件」以及二重、三重、四重構字的現象與內涵，俾便了解複體字形成的源流及本質；尤其重要地是，這些複體字的「部件」，其形式多只是純粹地就「形符」的運用，再透過不同的位置重複排列而成，這樣的剖析與發現，實有助於漢字的學習和理解，並更見其系統與趣味。

2. 《說文解字》複體字之內涵與釋例

　　「部件」是漢字結構的重要元素，也是漢字發展必然的脈絡基礎，其形式結構甚或因而影響六書體例。至於《說文解字》中的複體字，即是將「部件」以二重、三重、四重的形式架構而成，而其組合則又有上下、左右，相背、相從、相對甚或內外排列之異，很能表現漢字的趣味與特色，若能瞭解其結構原理，必能更深入明白漢字形成的元素與本質。

　　是以本文於釋例時，除了標注拼音外（字書之反切或有所闕，是以省略），並收錄《說文解字》中之複體字計108，並將其本意或相關注釋羅列如后，進而條理分析，以為讀者參酌；至於在文字演化的過程中，又有古文、籀文、篆文等，其本質、本形抑或為複體，然而，於文字隸變轉化的階段中，其複

〔註1〕東漢·許慎撰、清·段玉裁注，《說文解字注》，洪葉文化事業有限公司，2013.05
　　　　二版五刷。

體結構的形式卻因字體變革以致蕩然無存。例如：丽、㸚（古文麗、攀），鼺（籀文卤）、粦（篆文癸），𦥑（隸變作糾）等字，由於其字形差異較大，難以窺其原貌，是以不計。

2.1 二重部件字例

（1）祘【suàn／ㄙㄨㄢˋ】—「明視以筭之。从二示。《逸周書》曰『士分民之祘。均分以祘之也。』讀若筭。」段注「示與視，筭與祘皆疊韵也。明視故从二示。」（1 上-16）

（2）珏【jué／ㄐㄩㄝˊ】—「二玉相合為一珏。凡珏之屬皆从珏。」段注「左傳正義曰瑴，倉頡篇作珏。云雙玉為珏，故字从雙玉。」又「不言从二玉者，義在於形，形見於義也。」（1 上-38）

（3）艸【cǎo／ㄘㄠˇ】—「百芔也。从二屮。凡艸之屬皆从艸。」（1 下-2）

（4）芻【chú／ㄔㄨˊ】—「刈艸也。象包束艸之形。」（1 下-46）案：芻字象束艸之形，意謂束草以飼牛馬。

（5）仌（兆）【zhào／ㄓㄠˋ】—「分也。从重八。《孝經說》曰『故上下有別。』」（2 上-2）

（6）吅【xuān／ㄒㄩㄢ】—「驚嘑也。从二口。凡吅之屬皆从吅。讀若讙。」（2 上-29）

（7）癶【bō／ㄅㄛ】—「足剌癶也。从止、少。凡癶之屬皆从癶。讀若撥。」（2 上-40）案：癶从二止相背，隸變作癶。

（8）誩【jìng／ㄐㄧㄥˋ】—「競言也。从二言。凡誩之屬皆从誩。讀若競。」（3 上-32）

（9）競【jìng／ㄐㄧㄥˋ】—「彊語也。从誩二人。一曰逐也。」段注「从二人，二言也。」（3 上-32）

（10）友【yǒu／ㄧㄡˇ】—「同志為友。从二又相交。」段注「二又二人也，善兄弟曰友，亦取二人而如左右手也。」（3 下-20）

（11）弖【guàng／ㄍㄨㄤˋ】—「乖也。从二臣相違。讀若誑。」（3 下-24）

（12）爻【lǐ／ㄌㄧˇ】—「二爻也。凡爻之屬皆从爻。」段注「二爻者交之廣也。以形為義，故下不云從二爻。」（3 下-44）

（13）朋【jù／ㄐㄩˋ】—「左右視也。从二目。凡朋之屬皆从朋。讀若拘。又若良士瞿瞿。」段注「从二目」會意。（4 上-13）

（14）皕【bì／ㄅㄧˋ】—「二百也。凡皕之屬皆从皕。讀若逼。」段注「即形為義，不言从二百。」（4 上-17）

（15）羽【yǔ／ㄩˇ】—「鳥長毛也。象形。凡羽之屬皆从羽。」（4 上-18）

（16）雔【chóu／ㄔㄡˊ】—「雙鳥也。从二隹。凡雔之屬皆从雔。讀若讎。」（4 上-37）

（17）丝【yōu／ㄧㄡ】—「微也。从二幺。凡丝之屬皆从丝。」段注「二幺者幺之甚也。」（4 下-2）案：丝字意謂小之又小。

（18）兹【xuán／ㄒㄩㄢˊ】—「黑也。从二元。《春秋傳》曰『何故使吾水兹？』」（4 下-4）

（19）哥【gē／ㄍㄜ】—「聲也。从二可。古文以為歌字。」（5 上-31）

（20）虤【yán／ㄧㄢˊ】—「虎怒也。从二虎。凡虤之屬皆从虤。」（5 上-46）

（21）舛【chuǎn／ㄔㄨㄢˇ】—「對臥也。从夊牛相背。凡舛之屬皆从舛。」段注「謂人與人相對而休也。引伸之足與足相抵而臥亦曰舛。」（5 下-38）

（22）棘【cáo／ㄘㄠˊ】—「二東。曹从此。闕。」段注「謂義與音皆闕也。」（6 上-66）

（23）林【lín／ㄌㄧㄣˊ】—「平土有叢木曰林。从二木。凡林之屬皆从林。」（6 上-66）

（24）出【chū／ㄔㄨ】—「進也。象艸木益茲，上出達也。凡出之屬皆从出。」段注「本謂艸木，引伸為凡生長之偁。又凡言外出，為內入之反。」（6 下-2）

（25）甡【shēn／ㄕㄣ】—「眾生並立之皃。从二生。《詩》曰『甡甡其鹿。』」（6 下-4）

（26）回【huí／ㄏㄨㄟˊ】—「轉也。从口中，象回轉形。」段注「中當作口，外為大口，內為小口，皆回轉之形也。」（6 下-10）

（27）賏【yīng／ㄧㄥ】—「頸飾也。从二貝。」段注「駢貝為飾也。」（6 下-22）

（28）多【duō／ㄉㄨㄛ】—「緟也。从緟夕。夕者，相繹也，故為多。緟夕為多，緟日為疊。凡多之屬皆从多。」段注「緟者增益也，故為多。多者勝少者，故引伸為勝之偁。戰功曰多，言勝於人也。」並稱：此字「从緟夕」會意。（7 上-29）

（29）棗【zǎo／ㄗㄠˇ】—「羊棗也。从重朿。」段注「从重朿會意。」（7 上-33）

（30）棘【jí／ㄐㄧˊ】—「小棗叢生者。从竝朿。」段注「棘庳於棗而朿尤多，故从並朿會意。」（7 上-33）

（31）秝【lì／ㄌㄧˋ】—「稀疏適秝也。从二禾。凡秝之屬皆从秝。讀若歷。」段注「禾之疏密有章也。」（7 上-55）

（32）林【pài／ㄆㄞˋ】—「葩之總名也。林之為言微也，微纖為功。象形。凡林之屬皆从林。」（7 下-1）

（33）瓜【yǔ／ㄩˇ】—「本不勝末，微弱也。从二瓜。讀若庾。」段注「本者蔓也，末者瓜也。蔓一而瓜多，則本微弱矣。」（7 下-5）

（34）从【cóng／ㄘㄨㄥˊ】—「相聽也。从二人。凡从之屬皆从从。」段注「聽者聆也，引伸為相許之偁。言部曰許，聽也。按从者今之從字，從行而从廢矣。」（8 上-43）

（35）并【bìng／ㄅㄧㄥˋ】—「相从也。从从幵聲。一曰从持二干為并。」（8 上-43）

（36）比【bǐ／ㄅㄧˇ】—「密也。二人為从，反从為比。凡比之屬皆从比。」（8 上-43）

（37）北【běi／ㄅㄟˇ】—「菲也。从二人相背。凡北之屬皆从北。」段注「乖者戾也。此於其形得其義也。軍奔曰北，其引伸之義也，謂背而走也。韋昭注國語曰：北者古之背字，又引伸之為北方。」（8 上-44）

（38）競（競）【jīng／ㄐㄧㄥ】—「競也。从二兄。二兄，競意。从丰聲。讀若矜。一曰兢，敬也。」段注「从二兄」會意。（8 下-9）

（39）兟【zēn／ㄗㄣ】—「兟兟，銳意也。从二先。」段注「先主入，故兩先為銳之意。先先其言，所謂意內而言外也。凡俗用鐵尖字，即兟字之俗。」（8 下-10）

（40）兟【xīn／ㄒㄧㄣ】—「進也。从二先。贊从此。闕。」段注「蓋並先為眾進之意。」（8下-12）

（41）覞【jiàn／ㄐㄧㄢˋ】—「竝視也。从二見。凡覞之屬皆从覞。」（8下-18）

（42）頮【zhuàn／ㄓㄨㄢˋ】—「選具也。从二頁。」段注「選擇而共置之也。」（9上-14）

（43）弱【ruò／ㄖㄨㄛˋ】—「橈也。上象橈曲，彡象毛氂橈弱也。弱物并，故从二弓。」段注「橈者曲木也。引伸為凡曲之偁。直者多強，曲者多弱。」（9上-20）

（44）丮【zhuàn／ㄓㄨㄢˋ】—「二卪也。巽从此。闕。」段注「義取於形」。（9上-32）

（45）㨁【jǐ／ㄐㄧˇ】—「事之制也。从卪、可。凡㨁之屬皆从㨁。闕。」（9上-34）

（46）屾【shēn／ㄕㄣ】—「二山也。凡屾之屬皆从屾。闕。」段注「此說義而形在，是如玨之例。」又稱「此闕謂闕其讀若也，今音所臻切恐是肊說。」（9下-9）

（47）豩【bīn／ㄅㄧㄣ】—「二豕也。豳从此。闕。」段注「謂其義其音皆闕也。」（9下-38）

（48）絲【sì／ㄙˋ】—「希屬。从二希。」（9下-39）

（49）狀【yín／ㄧㄣˊ】—「兩犬相齧也。从二犬。凡狀之屬皆从狀。」段注「義見於形也」。（10上-36）

（50）炎【yán／ㄧㄢˊ】—「火光上也。从重火。凡炎之屬皆从炎。」段注「从重火」會意。（10上-54）

（51）赫【hè／ㄏㄜˋ】—「大赤皃。从二赤。」段注「大各本作火。今正。此謂赤非謂火也。赤之盛，故从二赤。」（10下-4）

（52）夫夫【bàn／ㄅㄢˋ】—「竝行也。从二夫。輦字从此。讀若伴侶之伴。」段注「从二夫」會意。（10下-19）

（53）竝【bìng／ㄅㄧㄥˋ】—「併也。从二立。凡竝之屬皆从竝。」段注「人部併下曰竝也。二篆為轉注。鄭注禮經：古文竝，今文多作併，

是二字音義皆同之故也。古書亦多用為傍字者。傍，附也。」（10下-22）

（54）林【zhuǐ／ㄓㄨㄟ∨】―「二水也。闕。凡林之屬皆从林。」段注「即形而義在焉」，又稱「此謂闕其聲也」。（11下-1）

（55）州【zhōu／ㄓㄡ】―「水中可居者曰州，水帀遶其旁，从重川。昔堯遭洪水，民居水中高土，故曰九州。《詩》曰『在河之州。』一曰州，疇也。各疇其土而生也。」段注「州本州渚字，引申之乃為九州。」（11下-4）

（56）䲆【yú／ㄩˊ】―「二魚也。凡䲆之屬皆从䲆。」段注「此即形為義，故不言从二魚。二魚重而不並，《易》所謂貫魚也，魚行必相隨也。」（11下-30）

（57）龖【tà／ㄊㄚˋ】―「飛龍也。从二龍。讀若沓。」段注「廣韵曰龍飛之狀。」（11下-31）

（58）非【fēi／ㄈㄟ】―「韋也。从飛下翄，取其相背也。凡非之屬皆从非。」（11下-32）

（59）臸【rì／ㄖˋ】―「到也。从二至。」段注「會意。至亦聲。」（12上-3）

（60）門【mén／ㄇㄣˊ】―「聞也。从二戶。象形。凡門之屬皆从門。」段注「以疊韵為訓聞者。謂外可聞於內，內可聞於外也。」（12上-7）

（61）聑【tiē／ㄊㄧㄝ】―「安也。从二耳。」段注「會意。二耳之在人首，帖妥之至也。帖妥當作此字，帖其叚借字也。」（12上-19）

（62）奻【nán／ㄋㄢˊ】―「訟也。从二女。」段注「訟者爭也。周易睽傳曰：二女同居，其志不同。」（12下-29）

（63）戔【jiān／ㄐㄧㄢ】―「賊也。从二戈。《周書》曰『戔戔巧言。』」段注「此與殘音義皆同。故殘用以會意，今則殘行而戔廢矣。」（12下-41）

（64）弜【jiàng／ㄐㄧㄤˋ】―「彊也。重也。从二弓。凡弜之屬皆从弜。闕。」段注「重當作緟，見糸部。重弓者彊之意也；緟疊之意也。」（12下-61）

（65）絲【sī／ㄙ】―「蠶所吐也。从二糸。凡絲之屬皆从絲。」（13上-40）

（66）蚰【kūn／ㄎㄨㄣ】—「蟲之總名也。从二虫。凡蚰之屬皆从蚰。讀若昆。」段注「二虫為蚰，三虫為蟲。蚰之言昆也，蟲之言眾也。」（13 下-1）

（67）卵【luǎn／ㄌㄨㄢˇ】—「凡物無乳者卵生。象形。凡卵之屬皆从卵。」（13 下-12）

（68）圭【guī／ㄍㄨㄟ】—「瑞玉也。上圜下方。公執桓圭，九寸；矦執信圭，伯執躬圭，皆七寸；子執穀璧，男執蒲璧，皆五寸。以封諸矦。从重土。楚爵有執圭。」段注「周禮大宗伯典瑞玉人：天子以封諸侯，諸侯守之，以主其土田山川，故字从重土。」（13 下-39）

（69）畕【jiāng／ㄐㄧㄤ】—「比田也。从二田。凡畕之屬皆从畕。闕。」段注「比田者兩田密近也。」又稱「从二田」會意。（13 下-48）

（70）幵【jiān／ㄐㄧㄢ】—「平也。象二干對構，上平也。凡幵之屬皆从幵。」（14 上-27）

（71）斦【yín／ㄧㄣˊ】—「二斤也。闕。」段注「闕者言其義其音未之聞也。」（14 上-32）

（72）餗【suì／ㄙㄨㄟˋ】—「兩皀之閒也。从二皀。凡餗之屬皆从餗。」（14 下-13）

（73）辡【biàn／ㄅㄧㄢˋ】—「辠人相與訟也。从二辛。凡辡之屬皆从辡。」段注「从二辛」會意。（14 下-23）

（74）卯【mǎo／ㄇㄠˇ】—「冒也。二月，萬物冒地而出。象開門之形。故二月為天門。凡卯之屬皆从卯。」（14 下-29）

2.2 三重部件字例

（1）卉【huì／ㄏㄨㄟˋ】—「艸之總名也。从艸屮。」段注「三屮即三艸也。會意。」（1 下-47）

（2）品【pǐn／ㄆㄧㄣˇ】—「眾庶也。从三口。凡品之屬皆从品。」段注「人三為眾，故從三口會意。」（2 下-32）

（3）譶【tà／ㄊㄚˋ】—「疾言也。从三言。讀若沓。」（3 上-32）案：依段注，譶字又可作「聲多也」、「言不止也」解。

（4）羴【shān／ㄕㄢ】—「羊臭也。从三羊。凡羴之屬皆从羴。」段注「臭者气之通於鼻者也。羊多則气羴。故从三羊。」（4 上-37）

（5）雥【zá／ㄗㄚˊ】—「羣鳥也。从三隹。凡雥之屬皆从雥。」（4 上-38）

（6）森【sēn／ㄙㄣ】—「木多皃。从林从木。讀若曾參之參。」（6 上-68）

（7）叒【ruò／ㄖㄨㄛˋ】—「日初出東方湯谷，所登榑桑，叒木也。象形。凡叒之屬皆从叒。」（6 下-1）

（8）晶【jīng／ㄐㄧㄥ】—「精光也。从三日。凡晶之屬皆从晶。」段注「凡言物之盛，皆三其文。日可三者，所謂粲日也。」（7 上-22）

（9）皛【xiào／ㄒㄧㄠˋ】—「顯也。通白日皛。从三白。讀若皎。」段注「从三白」會意。（7 下-58）案：皛，明亮之意。

（10）似【yín／ㄧㄣˊ】—「眾立也。从三人。凡乑之屬皆从乑。讀若欽崟。」段注「玉篇作眾也」又稱「从三人」會意。（8 上-45）

（11）毳【cuì／ㄘㄨㄟˋ】—「獸細毛也。从三毛。凡毳之屬皆从毳。」段注「毛細則叢密，故从三毛眾意也。」（8 上-70）

（12）磊【lěi／ㄌㄟˇ】—「眾石皃。从三石。」段注「石三為磊，猶人三為眾。磊之言粲也。」（9 下-32）

（13）驫【biāo／ㄅㄧㄠ】—「眾馬也。从三馬。」（10 上-19）案：驫字狀眾馬走貌。

（14）麤【cū／ㄘㄨ】—「行超遠也。从三鹿。凡麤之屬皆从麤。」段注「鹿善驚躍故从三鹿，引伸之為魯莽之偁。篇韵云：不精也。大也。疏也。皆今義也。」（10 上-24）

（15）毚【fù／ㄈㄨˋ】—「疾也。从三兔。闕。」段注「與三馬、三鹿、三犬、三羊、三魚取意同。兔善走，三之則更疾矣。」（10 上-25）案：段注之意即是「部件」特質增強的轉化或引申，而非單指眾多之旨而已。

（16）猋【biāo／ㄅㄧㄠ】—「犬走皃。从三犬。」段注「引伸為凡走之偁。」又，从三犬「此與驫麤毚同意。」（10 上-36）

（17）焱【yàn／ㄧㄢˋ】—「火華也。从三火。凡焱之屬皆从焱。」段注「凡物盛則三之。」（10 下-1）

（18）奣【xī／ㄒㄧ】—「壯大也。从三大三目。二目為䀠，三目為奣，益大也。一曰迫也。讀若《易》虙羲氏。《詩》曰『不醉而怒謂之奣。』」段注「从三大、三目」會意。（10 下-19）

（19）惢【suǒ／ㄙㄨㄛˇ】──「心疑也。从三心。凡惢之屬皆从惢。讀若《易》『旅瑣瑣。』」段注「今俗謂疑為多心。會意。」（10下-51）

（20）灥【quán／ㄑㄩㄢˊ】──「三泉也。闕。凡灥之屬皆从灥。」段注「凡積三為多者皆謂其多也，不言从三泉者，不待言也。」（11下-5）

（21）鱻【xiān／ㄒㄧㄢ】──「新魚精也。从三魚。不變魚。」段注「也字今補。此釋从三魚之意，謂不變其生新也。」（11下-29）

（22）聶【niè／ㄋㄧㄝˋ】──「附耳私小語也。从三耳。」（12上-19）

（23）姦【jiān／ㄐㄧㄢ】──「厶也。从三女。」段注「厶下曰姦衺也。二篆為轉注，引申為凡姦宄之偁。俗作奸，其後竟用奸字。」又，「三女為姦，是以君子遠色而貴德。」（12下-29）

（24）蟲【chóng／ㄔㄨㄥˊ】──「有足謂之蟲，無足謂之豸。从三虫。凡蟲之屬皆从蟲。」段注「人三為眾，虫三為蟲，蟲猶眾也。」（13下-4）

（25）垚【yáo／ㄧㄠˊ】──「土高也。从三土。凡垚之屬皆从垚。」段注「从三土」會意。（13下-40）

（26）劦【xié／ㄒㄧㄝˊ】──「同力也。从三力。《山海經》曰『惟號之山，其風若劦。』凡劦之屬皆从劦。」段注「同力者龢也。龢，調也。」又，「从三力」會意。（13下-55）

（27）轟【hōng／ㄏㄨㄥ】──「轟轟。羣車聲也。从三車。」（14上-58）

（28）厽【lěi／ㄌㄟˇ】──「絫坺土為牆壁。象形。凡厽之屬皆从厽。」段注「厽者今之累字。」（14下-13）

（29）孨【zhǎn／ㄓㄢˇ】──「謹也。从三子。凡孨之屬皆从孨。讀若翦。」段注「孟康曰：冀州人謂愞弱為孱，此引申之義，其字則多叚孱為孨。」（14下-27）

2.3 四重部件字例

（1）茻【mǎng／ㄇㄤˇ】──「眾艸也。从四屮。凡茻之屬皆从茻。讀若與冈同。」段注「按經傳艸莽字當用此。」（1下-53）

（2）歰【sè／ㄙㄜˋ】──「不滑也。从四止。」（2上-40）

（3）㗊【jí／ㄐㄧˊ】──「眾口也。从四口。凡㗊之屬皆从㗊。讀若戢。一曰呶。」段注「錯曰：呶，讙也。鉉本作又讀若呶。集韵五肴不載此字。」（3上-1）

（4）琵【zhǎn／ㄓㄢˇ】—「極巧視之也。从四工。凡琵之屬皆从琵。」段注「工為巧，故四工為極巧。極巧視之謂如離婁之明，公輸子之巧，既竭目力也。凡展布字當用此，展行而琵廢矣。玉篇曰：琵今作展。」（5 上-26）

（5）叕【zhuó／ㄓㄨㄛˊ】—「綴聯也。象形。凡叕之屬皆从叕。」段注「以綴釋叕，猶以粼釋厽也。聯者連也。」（14 下-15）

3. 《說文解字》複體字寓涵之特色

事實上，文字「部件」的重複構成，無論是二重、三重或四重，基本上，其作用都是「部件」本質的增強，甚或因此有所轉化而衍生出「會意」、「引申」等寓意相關的文字，這是複體字普遍的構字原理，這樣的構字系統對華語文教學裨益頗深，並可強化漢字的學習功能與本質，本文略作分類如下，俾便於華語文的教導和習得。

3.1 複體字之內涵及分類

按《說文解字》於東漢時期計收錄漢字 9353，而複體字即有 108，約 1.2%弱，這樣構字特殊的文字，且其比例仍佔有一席之地，的確值得關注。同時，複體字就其內涵分類來看，數量最多的即是和感官心志功能相關的構字，其餘則是物象之呈現或引申，這樣的思想與脈絡很能表現「部件」的本質、特色與功能。

事實上，透過排比的方式分析，又可發現複體字「部件」的形式多是「形符」的運用，再透過不同位置的排列而成。這樣的「形符」，其功能和特質相當於現今文字的「部首」，並有表示事、物的質地、狀態、現象、特色等作用，是以反覆設置「部件」，使強化「部件」本質的象徵和寓意，這樣的體悟，可真正深入理解「字本位」的意涵，是以本文不憚其繁，分類如下，以為參酌學習之用。

3.1.1 和宇宙物象祭祀相關的「部件」構字

例如：祘、玨、焱、棘、多、屾、炎、赫、林、州、圭、畕、皕、卯、晶、晿、磊、燊、蟲、垚，計 20 字，比重為 18.5%。而其「部件」的本質及功能則多與日月、山水、土石，甚或祭祀的現象有關，這種強化物象特色的思想，多

是宇宙間不變的本質，反映在複體字例中，則是呈現人們對宇宙自然的敬畏與尊崇。

3.1.2 和感官心志功能相關的「部件」構字

例如：吅、癶、誩、競、友、㠭、䀠、哥、从、并、比、北、兢、㱙、兟、覞、䪭、㚘、竝、臸、門、聑、奻、辡、品、譶、㐺、[illegible]、惢、聶、姦、劦、孨、[illegible]、㽞、玨，計 36 字，比重為 33.3%。

由於其「部件」的本質及功能大多與人的感官、心志、能力，甚或行止有密切的關聯，這是先民藉著對自我能力細密的觀察，體會出人們內在行為、意志與實踐過程的各個層面，進而藉著「部件」特色的強化及方位組合，強化「人」的感知能力，以致呈現複體字各異的形式、特質與情感。

3.1.3 和鳥獸蟲魚本能相關的「部件」構字

例如：羽、雔、虤、𤘌、䖵、豩、䖵、㹜、龘、非、絲、䖵、卵、犇、雥、毳、驫、麤、㲋、猋、鱻、蟲，計 23 字，比重為 21.2%。

固然，人們生活中除了對宇宙天象以及自我感官心志的體察外，鳥獸蟲魚、植物及和生活器用需求相關的物件，也都是複體字中經常出現的結構形式，尤其是這些「部件」都是生活中具有特殊意義的「物」，其重複架構的思想和形式，很能彰顯「物」在人類文明發展中的重要性與密切性。例如：龍、虎是瑞獸的象徵；馬、羊、豬、犬則不僅是重要、實用的家畜，而且是財富的象徵；至於鹿、兔、貝、魚、隹、虫等，也具有吉祥、多子或養生、長生的寓意，並都是經濟價值極高，極具特性的動物，是以藉「部件」的重複構字而強化其特質及功能。

3.1.4 和植物本質特色相關的「部件」構字

例如：艸、芻、林、出、棗、棘、秝、𣏟、㼌、卉、森、叒、茻，計 13 字，比重為 12.1%。

從《說文解字》中和植物本質相關的複體字來看，很明顯地，其字例都與花、草、樹木、瓜、果及稻禾有關，這些強調「部件」特質的字彙，和人們的生存、生活息息相關，自然在文字的結構上也賦予其特殊的意義與作用。

3.1.5 和生活器用需求相關的「部件」構字

例如：𠔁（兆）、㐭、丝、兹、舛、回、弱、㚤、[illegible]、戔、弜、幵、斦、

轟、厽、叕，計 16 字，比重為 14.8%。

這類複體字的產生，是因為生活中有些文字是狀聲或狀形，這種抽象的概念唯有藉著「部件」的特質予以強化，才能生動地呈現或領會，進而深入傳達完整的思想和情感。於是，「轟」從三車以會意，是狀轟車聲也；而「厽」狀絫土為墼，則是象形之旨；至於「叕」字則是以部件綴聯，自然也是取其象形之意了。

3.2 複體字之形式特色

複體字是由同一「部件」重複架構而成，其意象鮮明，文字風格獨具，很能展現先秦時期的社會思想與構字初衷，自然值得深入探討並闡明其宗旨，至於又有部分文字其義為闕，或較少運用，則是不論，今略歸納如下。

3.2.1 複體字是「部件」特質或美盛之旨的反映

例如：屮、林、牪、多、品、雥、森、磊、驫、垚、劦、轟、似、舛、晶等字，即寓涵「部件」眾多或美盛之旨，這樣的思想在《說文解字》段注中也極為常見。當然，更值得注意地是：這些「部件」或「獨體成文」或「合體為字」，卻又都收錄於《說文解字》540 部首中，也可見這些「形符」不可取代的獨特性，及其望文生義的構字本質。這樣的字例不在少數。如：禾、秝，玉、珏，力、劦，工、珡；火、炎、焱，木、林、森，魚、魰、鱻；口、吅、品、晶等。

3.2.2 複體字或為物類總名之稱

由於宇宙間物類紛乘，是以其總名多以複體字俔之，使見其旨。例如：林、蚰、卉等字即分別是葩、蟲、草之總名。

3.2.3 複體字方位之呈現可見其構字思想

這樣的現象又以「部件」二重構字時更為鮮明。如：棗為羊棗，棘則是棘庳於棗而束尤多。屮為二屮並列，是并生之意；出則是二屮上下排列，象屮木向上爭出之旨。至於二人相從為比，相背為北；則是在「部件」正反向背之餘，更見其構字源流，並都可見「部件」方位之排列與複體字構字源流關係之密切。

3.3 複體字與六書體例之關係

複體字雖是由「部件」重複構成，然而，究其脈絡，卻也不脫六書體例，並完全符合六書之精神，進而更可得見「部件」之本質與轉化，本文略分析如下，使明其宗旨。

3.3.1 複體字有「以形為義」的現象——象形

複體字的成字，又有因象物之形而使「部件」重疊架構的情況，這種「以形為義」或「義見於形」的現象，亦即是複體字「象形」體例的濫觴，例如：玨、㚐、㸚、羽、𣏟、丽、屾、㹜、沝、鱻、門、卵、卯、叒、厽、叕等字，其「部件」組合不僅重疊架構以「象形」，且其「義見於形」，並也寓意文字之內涵，頗有「望文生義」的辨識功能與作用。

3.3.2 複體字寓涵感官心志或物象功能之增強——會意

複體字中以「會意」為體例的構字不少，約佔 1 / 3，尤其這一類字多是感官心志或物象功能的反映，並藉「部件」重複使達成「會意」之旨，以便深化或凸顯複體字「部件」之本質與功能。如：吅、誩、䀠、覞、聑、品、譶、惢、聶等字，這些都是直接與人體感官心志功能或物象相關的字彙；至於又有部分會意體例是間接或引申之意者，如：多、棘、競、炎、㚘、臸、辡、卉、晶、从、猋、垚、劦等字，則又可見其意在言外之旨了。

3.3.3 複體字為「部件」本質功能的轉化、引申——轉注或假借

至於複體字在「部件」本質的強化之餘，又常有意涵的轉化或引申，這種「意在言外」的文化象徵，多與社會思想、習俗有關，並成為當世文化現象的實質內涵，與生活密不可分。例如：祘（示與視，筭與祘皆疊韵。从二示則是為祈福以明視）、兓（因主入而引申為尖銳）、弱（取其木曲而弱之意）等，都是由「部件」之本意轉化或引申而來。至於聑妥作帖妥，本字當是複體字聑，帖則是假借字，則又可以見其流變。

4. 複體字與字源、語源之關係

複體字由於構字的獨特性，不僅可以強化漢字的辨識與理解，使知其文化內涵，並也是字源、語源學之基礎。這種因同一「部件」組合而衍生形式各異的複體字不在少數，例如：屮屮、卉與芔，吅、品與㗊，誩與譶，雔與雥，林與

森，叒與叕，从與仏，狀與猋，炎與焱，蚰與蟲，圭與垚等。且其體例無論是象形、兼聲、會意或引申，都很能展現複體字的結構與特色，不僅可以藉此強化漢字的辨識與理解，同時，獨特的構形，也是華語教學中最富趣味性並能充分展現漢字文化內涵，以及字源學、語源學的絕佳範例。只是，同一「部件」又何以因二重、三重與四重組合之異而義生歧出？今略舉例如下，使見其淵源：

4.1 複體字可以強化對漢字本質之辨識

　　複體字由於其構字形式獨特，深入了解後，可以強化對漢字本質之辨識。例如：魚是水生物，介鱗類之一。而其作為部件時，「鱻」字不言从二魚，唯象二魚前後連行而不竝；這種強調「鱻」是二魚前後相續而行，而非相併的形式，除了反映先民對「魚游」觀察的細密，使文字呈現「以形為義」或「義見於形」的宗旨外，同時，語用中，古人亦將其形象特質運用於「魚貫而進」、「魚貫而行」等語句，使更見「魚行」之本質，而其濫觴則是「《易》所謂貫魚也，魚行必相隨也。」一語的由來。至於从三魚為「鱻」，亦即「鮮」字，則是著重生魚「不變其生新」的特色（會意），這樣的認知並也是「新鮮」、「鮮美」詞彙建構的本意。

　　因此，「鱻」和「鱻」字同樣是以「魚」為部件，然而，其構字的思想和內涵卻分別是緣於「魚行」、「魚鮮」之旨而各自發展，明確顯示「部件」形式的二重、三重構字，在思想及內涵上的確是大不相同。

4.2 複體字可以強化對漢字之理解

　　複體字由於其體例特殊，可以強化教授者與學習者對漢字之理解和領悟。即以「耳」部件為例，這本是人體聽覺的感官功能。然而，「聑」字象人首之有二耳，帖妥之至，是以安穩；《文選‧馬融‧長笛賦》所謂「瓠巴聑柱，磬襄弛懸。」注「說文曰：聑，安也。」〔註2〕即是以「聑柱」作為安穩帖妥之意；後人以帖作聑，則是假借字。

　　至於「聶」字从三耳，則是在二耳之外又湊近一耳，是以引申為附耳私語（會意），有審聽之旨，形象極為生動鮮活，並很能表現「耳」部件作為感官功能增強的轉化與引申。是以《莊子‧大宗師》有言「瞻明聞之聶許，聶

〔註2〕梁‧昭明太子撰、唐‧李善注，《文選》卷18頁10，臺北：藝文印書館，1974。

許聞之需役。」成玄英疏：「聶」作附耳私語解；而「許」則是聽之意。並謂「既誦之精深，因教悟理，心生歡悅，私自許當，附耳竊私語也。」〔註3〕指出得道的過程，既聞於道，未敢公行，亦是漸登勝妙玄情者也。即是充分闡明「聶」字作為附耳私語的意義與作用，並也是「聶」字語用的重要例證。

4.3 複體字可以強化對漢字文化內涵之剖析

另外，「女」字作為部件，單純只是作為性別的區分，並無善惡高下的意涵。然而，「奻」字从二女，訟也，意謂女子之間的相互爭訟；至於「姦」字从三女，私也，則更見眾女勾心鬥角，私心算計之旨。

這種以「女」字作部件，並於複體字中寓涵對女性負面評價的偏頗行為，正是《論語‧陽貨》所謂「唯女子與小人為難養也。近之則不孫，遠之則怨。」〔註4〕以及《說文解字‧姦》段注「三女為姦，是以君子遠色而貴德。」的旨意。事實上，古人對於婦女品德之要求，早於先秦禮書中，已一再強調古之新婦〔註5〕、嬪妃〔註6〕都必須教以「婦學之灋」—亦即婦德、婦言、婦容、婦功等「四行」，便可知先民對婦女品德之重視；這樣的觀念也正是長久以來，古之君子強調格物、致知、誠意、正心、修身、齊家、治國、平天下〔註7〕的一貫思維。

固然，先秦文字中對「女」字部件的運用有負面的指涉，然而，這樣的現象卻未必盡指所有女字（如：媄、姝、好、姣、婠、嫻、妍等）；只是，連孔老夫子都不免有此喟嘆，便可知先秦時期對世俗女子之觀感，再加上當時女子多未能接受教育，見識淺陋，彼此多所爭訟算計，因此，女字無論从二女或三女，其複體字都寓意負面、偏邪的行為，即是文字反映社會思想與文化內涵的具體例證。尤其是「姦」字，其語用「姦淫」、「姦情」、「姦詐」、「姦穢」、

〔註3〕 莊周撰，黃錦鋐註譯，《莊子讀本》，頁108～112，臺北：三民書局，1977.03再版。

〔註4〕 十三經注疏《論語》，卷17頁11，臺北：藝文印書館，1993。

〔註5〕 十三經注疏《禮記‧昏義》，疏卷61頁9，臺北：藝文印書館，1993。

原文載「以古者婦人先嫁三月，祖禰未毀，教于公宮；祖禰既毀，教于宗室。教以婦德、婦言、婦容、婦功。教成祭之。」

〔註6〕 十三經注疏《周禮‧天官‧九嬪》，疏卷7頁24，臺北：藝文印書館，1993。

原文載「九嬪掌婦學之灋，以教九御，婦德、婦言、婦容、婦功。」

〔註7〕 十三經注疏《禮記‧大學》，疏卷60頁1，臺北：藝文印書館，1993。

「通姦」等，都是指品德低下，行為不正之意，其从女不从男便也耐人尋味。

至於《說文解字》又有「奸」字，謂「犯婬也。从女干聲。」段注「此字謂犯姦婬之罪，非即姦字也。今人用奸為姦，失之。引申為凡有所犯之偁。」（12 下-28）而其語用則是「奸雄」、「奸細」、「奸謀」、「漢奸」、「作奸犯科」等，雖也寓涵品德低下，行為不正之意，然而，卻都是干犯社會制度或政治倫理的行為，與「姦」字多指個人私德，在字源和語用上都大不相同。便可知漢字在造字及語用上原本即是涇渭分明，其文化內涵實不可任意混淆，至於後人「姦」、「奸」不分，甚或有錯用之處，則又非造字者之罪了！

5. 結　論

文字是約定俗成的工具，是社會制度並集體意識的思想反映所形成，而非經由政治力的制約。尤其是中國文字的書體—篆、隸、楷、草、行，早於東漢時期即已完成，其後文字的沿革即使歷經世代轉化，卻仍不脫五體書的範疇，由此也可見文字書體的重要性，以及《說文解字》所蘊含的文化思維與字源濫觴。

固然，五體書的轉變與奠定，除了歷史性因素，自秦朝統一文字，以致東漢末年天下大亂，文字在動盪的氛圍中，歷經劇烈地解體並又快速形成簡易的新書體，事實上，這樣的過程，也就是一連串文字不斷「簡化」的活動，這是人情之常，也是人們在書寫的經驗中，為了節省時間、書寫便利所招致必然的結果；只是，卻沒有想到使中國文字的發展益形豐富並更見其特色。

尤其是複體字特殊的構字形式，繁複的架構與書寫，的確令人有不合時宜之感，甚或因此被後起的「簡化字」或「假借字」所取代；然而，複體字反映地是先秦時期「部件」與文字間緊密的結構、體例與內涵，並以最簡約的「形符」為濫觴，以不同的位置重複架構，追溯文字的特色與本質。於是，當教授者與學習者貫通了文字結構的脈絡與運用，不僅更能強化漢字的辨識與理解，同時，對於文字所蘊含的文化內涵也益見明晰，從而使華語文教學更見其學習趣味與成效。

（原文發表於「第 13 屆英國漢語教學國際研討會」，牛津大學，英國漢語教學研究會，2015.07）

參考文獻

1. 東漢・許慎撰、清・段玉裁注，《說文解字注》，臺北：洪葉文化事業有限公司，2013.05 二版。

2. 莊周撰，黃錦鋐註譯，《莊子讀本》，臺北：三民書局，1977.03 再版。

3. 梁・昭明太子撰、唐・李善注，《文選》，臺北：藝文印書館，1974。

4. 十三經注疏《周禮》，臺北：藝文印書館，1993。

5. 十三經注疏《禮記》，臺北：藝文印書館，1993。

6. 十三經注疏《論語》，臺北：藝文印書館，1993。

二、《說文解字》形聲字族釋意暨運用——以訓「大」為例

【中文摘要】

　　漢字六書體例中，數量最多也最具特色的結構即是「形聲」。這是透過「聲符」繫聯，亦即《說文解字》中「因聲孳乳」的構字理念，再加上音聲詁訓相通的原則，所形成的字族體系。這種系統化的構字脈絡，可以快速理解聲符與字族之間緊密的關係和作用，進而透過分析、演繹、歸納等方法，輕鬆理解漢字的結構與內涵。

　　至於本文則是以訓「大」之旨作為形聲字族的研究範疇，並揭櫫「于字族」、「夸字族」、「般字族」、「廣字族」、「黃字族」、「皇字族」、「丕字族」、「不字族」、「甫字族」、「專字族」、「龍字族」等形聲字，除部分為假借字者外，且不論其聲符之本意為何，然而，在其形聲字族結構中，各字的本意或引申義上，卻都寓意有「大」、「加深」、「擴大」、「延展」、「隆起」甚或「尊顯」等內涵。

　　這樣的形聲字族剖析，可以快速闡述並明白這 11 個字族，計 133 個漢字的脈絡與結構，進而深入瞭解漢字與文化間的內涵與運用，且科學性的字族認知，更有助於學習興趣之提升並漢字推廣，其成效自然不可限量。

　　關鍵詞：聲符、右文說、形聲字族、字源學

1. 前　言

　　「形聲」是漢字六書體例中數量最多也最具特色的文字結構，這是透過「聲符」繫聯，亦即是《說文解字》中「因聲孳乳」的構字理念所形成的字族體系，所謂「倉頡之初作書，蓋依類象形故謂之文，後形聲相益即謂之字。文者物象之本，字者言孳乳而浸多也。」[註1]這種音聲詁訓相通的原理，也正是清代段玉裁倡言「以聲為義」的概念；系統化的構字脈絡，不僅可以快速理解聲符與字族間的緊密關係和作用，進而透過分析、演繹、歸納等方法，即可深入明白漢字的結構與內涵。

　　這種回歸至「字本位」的探討，很能反映先民構字時之初衷以及當世的社會思想與文化內涵，這樣的研究也正是世界各民族「字源學」或「語源學」的基礎，唯於漢字研究中則付諸闕如，若能將此研究成果推展於華語文教學，則不僅影響深遠且裨益頗深，當然值得深入探究。

　　是以本文不揣淺陋，以文獻分析法、歷史演進法為依據，並就訓「大」之旨作為形聲字族的研究範疇，進而揭橥「于字族」、「夸字族」、「般字族」、「黃字族」、「廣字族」、「皇字族」、「甫字族」、「專字族」、「不字族」、「丕字族」、「龍字族」等形聲字，除部分為假借字者外，且不論其聲符之本意為何，然而，在其形聲字族結構中，各字的本意或引申意卻都寓涵有「大」、「加深」、「擴大」、「延展」、「隆起」甚或「尊顯」等特質，這樣的字族剖析，不僅可以闡述並分析「于」、「夸」、「般」、「黃」、「廣」、「皇」、「甫」、「專」、「不」、「丕」、「龍」等聲符與各字族間的關係，並可以快速明白 11 個字族計 133 個漢字的脈絡與結構，從而深入瞭解漢字與文化的內涵及運用，使華語文教學益見其簡易、趣味且科學之特質，這樣的字族認知，實有助於學習興趣之提升並漢字之推廣，其成效自然不可限量。

2. 《說文解字》形聲字族的重要性

　　近年來，有關於「右文說」、「源義素」、「同源詞」、「語源學」、「字本位理論」等相關領域的研究與論著益形豐富，並頗有可觀之處；只是，其取材多未能以中國最早之字書《說文解字》為依據，且其論述與觀點多有片面或簡略之

[註1] 許慎撰、段玉裁注，《說文解字注》，卷 15 頁 2，台北：洪葉文化事業有限公司，1998。

處，再加上簡體字盛行，是以難窺「字族」之原貌，錯失研究的利基，更遑論運用其成果，殊為可惜。

言及「字族」觀念的源起，實與前人「右文說」之旨相謀合。相關的論述可見於《沈兼士學術論文集》所載〔註2〕，本文略節錄兩段如後，以見其旨：

> 《藝文類聚‧人部》引晉楊泉《物理論》「在金曰堅，在草木曰緊，在人曰賢。」世謂是說為開右文之端緒。《宋史‧文苑傳》載吳淑取《說文》有字義者千八百餘條，著《說文五義》三卷。其書不傳，不知所謂「有字義者」，作何解釋？其後王安石著《字說》二十四卷，頗流行於一時。現其書雖佚，然其說多散見於宋人載記中。……

> 惟與荊公同時之王子韶，獨創右文之說。沈括《夢溪筆談》十四：「王聖美治字學，演其義為右文。古之字書，皆從左文。凡字，其類在左，其義在右。如木類，其左皆從木。所謂右文者，如戔，小也。水之小者曰淺，金之小者曰錢，歹而小者曰殘，貝之小者曰賤，如此之類，皆以戔為義也。」

其後，王觀國《學林》又有字母之說，戴侗亦有「六書推類」之說，只是，宋人訓右文之弊，多只是例舉一二，且不明其理，以致難有所成。及至明末黃生著《字詁義府合按》，而清代段玉裁又論及音聲詁訓相通之理，倡言「以聲為義」說，並以為古人當先有聲音而後有文字，是以九千字中從某為聲必同是某義，這樣的觀念影響當時學者頗鉅，是以著作備出，盛極一時。如：王念孫《廣雅疏證》、焦循《易餘籥錄》、阮元《揅經室集》、郝懿行《爾雅義疏》、錢繹《方言箋疏》、章太炎《國故論衡》、劉師培《左盦集》、俞樾《湖樓筆談》、梁啟超《飲冰室合集‧從發音上研究中國文字之源》等，都頗受其闡發。

事實上，今之學者仍多踵繼前賢，類似的研究如：趙思達〈戴震轉語理論對右文說的發展和對清代訓詁學的影響〉〔註3〕、盧烈紅〈黃侃的語源學理

〔註2〕沈兼士，《沈兼士學術論文集》，頁83，北京：中華書局，1986。

〔註3〕趙思達，〈戴震轉語理論對右文說的發展和對清代訓詁學的影響〉，《焦作大學學報》，2，19～20，2010.4。

論和實踐〉〔註4〕、胡繼明〈王念孫《廣雅疏証》對漢語同源詞研究的貢獻〉〔註5〕、朱國理〈《廣雅疏証》對右文說的繼承與發展〉〔註6〕、孔秀祥〈漢語與漢字的關係及「右文說」〉〔註7〕，以及王力《同源字典》〔註8〕、殷寄明《漢語同源字詞叢考》〔註9〕等，論述也不在少數。

　　至於本文則是以訓「大」之旨作為形聲字族研究的範疇，俾便闡述形聲字族的脈絡與構字原理。相關的研究前人雖也有所涉略，只是，多例舉一二，無法得見聲符與字族間的關聯或體系，以致結論往往失之偏頗，甚或難以自圓其說；同時，個人將聲符相同的字族予以排比，並將「省聲」之字除去，使更見聲符與字族間之繫聯，以及在形、音、義方面的融匯互通與運用，這是前人較少企及處，也是漢語形聲字族研究最為吸引人的關鍵，不僅可以全面性地理解漢字的本質、文化內涵與社會思想，同時，其雋永深刻，則更得見中國文字的淵博精妙與文化鈎沉。

3. 聲字族訓「大」字例釋意暨運用

　　《說文解字》中訓「大」之旨的聲符不在少數，本文條其脈絡，以聲符繫聯，並逐一標注漢語拼音、國語注音、反切韵部並卷頁，這樣繁複細密的鋪陳，不僅可以完整呈現文字形、音、義的各個面貌，使易於辨識、認知，同時，由於韵部相同，也可見古人構字時以聲符繫聯的意義與作用，從而印證古人的確是遵循「因聲孳乳」的原理，進而架構出豐富而又深具文化特質的形聲字族脈絡。是以本文不厭其繁，將訓「大」之旨的形聲字族羅列如下，除了作為國名、地名、物名等字是為假借之旨無意義外，並於文字音義、卷頁之後加註案語及運用詞語，俾便各自闡明漢字的語音、語義以及語用，進

〔註4〕盧烈紅，〈黃侃的語源學理論和實踐〉，《武漢大學學報》，6，12～17，1995。

〔註5〕胡繼明，〈王念孫《廣雅疏証》對漢語同源詞研究的貢獻〉，《重慶三峽學院學報》，4（23），72～76，2007。

〔註6〕朱國理，〈《廣雅疏証》對右文說的繼承與發展〉，《上海大學學報》，7（4），16～21，2000.8。

〔註7〕孔秀祥，〈漢語與漢字的關係及「右文說」〉，《浙江師大學報》，3，51～53，1995。

〔註8〕王力，《同源字典》，北京：商務印書館，1982。

〔註9〕殷寄明，《漢語同源字詞叢考》，北京：中國出版集團，2007。

而更能深入了解漢字的部首（物類之分），以及與聲符繫聯之間的關係暨其本質了。

3.1 于字族字例：（16字）

■ 于（亏）【yú／ㄩˊ／羽俱切／五部】──「於也。象气之舒亏，从丂从一，一者其气平也。凡亏之屬皆从亏。」段注「於者古文烏也。烏下云孔子曰：烏亏呼也，取其助气故以為烏呼；然則以於釋亏，亦取其助气。」（5 上-32）

◆ 案：于（亏）本意象氣之舒緩。其字族釋意則多由本意引申為延展、擴大、寬大甚或屈曲、迴旋之意。

（1）玗【yú／ㄩˊ／羽俱切／五部】──「石之似玉者。从王亏聲。」（1 上-34）案：玗字結構為玉之分布廣大者，為赤玉之屬，玉名，假借。

（2）吁【xū／ㄒㄩ／況于切。五部】──「驚也。从口亏聲。」（2 上-24）案：吁字結構為張大了嘴，謂氣之擴張，有驚訝或驚嘆之旨。其詞語如：吁吁、吁嗟。

（3）迂【yū／ㄩ／憶俱切／五部】──「避也。从辵于聲。」（2 下-12）案：迂字結構為路徑延展、擴大，意謂屈曲有所迴避。引申又有言行闊遠，不切事理之旨。其詞語如：迂迴、迂腐、迂闊。

（4）訏【xū／ㄒㄩ／況于切／五部】──「詭譌也。从言于聲。一曰訏營。齊楚謂信曰訏。」（3 上-27）案：訏字結構為大言，與誇略同。引申為大也。其詞語如：訏訏、訏謨。

（5）靬【yú／ㄩˊ／羽俱切／五部】──「鞥內環靬也。从革亏聲。」段注「鞥各本譌鞥。今依玉篇：環靬者環之以鞥。」（3 下-6）案：靬字結構本是指大型皮帶，《說文通訓定聲·靬》稱「按鞥者車駕具，其內有鞣革以環之曰靬。」〔註10〕，即是此意。

（6）盱【xū／ㄒㄩ／況于切／五部】──「張目也。从目亏聲。一曰朝鮮謂盧童子曰盱。」（4 上-5）案：盱字結構謂張大了眼，即睜目直視。其詞語如：盱衡。

（7）邘【yú／ㄩˊ／況于切／五部】──「周武王子所封。在河內野王是

〔註10〕朱駿聲，《說文通訓定聲》，豫部弟 9 頁 62，北京：中華書局，1984。

也。从邑亏聲。讀又若區。」（6下-33）案：邘字从邑作地名，是為假借。

（8）宇【yǔ／ㄩˇ／王榘切／五部】—「屋邊也。从宀亏聲。《易》曰『上棟下宇。』」（7下-7）案：宇字結構為房室高大貌，宀字在上，象徵其延展、擴張處，意即屋簷或其四垂寬廣。引申指四境、界域之大。詞語如：屋宇、宇內、宇宙。

（9）衧【yú／ㄩˊ／羽俱切／五部】—「諸衧也。从衣亏聲。」段注「諸于，大掖衣，如婦人之褂衣。按大掖謂大其袍也。方言：褂謂之裾，于者衧之假借字。」（8 上-57）案：衧字結構為寬大的衣服，意謂袍子。其詞語如：諸衧。

（10）夸【kuā／ㄎㄨㄚ／苦瓜切／古音在五部】—「奢也。从大亏聲。」段注「奢者張也。疊韻同義。」（10下-5）案：夸字結構為大還要再擴張，意謂奢張至極。其詞語如：夸大、夸耀。

（11）忓【xū／ㄒㄩ／況于切／五部】—「憂也。从心亏聲。讀若吁。」段注「吁即忓之叚借字也。」又，「吁本或作忓。」（10 下-48）案：忓字結構象心思之大且深，意謂心思憂慮（快樂較不會無限延伸）。此字今已少用。

（12）汙【wū／ㄨ／烏故切，按當哀都切／五部】—「薉也。从水亏聲。一曰小池爲汙。一曰涂也。」（11 上 2-29）案：汙字結構為水大不流，意謂穢濁、不潔、低下之旨。其詞語如：汙名、汙染、汙垢、汙辱、汙穢。

（13）雩【yú／ㄩˊ／羽俱切／五部】—「夏祭，樂於赤帝，以祈甘雨也。从雨亏聲。」（11 下-15）案：雩字結構為大雨之意，是求雨祭名所專用，是以所有詞語都和祈雨相關，或假借為地名、山名、河名等。如：雩祭、雩禳。

（14）弙【wū／ㄨ／哀都切／五部】—「滿弓有所鄉也。从弓亏聲。」（12下-59）案：弙字結構為大弓，意即滿弓時有所標的方向。

（15）紆【yū／ㄩ／億俱切／五部】—「詘也。从糸亏聲。一曰縈也。」（13上-6）案：紆字結構象繩索或絲線量很大、很多。因為多，其形必屈

曲迴繞，引申有迴旋、縈繞、鬱結之旨。其詞語如：紆迴、紆徐、紆折、紆鬱。

3.2 夸字族字例：（8字）

■ 夸【kuā／ㄎㄨㄚ／苦瓜切／古音在五部】─「奢也。从大亏聲。」段注「奢者張也。疊韵同義。」（10下-5）

◆ 案：夸之本意為擴張、超越。其字族釋意也多具此意，並有「虛其內」之旨。

（1）跨【kuà／ㄎㄨㄚˋ／苦化切／按古音在五部】─「渡也。从足夸聲。」（2下-26）案：跨之結構為以腳超越，意謂大張其足。其詞語如：跨越、跨足。

（2）誇【kuā／ㄎㄨㄚ／苦瓜切／古音在五部】─「譀也。从言夸聲。」（3上-25）案：誇指言詞超越，寓意內涵空洞（虛其內）或不實之旨。其詞語如：誇口、誇張。

（3）胯【kuà／ㄎㄨㄚˋ／苦故切／五部】─「股也。从肉夸聲。」（4下-26）案：胯字結構指可以擴張、超越界域的肢體部位──大腿。其詞語如：胯下。

（4）刳【kū／ㄎㄨ／苦孤切／五部】─「判也。从刀夸聲。」（4下-45）案：刳字結構謂以刀為之（虛其內），使物之功能擴張，超越其本質。其詞語如：刳木為舟。

（5）瓠【hù／ㄏㄨˋ／胡誤切／五部】─「匏也。从瓜夸聲。凡瓠之屬皆从瓠。」（7下-5）案：瓠為瓜之屬，其物具有「虛其內」之特質，剖開曬乾後可作瓢用。瓜名，假借。其詞語如：瓠瓜。

（6）侉【kuā／ㄎㄨㄚ／苦瓜切／五部】─「憍詞也。从人夸聲。」（8上-33）案：憍詞者意內而言外，《說文通訓定聲‧侉》「謂疲憊之詞也。」〔註11〕，侉字結構為大人，有自以為大卻虛而不實之意，與誇同。其詞語如：侉大、矜侉。

（7）洿【wū／ㄨ／哀都切／五部】─「濁水不流也。一曰窊下也。从水夸聲。」段注「按汙即洿之假借字。」（11上2-29）案：洿字結構

為大水積滯，是以水濁不流，與汙同，為穢濁、不潔、低下之旨。其詞語如：洿下、洿池、洿行。

（8）絝【kù／ㄎㄨˋ／苦故切／五部】—「脛衣也。从糸夸聲。」段注「今所謂套袴也。左右各一，分衣兩脛。」（13 上-23）案：絝即今之袴（褲）也。衣之屬，袴管寬大中空，具有「虛其內」之特質。其詞語如：紈絝子弟、衣絝。

3.3 般字族字例：（11 字）

■ 般【pán／ㄆㄢˊ／北潘切，按當云薄官切／十四部】—「辟也。象舟之旋，从舟从殳。殳令舟旋者也。」引申為般遊、般樂。（8 下-6）

◆ 案：般本意為舟之旋，且多寓涵圓形（舟旋）之旨。至於其字族釋意有二：除了「圓」之意；又可因其本意引申為大，或面積、範圍之擴大。

（1）鞶【pán／ㄆㄢˊ／薄官切／十四部】—「大帶也。易曰。或錫之鞶帶。男子帶鞶。婦人帶絲。从革般聲。」段注「鞶，革帶也。故字从革。」（3 下-2）案：《通訓定聲》稱帶有二，大帶以束衣，用素若絲；革帶以佩玉，用韋字從革，當以革帶為正，故馬腹帶亦曰鞶。鞶字結構為大革，革帶以佩玉，即鞶帶。

（2）瞵【pān／ㄆㄢ／薄官切／十四部】—「轉目視也。从目般聲。」段注「般辟也，象舟之旋。故般目為轉目。」（4 上-6）案：瞵字結構狀視線隨眼睛之轉動而擴大，是謂般目。其詞語如：瞵瞵。

（3）槃【pán／ㄆㄢˊ／薄官切／十四部】—「承槃也。从木般聲。」段注「承槃者，承水器也。」（6 上-45）案：槃字結構為狀大型（或圓形）木製品，因其較承載物為大，是謂承槃。引申為凡承受者之偁；又或有周旋不進貌。其詞語如：珠槃、夷槃、槃匜、槃盂、槃錯、槃游。

（4）瘢【bān／ㄅㄢ／薄官切／十四部】—「痍也。从疒般聲。」（7 下-33）案：瘢字結構狀圓形的病兆或受創痕跡。其詞語如：瘢疤、瘢痕、瘢疣、瘢點。

（5）幋【pán／ㄆㄢˊ／薄官切／十四部】──「覆衣大巾也。从巾般聲。或目爲首幋。」（7下-45）案：幋字結構應為大巾，用以包束衣物；《後漢書・蔡玄列傳》「繡其鞶帨」句下注有言「鞶，帶也；字或作幋。」〔註12〕

（6）鬆【pán／ㄆㄢˊ／薄官切／十四部】──「臥結也。从髟般聲。讀若槃。」段注「結今之髻字也。」（9上-25）案：鬆字結構謂曲髮為髻（圓形），不使凌亂。臥非寢之謂，但盤結不為高髻，斯為臥髻耳。所謂槃桓髻、盤頭是也。又，《廣韻》、《集韻》稱髮半白為鬆（ㄅㄢ）。

（7）黬【pán／ㄆㄢˊ／薄官切／十四部】──「黬姍，下色也。从黑般聲。」（10上-58）案：黬字結構為大黑，寓意深黑之旨。顏色名，假借。

（8）擊【pán／ㄆㄢˊ／薄官切／十四部】──「擊攓，不正也。从手般聲。」（12上-42）案：擊字結構象手指屈曲成圓形貌，使宛轉也。亦即握之旨。如：擊攓。

（9）嫚【pán／ㄆㄢˊ／薄波切，按當依廣韵薄官切／古音在十四部】──「奢也。从女般聲。一曰小妻也。」（12下-20）案：嫚字結構為大女，意即老女，所謂嫚姍即蹣跚是也。至於又有稱大女為奢，則是指行為奢張之女，意即小妻。

（10）蟠【bān／ㄅㄢ／布還切／十四部】──「蟠蝥，毒蟲也。从虫般聲。」（13上-49）案：蟠蝥，蟲名，有毒，假借。

3.4 黃字族字例：（10字）

■ 黃【huáng／ㄏㄨㄤˊ／乎光切／十部】──「地之色也。从田芡聲。芡，古文光。凡黃之屬皆从黃。」（13下-48）

◆ 案：黃本意為地之顏色。是以字族釋意或有與土地有關，並引申為大或光大。

（1）璜【huáng／ㄏㄨㄤˊ／戶光切／十部】──「半璧也。从玉黃聲。」段注「諸侯泮宮，泮之言半也。」（1上-23）案：璜字結構有以玉光大宗室之意。其形制為半璧，可用以發眾，《公羊・定・八》所謂「寶

〔註12〕南朝宋・范曄撰，《後漢書・儒林列傳下・蔡玄》，「繡其鞶帨」句下注，卷79下，頁2589，台北：鼎文書局，1991。

者何，璋判白。」句下注「璜以發眾」〔註13〕即是此意。

（2）觥【gōng／ㄍㄨㄥ／古橫切／古音如光在十部】—「兕牛角可以飲者也。从角黃聲。其狀觵觵，故謂之觥。」段注「蓋上古食鳥獸之肉，取其角以飲，飲之始也，故四升曰角。」又，「觵觵，壯皃。猶僙僙也。」（4 下-58）案：觥字結構為大型酒器，古人以兕牛角為之，因其容量大，或為飲之始。並用於祭祀及失禮之罰。其詞語如：觵觵、觥撻。

（3）簧【huáng／ㄏㄨㄤˊ／戶光切／十部】—「笙中簧也。从竹黃聲。古者女媧作簧。」段注「按笙與簧同器，不嫌二人作者，簧之用廣。或先作簧而後施於笙竽，未可知也。」（5 上-17）案：簧為竹製古樂器，運用廣泛。其結構為竹管中舌金葉，鼓吹之樂聲宏大，能感動於物。其詞語如：笙簧、簧鼓。

（4）橫【héng／ㄏㄥˊ／戶盲切／古音在十部】—「闌木也。从木黃聲。」段注「闌，門遮也。引伸為凡遮之偁。凡以木闌之，皆謂之橫也。古多以衡為橫。」（6 上-60）案：橫字結構為狀大木，且東西走向設置，施於屋室門內或車前扶手，極具防禦守護之功能。引申則有放縱、不順理之旨（音ㄏㄥˋ）。其詞語如：縱橫、橫互；橫行、橫逆。

（5）廣【guǎng／ㄍㄨㄤˇ／古晃切／十部】—「殿之大屋也。从广黃聲。」（9下-14）案：廣字結構形容屋舍寬敞高大貌。其詞語如：廣大、廣博、廣闊、寬廣。

（6）礦【huáng／ㄏㄨㄤˊ／古猛切／古音在十部】—「銅鐵樸石也。从石黃聲。讀若礦。」段注「銅鐵樸者在石與銅鐵之閒，可為銅鐵而未成者也。」（9下-23）案：銅鐵樸石即指礦苗。《繫傳》所謂「銅鐵之生者，多連石也。」是以礦字結構為狀石之分佈廣大，亦即礦石之意。

（7）潢【huáng／ㄏㄨㄤˊ／乎光切／十部】—「積水池也。从水黃聲。」（11上2-16）案：潢字本意是指雨潦積水，形容水很大。是以又引申為深廣貌，如：潢洋、潢漾、潢潢。又可與黃通，假借，意謂染紙，其詞語如：潢治、裝潢。

〔註13〕漢·公羊高撰，《公羊傳》，卷23頁5，台北：藝文印書館，1993。

（8）彉【kuò／ㄎㄨㄛˋ／古廣切／十部】─「滿弩也。从弓黃聲。讀若
　　郭。」（12下-60）案：彉字結構狀大弓，弩張而滿之，即拉滿弓之意。

（9）蟥【huáng／ㄏㄨㄤˊ／乎光切／十部】─「蟥蟥也。从虫黃聲。」（13
　　上-48）案：蟥蟥，甲蟲名，大如虎豆，綠色，假借。

3.5 廣字族字例：（6字）

■ 廣【guǎng／ㄍㄨㄤˇ／古晃切／十部】─「殿之大屋也。从广黃聲。」
　（9下-14）

◆ 案：廣之本意為大屋。至於其字族釋意則多與大屋或大戶相關事物之大
　者。

（1）櫎【huàng，guàng／ㄏㄨㄤˋ，ㄍㄨㄤˋ／胡廣切／十部】─「所以
　　几器。从木廣聲。一曰帷屏屬。」段注「謂所以庋閣物之器也。几可
　　庋物，故凡庋曰几。」（6上-48）案：櫎字結構應象大木，可作帷屏
　　之屬，或用以收藏食物之隔板（几之屬），是以又假借為橫，所謂「俎
　　跗橫木」是也。

（2）曠【kuàng／ㄎㄨㄤˋ／苦謗切／十部】─「明也。从日廣聲。」段
　　注「廣大之明也。」（7上-4）案：曠字結構本指太陽照射在廣大的空
　　間，意謂明亮；引申又有虛空之俉。其詞語如：空曠、曠職、曠野。

（3）穬【gǒng／ㄍㄨㄥˇ／古猛切／古音在十部】─「芒粟也。从禾廣
　　聲。」段注「周禮稻人：澤草所生，種之芒種。鄭司農云：芒種，
　　稻麥也。按凡穀之芒，稻麥為大，芒粟次於此。麥下曰芒穀。然則
　　許意同先鄭也。稻麥得評粟者，從嘉穀之名也。」（7上-43）案：穬
　　麥是大麥之屬，形如大麥，作物名，假借。

（4）獷【guǎng／ㄍㄨㄤˇ／古猛切／古音在十部】─「犬獷獷不可附也。
　　从犬廣聲。漁陽有獷平縣。」（10上-29）案：獷字結構為大犬，引
　　申有麤惡、不馴之意。其詞語如：獷悍、獷賊。

（5）纊【kuàng／ㄎㄨㄤˋ／苦謗切／十部】─「絮也。从糸廣聲。《春秋
　　傳》曰『皆如挾纊。』」（13上-33）案：纊，綿也，絮之細者為纊。
　　纊字結構狀其縷多而密。其詞語如：纊服、纊息。

（6）壙【kuàng／ㄎㄨㄤˋ／苦謗切／十部】─「塹穴也。从土廣聲。一
　　曰大也。」段注「謂塹地為穴也。墓穴也。」（13下-34）案：壙字結

構為穿地中空間之大者，或指坑洞、墓穴；引申為大。其詞語如：壙
中、壙穴、壙遠。

3.6 皇字族字例：（11字）

■ 皇【huáng／ㄏㄨㄤˊ／胡光切／十部】—「大也。从自王。自，始也，
始王者三皇，大君也。自讀若鼻，今俗以作始生子為鼻子是。」段注「楊
氏雄方言曰：鼻，始也。兽之初生謂之鼻，人之初生謂之首。許謂始生
子為鼻子，字本作鼻，今俗乃以自字為之，徑作自子，此可知自與鼻不
但義同而且音同相假借也。」（1 上-18、19）

◆ 案：皇之本意為大。从自王，自與鼻音義相同，為五官之一，是以其字
族釋意多引申為感官知覺之較大、較深者。

（1）瑝【huáng／ㄏㄨㄤˊ／廣韻云。說文音皇／十韻】—「玉聲也。从
王皇聲。」段注「謂玉之大聲也。」（1 上-31）案：瑝之結構為狀玉
聲之大而鏗鏘，是感官聽覺之較大者。

（2）喤【huáng／ㄏㄨㄤˊ／乎光切／十部】—「小兒聲。从口皇聲。詩
曰。其泣喤喤。」段注「啾謂小兒小聲。喤謂小兒大聲也。」（2 上
-13）案：喤字結構為口中出聲很大，狀小兒大聲哭泣貌，為感官聽
覺之較大者。如：喤呷、喤喤。

（3）篁【huáng／ㄏㄨㄤˊ／戶光切。十部】—「竹田也。从竹皇聲。」（5
上-4）案：篁字結構狀竹之分佈範圍廣大，是以稱竹田。為感官視覺
之較大者。其詞語如：幽篁、篁竹。

（4）穜【huáng／ㄏㄨㄤˊ／戶光切／十部】—「榜穜也。从禾皇聲。」（7
上-50）案：穜之結構為大禾（即大米），榜穜二字疊韵，《說文通訓
定聲‧穜》「蓋黍之黃而不黏者，舊說為稷，誤。」〔註14〕，禾穀名，
假借。

（5）煌【huáng／ㄏㄨㄤˊ／胡光切／十部】—「煌煌，輝也。从火皇聲。」
（10 上-51）案：煌字結構為大火，狀光明貌，為感官視覺之較大者。
其詞語如：煌煌、輝煌。

（6）惶【huáng／ㄏㄨㄤˊ／胡光切／十部】—「恐也。从心皇聲。」（10

〔註14〕朱駿聲，《說文通訓定聲》，壯部弟18頁60，北京：中華書局，1984。

下-49）案：惶字結構為心思巨大深遠貌。有恐懼不安之旨，為感官知
覺之較大、較深者。其詞語如：惶恐、惶惑、惶懼。

（7）湟【huáng／ㄏㄨㄤˊ／乎光切／十部】─「湟水。出金城臨羌塞外。
東入河。从水皇聲。」（11 上 1-15）案：湟水即洛都水，源出今西寧
府西北邊外，至今蘭州西境入黃河。水勢浩蕩，意寓感官視覺之較大、
較深者。水名，假借。又，湟字結構為低下積大水處，其詞語如：湟
潦。

（8）蝗【huáng／ㄏㄨㄤˊ／乎光切／十部】─「螽也。从虫皇聲。」段
注「蚰部曰螽，蝗也。是為轉注。」（13 上-50）案：蝗，穀類害蟲，
假借。如：蝗災。

（9）鍠【huáng／ㄏㄨㄤˊ／乎光切／十部】─「鐘聲也。从金皇聲。詩曰。
鐘鼓鍠鍠。」段注「按皇大也。故聲之大，字多从皇。」（14 上-16）
案：鍠狀鐘（金）聲之大者，為感官聽覺之屬。詞語如：鍠鍠、鍠鍠
鎗鎗皆狀鐘鼓聲之大而遠。

（10）隍【huáng／ㄏㄨㄤˊ／乎光切／十部】─「城池也。有水曰池，無水
曰隍。从阜皇聲。易曰。城復于隍。」（14 下-12）案：隍字結構為土
阜之大者，指城下溝，無水。為感官視覺之大且深者。其詞語如：隍
鹿、隍壍。

3.7 甫字族字例：（26字）

■ 甫【fǔ／ㄈㄨˇ／方矩切／五部】─「男子美稱也。从用父，父亦聲。」
（3 下-43）

◆ 案：甫字本意為男子之美稱，並引申為生命之始也、大也。是以其字族
釋意也多有因外力而延展、增大之旨。

（1）莆【fǔ／ㄈㄨˇ／方矩切／五部】─「蓮莆也。从艸甫聲。」（1 下
-3）案：莆字結構為草之大者。《說文解字・蓮》「蓮莆，瑞草也。
堯時生於庖廚，扇暑而涼。」段注「白虎通曰：孝道至則蓮莆生庖
廚。蓮莆者樹名也。其葉大於門。」（1 下-3）是知莆字是狀葉之大
者，並寓意孝道之始。

（2）哺【bǔ／ㄅㄨˇ／薄故切／五部】─「哺咀也。从口甫聲。」段注「凡

含物以飼曰哺。」（2 上-15）案：哺字結構為大張口，意謂將口中食物咀嚼而餵養，使生命可以延展、長大。其詞語如：哺乳、哺育、哺食、一飯三吐哺。

（3）逋【bū／ㄅㄨ／博孤切／五部】——「亾也。从辵甫聲。」段注「亾部曰亾逃也。」（2 下-10）案：逋字結構為腳步加大，寓意逃亡之旨。其詞語如：逋逃、逋慢。

（4）誧【pǔ／ㄆㄨˇ／博孤切／五部】——「大也。从言甫聲。一曰人相助也。讀若逋。」（3 上-17）案：誧字結構謂大言，與誇同。又謂言大也，假借為俌，則是指相助、謀略或諫言之意。

（5）鬴【fǔ／ㄈㄨˇ／扶雨切／五部】——「鍑屬也。从鬲甫聲。」段注「升四曰豆，豆四曰區，區四曰鬴。」（3 下-10）案：鬴古釜字（俗謂鍋），狀大鬲，六斗四升，為大型烹食器。其詞語如：鬴鍑。

（6）尃【fū／ㄈㄨ／芳無切／五部】——「布也。从寸甫聲。」段注「凡敷敢必有法度而後行。」（3 下-30）案：尃字結構為大手。意謂將律令尺度廣布公告，並藉「寸」象徵執行力，使人們的思想行為有所遵循；引申為擴散分布之旨。其詞語如：尃濩。

（7）脯【fǔ／ㄈㄨˇ／方武切／五部】——「乾肉也。从肉甫聲。」（4 下-33）案：脯為無骨乾肉，薄析之曰脯，是為大物。又，曲禮疏云：脯，訓始，始作即成也；脩，訓治，治之乃成。是知脯為將肉切大薄片，以鹽乾之；而脩則是加薑桂鍛冶之。引申凡果蔬之乾者亦稱為脯。其詞語如：脯肉、脯醢、棗脯。

（8）簠【fǔ／ㄈㄨˇ／方矩切／五部】——「黍稷圜器也。从竹皿，甫聲。」（5 上-11）案：簠字結構為大型竹製圓形器皿，以盛黍稷稻粱，是為祭祀燕享之器。其詞語如：簠簋、簠簋不飾。

（9）餔【bū／ㄅㄨ／博狐切／五部】——「申時食也。从食甫聲。」（5 下-11）案：餔字結構為大食，所謂「申時食也」是為夕食，有與家人齊聚大食之意。餔一作晡，引申凡食皆曰餔；又或以食食人亦稱為餔。其詞語如：餔食、餔歠。

（10）圃【pǔ／ㄆㄨˇ／博古切／五部】——「所以穜菜曰圃。从囗甫聲。」（6 下-12）案：倉頡解詁云：種樹曰園，種菜曰圃。圃字結構為將

大面積的土地圍起來（即口字），古人稱種菜果為圃，蹂踐禾稼謂之場。其詞語如：圃蔬、老圃、場圃。

（11）郙【fǔ／ㄈㄨˇ／方矩切／五部】—「汝南上蔡亭。从邑甫聲。」（6下-57）案：郙字从邑，表地名，假借。

（12）痡【pū／ㄆㄨ／普胡切／五部】—「病也。从疒甫聲。《詩》曰『我僕痡矣。』」（7下-27）案：痡字結構為大病之意。《書》所謂「毒痡四海」，《爾雅》則稱「痡，人疲不能行之病」，正是疲病至極之意。

（13）黼【fǔ／ㄈㄨˇ／方榘切／五部】—「白與黑相次文。从黹甫聲。」（7下-59）案：黹是以針線縫衣或刺繡；黼字則是指在祭服上繡飾黑白相間的斧形紋樣，取其能斷之意，又引申為文采貌。其詞語如：黼冕、黼黻。

（14）俌【fǔ／ㄈㄨˇ／芳武切／五部】—「輔也。从人甫聲。讀若撫。」段注「謂人之俌猶車之輔。」（8上-16）案：俌字結構謂人之大，其有大力（大才）如車之有輔，可以相得益彰。其後輔專行，而俌字廢矣。

（15）補【bǔ／ㄅㄨˇ／博古切／五部】—「完衣也。从衣甫聲。」段注「既袒則宜補之，故次之以補。引伸為凡相益之俌。」（8上-63）案：補字意謂因外力完衣（指針線縫綴）而可延展衣服之用。是以又引申為裨益、供給之旨。其詞語如：補助、補充、補給。

（16）酺【fǔ／ㄈㄨˋ／符遇切／五部】—「頰也。从面甫聲。」段注「頰者面旁也。面旁者顏前之兩旁，大招曰輔，奇牙宜笑嫣。」（9上-15）案：酺字結構為大面，意指臉頰，其嫣然而笑，尤媚好也。古語所謂「酺車相依」正是此意。

（17）匍【pú／ㄆㄨˊ／薄乎切／五部】—「手行也。从勹甫聲。」（9上-36）案：勹為包之本字，象人曲形，有所包裹。而匍字結構謂大為包裹，應是像小兒身形屈曲，伏地手行貌。其詞語如：匍伏、匍匐之救。

（18）厪【fū／ㄈㄨ／芳無切／五部】—「石閒見也。从厂甫聲。讀若敷。」段注「閒見，謂突兀忽見。」（9下-21）案：厪字結構為大石，且突兀而出者。其詞語如：厪陷。

（19）豧【fū／ㄈㄨ／芳無切／五部】──「豕息也。从豕甫聲。」（9下-37）

案：豧字結構為狀豬隻吐息聲音之大者，其狀聲之旨，很能生動傳達豬隻作息特殊處。

（20）怖【bù／ㄅㄨㄟ／普故切／五部】──「惶也。从心甫聲。」（10下-49）

案：怖字結構意謂心思很大、很深，有惶惑不安之旨。與怖同。此字今已少用。

（21）浦【pǔ／ㄆㄨˇ／滂古切／五部】──「水瀕也。从水甫聲。」段注「瀕下曰水厓，人所賓附也。」（11上 2-15）案：浦字指大水之有小口別通者，意謂濱水之地。其詞語如：浦口。

（22）捕【bǔ／ㄅㄨˇ／薄故切／五部】──「取也。从手甫聲。」（12上-52）

案：捕字結構原為大手或手大之旨，意謂有所得。其詞語如：捕捉、捕魚、捕獲。

（23）鋪【pū／ㄆㄨ／普胡切／五部】──「箸門鋪首也。从金甫聲。」段注「古者箸門為嬴形謂之椒圖，是曰鋪首。以金為之則曰金鋪；以青畫瑣文鏤中則曰青瑣。」（14上-24）案：鋪字結構本指大型的金屬物裝飾，施於門上是為鋪首。是以鋪字寓意布也、敷也之旨。其詞語如：鋪設、鋪陳、鋪排。

（24）輔【fū／ㄈㄨˇ／扶雨切／五部】──「春秋傳曰：輔車相依。从車甫聲。人頰車也。」（14上-50）案：輔字結構為大車，所謂「輔車相依」或「車輔」，都是指車輛兩旁的夾車木，其大而有力。是以引申為助也、扶也、佐也。其詞語如：輔助、輔佐、輔弼。

（25）酺【pú／ㄆㄨˊ／薄乎切／五部】──「王德布，大歡酒也。从酉甫聲。」（14下-39）案：酺字結構為大歡酒，本意即會聚飲酒。《說文通訓定聲‧酺》有言「漢律，三人以上無故飲酒，罰金四兩。有詔令，乃得會聚。」〔註15〕只有春秋祭祀或重要的節慶（如：王德布），始可飲酒。

3.8 專字族字例：（12字）

■ 專【fū／ㄈㄨ／芳無切／五部】──「布也。从寸甫聲。」（3下-30）

〔註15〕朱駿聲，《說文通訓定聲》，豫部弟9頁29，北京：中華書局，1984。

◆ 案：尃為敷之本字，布也、治也。意謂將律令尺度頒布公告，並藉「寸」象徵執行力，使人們的思想行為有所遵循；引申為擴散分布之旨。其字族釋意也多寓涵藉外力使其本質更為擴大延伸的作用。

（1）嚩【bó／ㄅㄛˊ／補各切／五部】—「嚵皃。从口尃聲。」（2 上-15）案：嚩字結構為口漲大貌，意謂咀嚼食物。嚵，齧也；即嚼字。是嚩字意謂食物含在口中多次咀嚼，使食物之本質更為擴大延伸。

（2）鞲【bó／ㄅㄛˊ／補各切／五部】—「車下索也。从革尃聲。」段注「釋名：縛在車下，與輿相連縛也。當作鞲在車下。」（3 下-6）案：鞲字結構是指寬大的皮革，為車輛與車輪之間的重要連結。

（3）敷【fū／ㄈㄨ／芳無切／五部】—「㪔也。从攴尃聲。《周書》曰『用敷遺後人。』」段注「此與寸部尃音義同。」（3 下-33）案：敷字結構為廣布公告，从寸从攴象執行之意。寓意藉法度律令使事務之本質更擴大延伸。其詞語如：敷布、敷治。

（4）髆【bó／ㄅㄛˊ／補各切／五部】—「肩甲也。从骨尃聲。」段注「肉部曰肩髆也。單呼曰肩，絫呼曰肩甲。甲之言蓋也，肩蓋乎眾體也。今俗云肩甲者古語也。」（4 下-14）案：肩甲即肩胛也。髆字結構為大骨，意指人體肩部的骨骼位置，不僅廣大包覆人的肢體並有延伸至整體的功能，地位極為重要。

（5）膊【bó／ㄅㄛˊ／匹各切／五部】—「薄脯，膊之屋上。从肉尃聲。」段注「膊之屋上當作薄之屋上。薄迫也。釋名：膊迫也。薄椓肉，迫箸物，使燥也。」（4 下-33）案：膊字結構意謂薄切肉，析之而大，廣布於屋上，使乾燥而成肉乾。其詞語如：膊乾、膊脯、膊曬。

（6）轉【pò／ㄆㄛˋ／匹各切／五部】—「軶裹也。从韋尃聲。」段注「軶轅前也，以皮裹之。」（5 下-42）案：轉字結構為大塊皮革，本意是以皮革包覆車軶。又指圍下身之布（音ㄈㄨˋ），內裙也，即尻衣。其詞語如：轉柳。

（7）榑【fū／ㄈㄨˊ／防無切／五部】—「榑桑，神木，日所出也。从木尃聲。」段注「叒下曰，日初出東方，湯谷所登，榑桑，叒木也。」（6 上-29）案：榑字結構為木之大者、始也，神木名，為東方日所出也。其詞語如：榑木、榑桑（即扶桑）。

（8）傅【fù／ㄈㄨˋ／方遇切／五部】—「相也。从人專聲。」（8 上-16）
案：傅字結構是以個人之大才，使其影響更加擴大延伸。引申有附著、
治理之意。其詞語如：師傅、何晏傅粉。

（9）溥【pǔ／ㄆㄨˇ／滂古切／五部】—「大也。从水專聲。」（11 上 2-1）
案：溥字結構即大水，並有愈益擴散分布之旨，引申為凡大之偁皆可謂
溥（或假借作浦）。其詞語如：《詩》溥天之下，《三國志》溥天同慶。

（10）搏【bó／ㄅㄛˊ／補各切／五部】—「索持也。从手專聲。一曰至
也。」（12 上-27）案：搏字結構應是指大手、或手大，寓意徒手取
之，有捕獲、反擊之意。其詞語如：搏取、搏殺、搏擊。

（11）縛【fù／ㄈㄨˋ／符钁切／五部】—「束也。从糸專聲。」段注「束
下曰縛也，與此為轉注。引申之所以縛之之物亦曰縛。」（13 上-9）
案：縛字結構是大繩（或紡織品），以之纏繞，寓意約束、捆綁之旨。
詞語如：束縛、縛執、縛緊。

（12）鎛【bó／ㄅㄛˊ／補各切／五部】—「鎛鱗也。鐘上橫木上金華也。
从金專聲。一曰田器。《詩》曰『庤乃錢鎛。』」段注「鎛之言薄也，
迫也，以金傅箸之也。」（14 上-16）案：鎛字本意應是指大鐘（金），
《周禮・春官・鎛師》所謂「鎛師掌金奏之鼓」疏曰「鎛與鍾同類，大
小異耳。」〔註16〕即可印證。段注之言迫也，則是鎛鮮、鎛鱗之意。

3.9 不字族字例：（8字）

■ 不【bù／ㄅㄨˋ／甫九切／其音古在一部】—「鳥飛上翔不下來也。从
一，一猶天也。象形。凡不之屬皆从不。」（12 上-2）

◆ 案：不字本意象鳥飛高不下貌（必是大鳥）。是以其字族釋意多形容凡
物之高起、盛大貌。引申並為物之始也。

（1）丕【pī／ㄆㄧ／敷芳切／古音在第一部】—「大也。从一不聲。」段
注「丕與不音同，故古多用不為丕，如不顯即丕顯之類。於六書為假
借，凡假借必同部同音。」（1 上-2）案：丕字結構為从一不，實形
聲兼會意，象鳥高飛至極，引申為大鳥之意。又，古與不字假借。其
詞語如：丕顯。

〔註16〕漢・鄭玄注，《周禮》，疏卷 24 頁 5，台北：藝文印書館，1993。

（2）芣【fǒu／ㄈㄡˇ／縛牟切／古音在第一部】──「華盛。从艸不聲。一
曰芣苢。」（1下-33）案：芣字結構狀草木盛大貌。又作芣苢。芣苢，
一名馬舄，其實如李，令人宜子。陸機所謂治婦人產難也。

（3）肧【pēi／ㄆㄟ／匹桮切／古音在一部】──「婦孕一月也。从肉不聲。」
段注「文子曰：一月而膏，二月血脈，三月而肧，四月而胎，五月
而筋，六月而骨，七月而成形，八月而動，九月而躁，十月而生。」
（4下-20）案：文子之說各本雖異，然大致一也。肧字結構象生命
形成時，孕婦腹部隆起變大貌。其詞語如：肧胎。

（4）衃【pēi／ㄆㄟ／芳杯切／古音在一部】──「凝血也。从血不聲。」
段注「《素問》『赤如衃血者死』。注：衃血謂敗惡凝聚之血。色赤黑
也。」（5上-50）案：衃字結構是指血塊之大者。又，衃即胚字，胚
胎則是指未成物之始也。

（5）頯【péi／ㄆㄟˊ／薄回切／古音在一部】──「曲頤也。从頁不聲。」
段注「曲頤者頤曲而微向前也。」（9上-4）案：頯即顎也，因上下顎
震動咀嚼食物，是以又引申為養也。而《集韻》作「頯，大面貌。」
則當是頯字結構之本意。

（6）紑【fóu／ㄈㄡˊ／匹丘切／古音在一部】──「白鱻衣皃。从糸不聲。
《詩》曰『素衣其紑。』」段注「毛詩傳曰：絲衣祭服也。紑絜鮮皃。」
又，「本義謂白鮮，引申之為凡新衣之偁。」（13上-18）案：紑字結
構為衣著場合之盛大者，意指祭服，引申有鮮絜貌。

（7）坏【péi／ㄆㄟˊ／芳桮切／古音在一部】──「丘再成者也。一曰瓦未
燒。从土不聲。」（13下-36）案：坏字結構應象土器之始也（引申意），
且其字義無論是「丘一成」或「丘再成」者，製作土器之時則必然有
以土封罅隙之舉，是以稱「丘再成」者應是無誤，並符合「瓦未燒」
之旨。其詞語如：坏土、坏冶、坏胎。

3.10 丕字族字例：（5字）

■ 丕【pī／ㄆㄧ／敷悲切／古音在第一部】──「大也。从一不聲。」段注
「丕與不音同，故古多用不為丕，如不顯即丕顯之類。於六書為假借，
凡假借必同部同音。」（1上-2）

◆ 案：丕字本意為大。是以其字族釋意多狀物類之碩大壯盛貌。

（1）邳【péi／ㄆㄟˊ／敷悲切／十五部】—「奚仲之後，湯左相仲虺所封國。在魯，薛縣是也。从邑丕聲。」（6 下-50）案：邳是商湯時期封土，為諸侯大國，作國名，假借。

（2）秠【pī／ㄆㄧ／敷悲切／古音在一部】—「一稃二米。从禾丕聲。《詩》曰『誕降嘉穀，惟秬惟秠。』天賜后稷之嘉穀也。」（7 上-46）案：秬為黑黍，秠謂一稃二米，此亦黑黍，俱為嘉穀。秠字結構為大米，稱一稃二米者，意指禾穀之碩大壯盛貌。

（3）伾【pī／ㄆㄧ／敷悲切／古音在一部】—「有力也。从人丕聲。《詩》曰『以車伾伾。』」段注「本謂人有力。引伸為馬。」（8 上-11）案：伾字結構狀人力之碩大壯盛，《詩經》中並藉以比擬馬車之有力。其詞語如：伾伾。

（4）駓【pī／ㄆㄧ／敷悲切／古音一部】—「黃白襍毛也。从馬丕聲。」（10 上-4）案：各本作黃馬白毛。駓字狀其色，寓意馬匹高大。是為馬名，假借。

（5）魾【pēi／ㄆㄟ／敷悲切／古音在一部】—「大鱯也。其小者名鮡。从魚丕聲。」段注「見釋魚。丕訓大。此會意兼形聲也。」（11 下-21）案：魾字結構為大型壯碩之魚。釋魚曰鱯，似鮎而大，白色，江中多有之。為魚名，假借。

3.11 龍字族字例：（20字）

■ 龍【lóng／ㄌㄨㄥˊ／力鍾切／九部】—「鱗蟲之長。能幽能明，能細能巨，能短能長；春分而登天，秋分而潛淵。从肉，𠄌肉飛之形，童省聲。凡龍之屬皆从龍。」（11 下-31）

◆ 案：龍字象形，其聲符寓意有二：一為鱗蟲之長，其字族釋意多引申有高大、尊貴之旨；另一則象龍之身形為長筒狀，而其字族釋意也多呈現此形貌。

（1）瓏【lóng／ㄌㄨㄥˊ／力鍾切／九部】—「禱旱玉也。為龍文。从王龍聲。」段注「未聞。」（1 上-24）案：瓏字結構應是狀玉聲之大者，引申有尊貴、鮮明之旨。其詞語如：玲瓏、瓏玲、瓏璁等，都是狀金玉之聲。

（2）蘢【lóng／ㄌㄨㄥˊ／盧紅切／九部】—「天蘥也。从艸龍聲。」（1
下-27）案：蘢為艸名，其形高大，是以稱天蘥，假借，並符合蘢字
結構為大草之旨。因其高大，是以又引申為繁茂、覆蔽貌，其詞語
如：葱蘢、蘢葼。

（3）嚨【lóng／ㄌㄨㄥˊ／盧紅切／九部】—「喉也。从口龍聲。」（2上
-12）案：嚨指喉嚨，為長筒狀（龍之引申），是連結口與食物、聲音
進出之孔道。

（4）龔【gōng／ㄍㄨㄥ／紀庸切／九部】—「慤也。从廾龍聲。」段注「心
部曰慤，謹也。此與心部恭音義同。」（3 上-37）案：龔字結構意謂
高舉手中尊貴之物（龍之引申），以示恭敬之旨。

（5）龔【gōng／ㄍㄨㄥ／俱容切／九部】—「給也。从共龍聲。」段注「糸
部曰給，相足也。此與人部供音義同。今供行而龔廢矣。」（3 上-38）
案：龔字結構謂共享尊貴之物（龍之引申），引申有相互給予、供給之
意。

（6）籠【lóng／ㄌㄨㄥˊ／盧紅切／九部】—「舉土器。一曰笭也。从
竹龍聲。」（5 上-13）案：籠字結構象長筒狀之竹製品，本為盛土器，
後泛指可以盛裝或覆蓋的竹器皆稱之籠。其詞語如：竹籠、鳥籠、
籠絡、籠罩。

（7）櫳【lóng／ㄌㄨㄥˊ／盧紅切／九部】—「房室之疏也。从木龍聲。」
段注「疏者通也。疏者門戶疏窗也。房室之窗牖曰櫳，謂刻畫玲瓏
也。」（6 上-36）案：櫳字結構為木之大者，有尊貴的象徵，此指房
室門戶窗牖雕鏤精緻。

（8）櫳【lóng／ㄌㄨㄥˊ／盧紅切／九部】—「檻也。从木龍聲。」段注
「櫳，房室之疏也。櫳，檻也是也，竊有疑焉。櫳與櫳皆言橫直為窗
牖通明，不嫌同偁，如檻亦為闌檻。許於楯下云闌檻是也。左木右龍
之字，恐淺人所增。」（6 上-65）案：形聲字之形符、聲符位置排列
不同，則其音、義抑或有所差異，如：衿、衾，愉、愈，襲、襱等，
櫳與櫳音同義異，亦當作如是想。而櫳字結構為大木，其詞語如：櫳
門、櫳檻。

（9）朧【lóng／ㄌㄨㄥˊ／盧紅切／九部】—「兼有也。从有龍聲。讀若

聾。」段注「玉篇曰馬韃頭。說文鞁下云：韃頭繞者亦取兼包之意。」
（7上-25）案：韃字應是象其物類長筒狀且具包覆之意，其詞語如：
馬韃頭。

（10）寵【chǒng／ㄔㄨㄥˇ／丑壠切／九部】—「尊居也。从宀龍聲。」段
注「引伸為榮寵。」（7下-11）案：寵字結構本指屋室（宀）高大、居
處尊貴，引申有光耀尊榮的象徵。其詞語如：寵幸、寵愛。

（11）襱【lóng／ㄌㄨㄥˊ／丈冢切／九部】—「絝踦也。从衣龍聲。」段
注「方言曰袴，齊魯之間謂之襱，或謂之襱。郭注：今俗呼袴踦為襱。
音銅魚。按絝踦對下文絝上，言袴之近足狹處也。」（8上-57）案：襱
字結構為衣寬貌，意謂袴之兩股，其於腳踝處收口，即今之褲字。

（12）龐【páng／ㄆㄤˊ／薄江切／九部】—「高屋也。从广龍聲。」段注
「謂屋之高者也。故字从广，引伸之為凡高大之偁。」（9下-16）案：
龐字結構是高大的房子，引申為高大、尊貴的象徵。其詞語如：龐大、
龐龐。

（13）礱【lóng／ㄌㄨㄥˊ／盧紅切／九部】—「䃺也。从石龍聲。天子之
桷，椓而礱之。」段注「謂以石䃺物曰礱也。今俗謂磨穀取米曰礱。」
（9下-31）案：礱字結構是大石塊，意謂以大石磨物，並置於長筒狀
之籠內，這是農家典型的工作型態及農具，多用於磨穀取米。其詞語
如：礱磨。

（14）瀧【lóng／ㄌㄨㄥˊ／力公切／九部】—「雨瀧瀧也。从水龍聲。」
段注「今依小徐及廣韵：瀧瀧，雨滴皃也。」（11上 2-25）案：瀧字
結構應是大水貌，狀其湍急險峻。其詞語如：瀧夫、瀧船及韓愈〈瀧
吏詩〉「始下昌樂瀧」俱作此解。《正字通》「瀧，嶺南急流謂之瀧。」
亦此意。小徐及廣韵解或有歧出。

（15）谾【lóng／ㄌㄨㄥˊ／盧紅切／九部】—「大長谷也。从谷龍聲。讀
若聾。」段注「司馬相如傳曰：巖巖深山之谾谾兮。晉灼曰：谾音籠，
古谾字。」（11下-7）案：谾字結構應是形容山谷之大且深，象龍身之
彎蜒起伏。如：谾谾。

（16）聾【lóng／ㄌㄨㄥˊ／盧紅切／九部】—「無聞也。从耳龍聲。」（12

上-17）案：聾字結構象耳朵在筒狀物之下（內），使有所蒙蔽，是以難以聽聞。《釋名》稱「聾，籠也。如在蒙籠之內，聽不察也。」其詞語如：耳聾、聾昧。

（17）蠪【lóng／ㄌㄨㄥˊ／盧紅切／九部】—「蠪丁螘也。从虫龍聲。」（13上-46）案：蠪，丁螘也，蟻之赤色斑駁者為之蠪。昆蟲名，假借。

（18）壟【lǒng／ㄌㄨㄥˇ／力踵切／九部】—「丘壟也。从土龍聲。」段注「高者曰丘壟。」（13下-38）案：龍春分而登天，秋分而潛淵。壟字結構則是狀土地象龍一樣高低起伏貌。其詞語如：壟上、壟畝、壟斷。

（19）隴【lǒng／ㄌㄨㄥˇ／力踵切／九部】—「天水大阪也。从𨸏龍聲。」（14下-9）案：隴字从阜，作地名、山名，假借。又，隴與壟同，小曰丘，大曰壟。

4. 訓「大」形聲字族在華語文教學中之闡發

漢語形聲字族的特色鮮明，若能充分運用於華語文教學中，不僅可以深入了解文字之本意，並可就其結構暨字源、語源之濫觴多所闡發，使讀者明其流變，知其終始，進而正其誤謬，得其神髓，這樣的探討，自然值得深入闡發。是以本文以「訓大」之旨為例，不僅將相關字例羅列如上，進而更就形聲字族中聲符之本質與特色，條理脈絡，見微知著，使得見漢字形聲字族之全貌，運用於華語文教學中，則更能融會貫通，使教與學更能互蒙其利。今略闡析如下：

4.1 聲符特質剖析

漢語形聲字族的聲符特色鮮明，而其運用於本意與引申意層面之發展，甚或與其他六書體例相互結合，都頗能見其組織脈絡。事實上，形聲字族的聲符特色各自鮮明，這樣特殊且一致的內涵與運用，即是形聲字族的架構基礎，若能掌握這樣鮮明的契機，對華語文的教與學都頗具助益，自然可以輕鬆理解並學習。今就「訓大」之旨聲符的特色略歸納如下，以為參酌。

4.1.1 聲符本質之意象鮮明者——如：

（1）皇字族字例——其字族多與人體感官知覺之較大、較深者有關。如：皇、瑝、喤、篁、程、煌、惶、湟、蝗、鍠、隍。不僅聲符之運用單純，且其

字族之讀音也完全一致，內涵並皆具「大」之旨。

尤其是皇【huáng／ㄏㄨㄤˊ／胡光切／十部】—「大也。从自王。自，始也，始王者三皇，大君也。自讀若鼻，今俗以作始生子為鼻子是。」（1上-18）案：皇之本意為大。從自王，自與鼻音義相同，為五官之一，是以其字族釋意多引申為感官知覺之較大、較深者。

例如：瑝字狀玉聲之大而鏗鏘，喤字指小兒哭泣聲音很大，篁字狀竹田的分佈範圍很大，程字指大禾（即大米），煌字則為大火光明貌，惶字結構狀心思巨大深遠不安之意，湟字則象低下積大水處，蝗字假借為穀類害蟲名，鍠狀鐘聲之大者，隍字則象土阜之大者（指城下溝）。這樣單純而形、音、義的運用又十分一致的聲符，在了解其脈絡與內涵之餘，的確對華語文教學帶來莫大的便利。

（2）不字族字例——其字族本質多與生命之形成有關。如：不、丕、芣、肧、衃、頯、紑、坯。

不【bù／ㄅㄨˋ／甫九切／其音古在一部】—「鳥飛上翔不下來也。从一，一猶天也。象形。凡不之屬皆从不。」（12上-2）案：不字本意為鳥飛高不下貌。是以其字族釋意多形容凡物之高起、盛大貌。

至於丕字從一不，象鳥高飛至極，引申為大鳥之意；芣狀草木盛大貌；肧字象生命形成時，孕婦腹部隆起變大貌；衃字是指血塊之大者；頯字結構則是指大面貌；紑字為衣著場合之盛大者，指祭服；坯字結構則象土器之始也（引申意）。都清晰可見同一字族中聲符本質意象之鮮明。

4.1.2 聲符之形義相近者

事實上，就「訓大」之旨聲符的特色來看，不僅聲符本身各有其鮮明的特質，同時，聲符與聲符之間的關係也極為緊密，並於形、音、義等各方面都頗有匯通之處，形成文字群聚的特殊效應。這樣的特質，更加深形聲字族的衍生與運用，進而使華語文學習益見其系統與脈絡，並易於習得。今略闡述分析其字族聲符特質如下：

4.1.2.1 狀物類形態的擴大與延伸

（1）于（亏）—本意為因氣之舒緩而擴大、延展，甚或有屈曲、迴旋之意。

（2）夸─本意為擴張、超越，並有「虛其內」之旨。

（3）般─本意指圓形（舟之旋）物。引申為因迴旋圓轉而有範圍之大或擴大者。

4.1.2.2　狀與土地或大屋、大戶事物相關之大者

（4）黃─本意為地之顏色。引申為與土地有關之大或光大者。

（5）廣─本意為大屋。引申為因大屋或大戶相關事物之大者。

（6）皇─本意為大，指自己的鼻子。引申為感官知覺之較大、較深者。

4.1.2.3　狀人事感知之深且大者

（7）甫─本意為男子之美稱，引申為生命之始或大。並有因外力延展、加大之旨。

（8）專─本意謂律令之頒布。引申為藉外力而使事務的本質更為擴大延伸。

4.1.2.4　狀物類生命形態之壯盛者

（9）不─本意為鳥飛高不下貌（必是大鳥）。引申為狀物之高起、盛大貌。

（10）丕─本意為大，狀物類生命之碩大壯盛貌。

（11）龍─本意為鱗蟲之長。引申為高大、尊貴或長筒狀物。

這種聲符與聲符之間形義相近的運用與分類──如：于與夸、黃與廣、甫與專、不與丕等，不僅更擴大了形聲字族的衍生，也使其脈絡更見清晰。例如：前言不字族，其字族釋例本質多與生命之形成有關；然而，與不字可以相互假借的丕字，其字族釋例則少見此內涵。瞭解了這些歧異之後，自然裨益於華語文的教與學。

4.1.3　形聲字族與六書體例分析

固然，形聲字族之衍化必然是因形符與聲符的結合而成，只是，其字族又或有與其他六書體例相互交錯融合者，致使其內涵更為豐富多元。例如：

（1）聲符有音同假借者

如：丕與不。丕【pī】─「大也。從一不聲。」段注「丕與不音同，故古多用不為丕，如不顯即丕顯之類。於六書為假借，凡假借必同部同音。」（1 上-2）

（2）聲符有會意兼形聲者

如：魾【pēi】─「大鱯也。其小者名鮡。從魚不聲。」段注「見釋魚。丕訓大。此會意兼形聲也。」（11 下-21）

（3）聲符有轉注者

如：蝗【huáng】—「螽也。从虫皇聲。」段注「蚰部曰螽，蝗也。是為轉注。」

4.2 聲符字族釋例引申之旨為相關者

聲符原本即有其本意，至於其字族又有引申之旨，則更能擴充並衍生形聲字族之範圍，使形聲字族更為擴大並文意豐富，至於其引申之義則又可細分為兩大類，亦即文意相關及文意相對者。如：

（1）皇字族

皇【huáng】—「大也。从自王。自，始也，始王者三皇，大君也。自讀若鼻，今俗以作始生子為鼻子是。」（1 上-18）至於其字族釋意則多引申為感官知覺之較大、較深者。

（2）般字族

般【pán】—「辟也。象舟之旋，从舟从殳。殳令舟旋者也。」引申為般遊、般樂。（8 下-6）至於其字族釋意則有因其本意舟之旋而引申為大也，或面積、範圍之擴大。

（3）龍字族

龍【lóng】—「鱗蟲之長。能幽能明，能細能巨，能短能長；春分而登天，秋分而潛淵。从肉，𦱹肉飛之形，童省聲。凡龍之屬皆从龍。」（11 下-31）而其聲符寓意有二：一為鱗蟲之長，其字族釋意多引申有高大、尊貴之旨；另一則象龍之身形為長筒狀，是以其字族釋意也多呈現此形貌。

4.3 聲符字族釋例引申之旨有相對者

（1）誧【pǔ】—「大也。从言甫聲。一曰人相助也。讀若逋。」（3 上-17）
案：誧字謂大言，與誇同。又謂言大也，則是指相助或諫言。

（2）橫【héng】—「闌木也。从木黃聲。」段注「闌，門遮也。引伸為凡遮之偁。凡以木闌之，皆謂之橫也。古多以衡為橫。」（6 上-60）案：橫木多施於屋室門內或車前扶手，極具防禦守護之功能。至於又可引申為放縱、不順理之旨，則音ㄏㄥˋ。

（3）媻【pán】—「奢也。从女般聲。一曰小妻也。」（12 下-20）案：媻字結構為大女，意即老女，所謂媻姍即蹣跚是也。至於又有稱大女（或

女大）為奢，則指行為奢張之意，是以釋為小妻。

5. 結　論

　　固然，自「字本位」理論興起後，這些年來，有關「源義素」及「同源詞」等相關領域的研究論著益形豐富，並頗有可觀之處；然而，在華語文教學之運用卻仍然極其有限，錯失研究的成果與利基，實令人扼腕。同時，隨著資料庫與數位科技的發達，各類資料的取得也更為便捷，並可補足前人所見不足處，使文字的研究更見其周延與創新。

　　尤其是在當今華語文盛行的時代氛圍裡，形聲文字雖然只是漢字結構的「六書」之一，然而，其數量卻始終是漢字總數的十之八九，因此，只要明白形聲文字的結構，並運用形聲字族的脈絡，即可確實掌握漢字學習的樞紐，進而有效並有趣的學習，這是華語文教學者必須努力研究的首要標的，也是探討漢字「字源學」、「語源學」重要的契機。

　　類似的研究，舉世皆存，卻唯獨在華語文教學的領域裡，卻少見相關題材系統性的思考與辨明。於是，漢語形聲字族的研究當更見其重要性與必要性，並是華語文教學刻不容緩的首要之務了。

　　（原文發表於「第四屆華文作為第二語言之教與學國際研討會」，南洋理工大學新加坡華文教研中心主辦，2015.09）

參考文獻

1. 陳楓，《漢字義符研究》，中國社會科學出版社，2006。
2. 黃易青，《上古漢語同源詞意義系統研究》，北京：商務印書館，2007。
3. 黃生，《字詁義府合按》，北京：中華書局，1984。
4. 李孝定，《漢字的起源與演變論叢》，台北：聯經出版社，1986。
5. 李國英，《小篆形聲字研究》，北京：北京大學出版社，1996。
6. 沈兼士，《沈兼士學術論文集》，北京：中華書局，1986。
7. 沈括，《夢溪筆談》，北京：中華書局，1985。
8. 王力，《同源字典》，北京：商務印書館，1982。
9. 許慎撰、段玉裁注，《說文解字注》，台北：洪葉文化事業有限公司，1998。
10. 楊自儉主編，《字本位理論與運用研究》，山東教育出版社，2008。

11. 殷寄明，《漢語同源字詞叢考》，北京：中國出版集團，2007。

12. 殷寄明，《漢語語源義初探》，上海：學林出版社，1998。

13. 曾昭聰，《形聲字聲符示源功能述論》，合肥：黃山書社，2002。

14. 張希峰，《漢語詞族叢考》，成都：巴蜀書社，1999。

15. 朱駿聲，《說文通訓定聲》，台北：藝文印書館，1975。

三、漢語形聲字族範例解析與運用——訓「小」

【中文摘要】

　　形聲是六書體例中數量最多也最具特色的結構，這是透過聲符繫聯，亦即《說文解字》中「因聲孳乳」的構字觀念，再加上清代段玉裁倡言「以聲為義」的宗旨，以及音聲詁訓相通的原理，所形成的字族體系，這種系統化的構字脈絡，可以快速理解字素與字族間的作用與關係，並透過分析、演繹、歸納的科學方法，輕鬆理解漢字的結構與內涵，對華語教學裨益頗深。至於本文則是以「訓小」之內涵作為形聲字族字素的研究範疇，並以「肖字族」、「叜字族」、「戔字族」、「韱字族」、「堯字族」為例，闡述並分析字素「肖」、「叜」、「戔」、「韱」、「堯」與字族間的關係，使快速認知這 5 個字族總計 84 個漢字的脈絡與意義，進而深入了解漢字與漢文化的內涵與運用。

　　關鍵詞：聲符、右文說、形聲字族、語源學、字素

1. 前　言

　　近年來，有關於「右文說」、「源義素」、「同源詞」、「語源學」、「聲符示源功能」、「字本位理論」等相關的研究與論著益形豐富，並頗有可觀之處；只是，這許多研究多止於文字理論的領域，華語教學中卻少見其運用，且其取材或舉例略嫌簡率，難以窺見漢字結構之初衷以及形聲「字族」的脈絡與原貌，錯失研究的成果與利基，實為憾事。

　　個人學術研究方法以文獻分析法、歷史演進法為主軸，俾便使文字分明，印證清晰；同時，本文字例將以許慎《說文解字》〔註1〕中「訓小」內涵形聲字族為研究範疇，並參酌相關字書詮釋，以見其構字之初衷。

　　固然，以「訓小」內涵形聲字族為研究對象，其質量不在少數，本文將先以闡述字素「肖」、「夑」、「戔」、「鐵」、「堯」等字的形、義，進而剖析其與字族間發展之關係，並在字例下加註橫線，標示出形符與聲符，俾便得見文字之結構與內涵。事實上，作為字素的聲符其內涵除了有本意、引申意的運用外，又有假借不兼意符等作用，內涵極為豐富。透過對字素的理解，可以快速認知5個字族總計84個漢字的脈絡與意義，不僅加強學習印象，並能輕鬆快速地學習華語。

2.「肖」字族釋例：（19字）

■ 肖【xiào／ㄒㄧㄠˋ／私妙切／二部】─「骨肉相佀也。从肉小聲。不佀其先，故曰不肖也。」（4下-26）

◆ 案：許慎釋肖之意，經前賢考證有誤，並有湯餘惠、金國泰等學者指出卜辭中的「肖」字其形應是从月不从肉，又有戰國文字提供了堅確的例證，而其本意則是月光（應是指月形）消減得微小或盡之意〔註2〕。此說個人深表同意，畢竟，這樣的釋形不僅可以印證於卜辭、金文中，並得以完全釋讀从「肖」為聲符的字素具有「小」或「少」的真正內涵；及至戰國後，「肖」字从「月」與从「肉」的部分，因形近而混淆，始

〔註1〕 東漢・許慎著、清・段玉裁注，《說文解字注》，台北：洪葉文化事業有限公司，1998。

〔註2〕 古文字詁林編纂委員會，《古文字詁林》，冊4，頁441～449，上海教育出版社，2004。

生訛誤。至於《禮記》又有「其子不肖」的記載，謂「骨肉不侣其先，故曰不肖也。」則是其本意之引申，畢竟，祖孫的相似度小至極致，自然有所不似，今列舉其字例以為參酌。

（1）哨【shào／ㄕㄠˋ／才笑切／二部】─「不容也。从口肖聲。」段注「不容也。鄭注考工記曰。哨頃，小也。記投壺曰。某有枉矢哨壺。」（2上-25）案：哨，撮口為小，使氣流不容孔隙而發出聲音。

（2）削【xiāo，xuē／ㄒㄧㄠ，ㄒㄩㄝˋ／息約切，按當依廣韵私妙切／二部】─「鞞也。从刀，肖聲。一曰析也。」段注「鞞也。革部曰。鞞，刀室也。」又，「一曰析也。木部曰。析，破木也。析從斤。削從刀。皆訓破木。凡侵削，削弱皆其引伸之義也。今音息約切。」（4下-41）

（3）梢【shāo／ㄕㄠ／所交切／二部】─「梢木也。从木肖聲。」段注「廣韵曰：梢，船舵尾也。又枝梢也，此今義也。」（6上-13）

（4）鄗【shào／ㄕㄠˋ／所教切／二部】─「國甸，大夫稍。稍，所食邑。从邑肖聲。《周禮》曰任鄗，地在天子三百里之內。」（6下-25）

（5）稍【shāo／ㄕㄠ／所教切／二部】─「出物有漸也。从禾肖聲。」段注「稍之言小也，少也。凡古言稍稍者皆漸進之謂。周禮。稍食，祿稟也。云稍者，謂祿之小者也。」（7上-51）

（6）宵【xiāo／ㄒㄧㄠ／相邀切／二部】─「夜也。从宀。宀，下冥也。肖聲。」（7下-11）

（7）痟【xiāo／ㄒㄧㄠ／相邀切／二部】─「酸痟，頭痛也。从疒肖聲。《周禮》曰：『春時有痟首疾』。」（7下-28）

（8）悄【qiǎo／ㄑㄧㄠˇ／親小切／二部】─「憂也。从心肖聲。《詩》曰：『憂心悄悄』。」（10下-48）

（9）消【xiāo／ㄒㄧㄠ／相幺切／二部】─「盡也。从水肖聲。」段注「盡也。未盡而將盡也。」（11上2-28）

（10）霄【xiāo／ㄒㄧㄠ／相邀切／二部】─「雨霰爲霄。从雨肖聲。齊語也。」（11下-11）案：亦方俗語言如此。

（11）捎【shāo／ㄕㄠ／所交切／二部】─「自關已西，凡取物之上者爲撟捎。从手肖聲。」段注「自關已西凡取物之上者爲撟捎。取物之上，謂取物之顛也。捎之言梢也。方言曰。撟捎，選也。自關而西秦晉之

閒凡取物之上謂之撟捎。按今俗語云捎帶是也。西京賦注曰。捎者，捎取之。考工記捎其藪，捎溝。注曰。捎，除也。其引申之義。从手。肖聲。所交切。二部。」（12 上-41）

（12）娍【shào，shāo／ㄕㄠˋ，ㄕㄠˋ／息約切／不載部】—「小小侵也。从女肖聲。息約切。」段注「小小侵也。侵者，漸進也。凡用稍稍字，謂出物有漸。凡用娍娍字，謂以漸侵物也。方言。娍，姍也。方俗語也。从女。肖聲。息約切。按當依篇，韵所教切。」（12 下-23）

（13）銷【xiāo／ㄒㄧㄠ／相邀切／二部】—「鑠金也。从金肖聲。」（14 上-3）

（14）陗【qiào／ㄑㄧㄠˋ／七笑切／二部】—「陵也。从𨸏肖聲。」段注「陵也。凡斗直者曰陗。李斯列傳曰。樓季也而難五丈之限。跛牂也而易百仞之高。陗塹之勢異也。塹當爲漸。陂陀者曰漸。斗直者曰陗。凡閒出者曰庯陗。斗俗作陡。古書皆作斗。」（14 下-3）

（15）菁【shāo／ㄕㄠ／所交切／二部】—「惡艸皃。从艸肖聲。」（1 下-37）

（16）趙【zhào／ㄓㄠˋ／治小切／不載部】—「趨趙也。从走肖聲。」（2 上-35）

（17）綃【xiāo／ㄒㄧㄠ／相幺切／二部】—「生絲也。从糸肖聲。」（13 上-1）

（18）蛸【xiāo／ㄒㄧㄠ／相邀切／二部】—「蟲蛸，堂蜋子。从虫肖聲。」（13 上-47）

總括《說文解字》中從「肖」為聲符的字族，其字例都寓涵「小」之意。如：

哨—將口型撮小而發出聲音。

削—以刀破物，使成為小片或小塊。

梢—指樹枝末尾細小的部位。

鄯—指古時大夫食邑封地較小。

稍—指物（禾）生出緩慢（變化微小）。

宵—月形變小，室內昏暗，指夜晚。

痟—頭疼痛，指小病。

悄—本意憂貌，指心思多慮細小，後引申作安靜。

消—水流失而變少了。

霄—雨珠未落地即結冰，指小雪。

捎—用手指拿取物的頂端或尖細處。

娋—指女性行事多以漸進方式（小改變）委婉侵入。

銷—將金屬物鎔燬或變小。

陗—指山石陡直，越高越銳小。

至於假借為物類專名，以「肖」為無意聲符的有：莦（惡草）、趙（假借小、國名、姓氏）、綃（生絲名）、蛸（堂蜋子）。

3.「芻」字族釋例：（10字）

- ■ 芻【chú／ㄔㄨˊ／叉愚切／古音在四部】—「刈艸也。象包束草之形。」段注「刈艸也。謂可飤牛馬者。象包束艸之形。叉愚切。古音在四部。」（1下-46）

- ◆ 案：草食為芻，指牛羊之屬；又，卜辭中多言及「挈芻」一詞，是指割草成束以便餵食作為祭祀的牲禮。殷商時期，先民為了表示對神祇的虔誠心意，祭祀用的牲禮，都是純淨稚齡的牛羊。因此，芻的本意是指餵食牲禮的草束，作動詞時則引申有「撫佑子孫」之旨；同時，由於餵食的對象都是稚齡的牛、羊，因此，從「芻」為聲符的字素又引申有幼「小」之意。

- （1）犓【chú／ㄔㄨˊ／測愚切／古音在四部】—「以芻莝養牛也。從牛芻，芻亦聲。《春秋國語》曰：『犓豢幾何』。」段注「目芻莝養圈牛也。今本莝誤莝，脫圈字。依文選注訂。莝，斬芻也。趙岐注孟子曰。艸生曰芻。穀養曰豢。韋注國語曰。艸食曰芻。穀食曰豢。孟子正義引說文。牛馬曰芻。犬豕曰豢。今說文無此語。經傳犓豢字，今皆作芻豢。從牛芻。芻亦聲。測愚切。古音在四部。春秋國語曰。犓豢幾何。見楚語。」（2 上-8）案：目芻莝養牛或養圈牛，都寓涵有牛隻尚幼，是以需藉束草餵食之意。

- （2）媰【chú／ㄔㄨˊ／側鳩切／古音在四部】—「婦人妊身也。從女芻聲。《周書》曰：『至于媰婦』。」（12下-6）

- （3）齺【zōu／ㄗㄡ／側鳩切／四部】—「齒齰也。一曰馬口中橛也。從

齒芻聲。一曰齰也。」（2 下-20）

（4）趨【qū／ㄑㄩ／七逾切／古音在四部】—「走也。从走芻聲。七逾切。」段注「走也。曲禮注曰。行而張足曰趨。按張足過於布武。大雅。左右趨之。毛曰。趨，趨也。此謂假借趨爲趨也。」（2 上-31）

（5）鬻【chǎo／ㄔㄠㄧ／尺沼切。廣韵初爪切／古音在四部】—「熬也。从鬲芻聲。」段注「爾雅音義引三蒼熬也。說文火乾物也。與今本異。玄應再引與今本同。方言。熬煎焣𤎅火乾也。秦晉之閒或謂之焣。按焣卽鬻字。或作𩱤。玄應曰。崔寔四民月令作炒。古文奇字作𤎅。」（3 下-12、13）

（6）雛【chú／ㄔㄨˊ／士于切／古音在四部】—「雞子也。从隹芻聲。鶵，籀文雛从鳥。」（4 上-26）案：雞子，雞之小者也。引申為凡鳥子細小之稱。

（7）騶【zōu／ㄗㄡ／側鳩切／四部】—「廄御也。从馬芻聲。」段注「廄御也。按騶之叚借作趨。周禮，詩，周書之趨馬。月令，左傳謂之騶。一用叚借，一用本字也。周禮。乘馬一師四圉。三乘爲皁。皁一趨馬。三皁爲騶。騶一馭夫。六騶爲廄。廄一僕夫。趨馬掌贊正良馬。而齊其飲食。掌駕說之頒。鄭曰。趨馬，趨養馬者也。按趨者，疾也。掌疾養馬故曰騶。其字从芻馬，正謂養馬也。」（10 上-16、17）

（8）縐【zhòu／ㄓㄡˋ／側救切／四部】—「絺之細者也。《詩》曰：『蒙彼縐絺』。一曰蹴也。从糸芻聲。」（13 上-34）

（9）鄒【zōu／ㄗㄡ／側鳩切／三部】—「魯縣，古邾婁國，帝顓頊之後所封。从邑芻聲。」（6 下-48）

綜觀《說文解字》中「芻」字族字例从本意「包束」之旨的有：

犓—以束草養圈牛，餵飼之意。

嫌—婦<u>女</u>妊娠，腹如<u>包束</u>，當从本意，至於今，孕婦仍有綁束托腹帶的習俗，以減輕孕肚的不適。

齱—<u>齒</u>挶，一稱馬口中鐵，即馬銜，指放置在馬<u>齒</u>間以便控制方向的器物，仍寓含<u>包束</u>之旨。

至於引申為「小」之意的字例則有：

趨—疾行，指<u>小</u>步快走。

鬵—以<u>小</u>火熬煮<u>鬲（鼎）</u>中物。

雛—<u>禽鳥</u>稚子，指<u>小</u>雞。

騸—職官名，即「廄御」，指以<u>束草飼馬</u>的<u>小</u>官。

繺—<u>紡織物</u>，葛布之<u>細</u>者。

另外，又有假借為物類專名，單純以「芻」為無意聲符的則有：鄒（國名、姓氏）。

4.「戔」字族釋例：（18 字）

■ 戔【jiān／ㄐㄧㄢ／昨千切／十四部】—「賊也。从二戈。《周書》曰：『戔戔』。巧言也。」段注「賊也。此與殘音義皆同。故殘用以會意。今則殘行而戔廢矣。篇，韵皆云傷也。」（12 下-41）

◆ 案：戔从二戈相向，郭沫若以為「乃戰之初字」，羅振玉則稱「乃戰之初文，訓賊者乃引申義」，馬敘倫亦從此說〔註3〕。然而，個人以為「戔」字本形為「从二戈」會意，雖有戰爭之旨，只是，「戔」字族中卻少見與戰爭之意相關的內涵，倒不如訓「賊」或「殘」較為符合其本形、本意；畢竟，二戈相向，必有所賊害或殘損，以至於國土、人民或財貨等，也必然因為相殘賊而日益變小或減少，因此，以「戔」為聲符的字素引申又有「小」或「少」的意涵。其相關字族如下：

（1）後【jiàn／ㄐㄧㄢˋ／慈衍切／十四部】—「迹也。从彳戔聲。」段注「迹也。豳風。籩豆有踐。箋云。踐、行列皃。按踐同後。故云行列皃。」（2 下-15）

（2）衜【jiàn／ㄐㄧㄢˋ／才綫切／十四部】—「迹也。从行戔聲。」段注「迹也。此與彳部後音義同。从行。戔聲。才綫切。十四部。」（2 下-18）

（3）踐【jiàn／ㄐㄧㄢˋ／慈衍切／十四部】—「履也。从足戔聲。」段注「履也。履之箸地曰履。履，足所依也。」（2 下-27）

（4）諓【jiàn／ㄐㄧㄢˋ／慈衍切／十四部】—「善言也。从言戔聲。一曰諓也。」（3 上-16、17）

〔註3〕《古文字詁林》，冊 9，頁 983～984。

（5）殘【cán／ㄘㄢˊ／昨干切／十四部】—「賊也。从歺戔聲。」（4 下-12）

（6）猨【chǎn／ㄔㄢˇ／初版切／十四部】—「齧也。从犬戔聲。」（10 上-28）案：原文或作「犬齧也」。段注「犬字今補」，應是像犬齧咬時，將物撕裂成小塊。

（7）箋【jiān／ㄐㄧㄢ／則前切／十四部】—「表識書也。从竹戔聲。」段注「表識書也。鄭六藝論云。注詩宗毛爲主。毛義若隱略。則更表明。如有不同。即下己意。按注詩偁箋。自說甚明。博物志云。毛爲北海相。鄭是郡人。故稱箋以爲敬。此泥魏晉時上書偁箋之例。絕非鄭意。」（5 上-5）

（8）虥【zhàn／ㄓㄢˋ／昨閑切／十四部】—「虎竊毛謂之虥苗。从虎戔聲。竊，淺也。」（5 上-44）案：段注「竊即淺字」，於六書為假借，是以竊毛即淺毛，為細小之意。

（9）餞【jiàn／ㄐㄧㄢˋ／才線切／十四部】—「送去食也。从食戔聲。《詩》曰：『顯父餞之』。」（5 下-13）段注「送去食也。各本少食字。今依左傳音義補。毛傳曰。祖而舍軷。飲酒於其側曰餞。从食。戔聲。才線切。十四部。詩曰。顯父餞之。大雅文。」

（10）棧【zhàn／ㄓㄢˋ／士限切／十四部】—「棚也。竹木之車曰棧。从木戔聲。士限切。」段注「棚也。竹木之車曰棧。不言一曰者，其義同也。小雅傳曰。棧車，役車。箋云。棧車，輦者。許云竹木之車者，謂以竹若木散材編之爲箱，如柵然。是曰棧車。棧者上下四旁皆偁焉。」（6 上-49）

（11）賤【jiàn／ㄐㄧㄢˋ／才線切／十四部】—「賈少也。从貝戔聲。才線切。」段注「賈少也。賈，今之價字。」（6 下-20）

（12）幧【jiǎn，jiān／ㄐㄧㄢˇ，ㄐㄧㄢ／所八切／古音十四十五部合韵】—「帬也。一曰帗也。一曰婦人脅衣。从巾戔聲，讀若末殺之殺。」（7 下-47）

（13）俴【jiàn／ㄐㄧㄢˋ／慈衍切／十四部】—「淺也。从人戔聲。」（8 上-28）

（14）淺【qiǎn／ㄑㄧㄢˇ／七衍切／十四部】—「不深也。从水戔聲。七

衍切。」（11 上 2-12）

（15）綫【xiàn／ㄒㄧㄢˋ／私箭切／十四部】—「縷也。从糸戔聲。線，
古文綫。」（13 上-26）段注「縷也。鄭司農周禮注曰。線，縷也。此
本謂布綫。引申之絲亦偁綫。」

（16）錢【qián／ㄑㄧㄢˊ／即淺切／十四部】—「銚也。古者田器。从金
戔聲。《詩》曰：『庤乃錢鎛』。一曰貨也。」段注「銚也。古者田器。
詩毛傳云介。見上文銚字下。云古田器者，古謂之錢。今則但謂之銚，
謂之舌。不謂之錢。而錢以爲貨泉之名。」（14 上-10）

（17）陵【jiàn／ㄐㄧㄢˋ／慈衍切／十四部】—「水自也。从自戔聲。」（14
下-12、13）

是知《說文解字》中「戔」字族字例从「戔」之本意賊、傷構字的有：

後—行走路面有所殘而留下的痕跡。

衡—同後，痕跡之意。

踐—用腳踩踏或傷害。

諓—以言語傷人。

殘—相互賊害致死傷。

猭—指遭犬咬，必有所傷。

至於又有從「戔」為聲符之引申意，釋「小」，其字例則有：

箋—以細小的竹子製成，用以記載文字。

虦—虎之淺（少）毛者。

餞—以微薄（少）的水酒食物送別。

棧—以細長的木豎編柵欄。

賤—指價值低小的貨幣（貝）。

幩—褓也，包裹小兒的巾布。

俴—指人的見識短小。

淺—水很少。

綫—細小的絲。

錢—指價值較小的金屬貨幣。

陵—指水阜，土石較少。

5. 「韱」字族釋例：（12 字）

■ 韱【xiān／ㄒㄧㄢ／息廉切／七部】—「山韭也。从韭籤聲。」段注「山韭謂山中自生者。按夏小正。正月囿有韭，與四月囿有見杏皆謂自生者也。」（7 下-4）

◆ 案：韱之本意為山韭，其特色為莖短、葉細長，種植後易於生長並可長久。因此，古人造字，凡細小瘦長的物即从「韱」，是為本意；至於細小至極，其引申則有「盡」或「隱微」之旨。

（1）讖【chèn／ㄔㄣˋ／楚蔭切／七部】—「驗也。有徵驗之書。河雒所出書曰讖。从言韱聲。」段注「驗也。驗本馬名。蓋即譣之假借。讖驗疊韵。有徵驗之書。河雒所出書曰讖。十二字依李善鵬鳥，魏都二賦注補。釋名。讖，纖也。其義纖微也。」（3 上-9）

（2）殲【jiān／ㄐㄧㄢ／子廉切／七部】—「微盡也。从歹韱聲。《春秋傳》曰：『齊人殲于遂』。」（4 下-12）

（3）籤【qiān／ㄑㄧㄢ／七廉切／七部】—「驗也。一曰銳也，貫也。从竹韱聲。」段注「驗也。驗當作譣。占譣然不也。小徐曰。籤出其處爲驗也。一曰銳也。貫也。銳貫二義相成。與占譣意相足。」（5 上-16）

（4）櫼【jiān／ㄐㄧㄢ／子廉切／七部】—「楔也。从木韱聲。」段注「木工於鑿枘相入處有不固。則斫木札楔入固之。謂之櫼。櫼亦作鐼。」（6 上-38）

（5）幟【jiān／ㄐㄧㄢ／精廉切／七部】—「拭也。从巾韱聲。」段注「拭也。其義少見。字林。幖幟記。則音義同籤。」（7 下-50）

（6）瀸【jiān／ㄐㄧㄢ／子廉切／七部】—「漬也。从水韱聲。《爾雅》曰：『泉一見一不爲瀸』。」段注「漬也。公羊傳莊十七年。齊人瀸于遂。瀸者何。瀸，積也。眾殺戍者也。積本又作漬。何曰。積死非一之辭。按傳文及說文皆當作積爲長。許云漬，漚也。瀸篆不與漬篆聯。可以知許說矣。」（11 上 2-12）

（7）攕【xiān／ㄒㄧㄢ／所咸切／七部】—「好手皃。从手韱聲。《詩》曰：『攕攕女手』。」段注「好手皃。魏風葛屨曰。摻摻女手。可以縫裳。傳曰。摻摻猶纖纖也。漢人言手之好曰纖纖。如古詩云。纖纖

擢素手。傳以今喻古故曰猶。其字本作攕。俗改爲摻。非是。」（12
上-21）

（8）孅【xiān／ㄒㄧㄢ／息廉切／七部】—「銳細也。从女韱聲。」段
注「兌細也。兌各本作銳。集韵，類篇皆作兌。兌者，悅也。漢書
曰。古之治天下。至孅至悉也。孅與纖音義皆同。古通用。」（12
下-15）

（9）纖【xiān／ㄒㄧㄢ／息廉切／七部】—「細也。从糸韱聲。」段注
「細也。細者，㣇也。魏風。摻摻女手。韓詩作纖纖女手。毛傳曰。
摻摻猶纖纖也。尚書。厥篚玄纖縞。鄭注。纖，細也。漢文紀。遺
詔纖七日，釋服。服虔注。纖，細布。凡細謂之纖。其字或作孅。」
（13 上-6、7）

（10）鑯【jiān／ㄐㄧㄢ／子廉切／七部】—「鐵器也。从金韱聲。一曰鑴
也。」段注「鐵器也。蓋銳利之器。郭注爾雅用爲今之尖字。融丘，
鑯頂者。」（14 上-7）

（11）釅【chǎn／ㄔㄢˇ／初減切／七部】—「酢也。从酉韱聲。」（14 下-41）

至於《說文解字》中「韱」字族的字例有：

讖—言語的意涵細小隱微處。

殲—指殘害殆盡（小至極）。

籤—將竹子剖成細長條狀，是廟裡祈福徵驗的工具。

櫼—以細小的木片插入木結構作爲接榫。

嫾—音義同籤。

瀸—狀積水的痕跡細長，似有若無。

攕—指女子擅長女紅，手指多細長。

孅—形容女子思維敏銳纖細。

纖—絲之細者。

鑯（尖）—指金屬細小銳利處。

釅—指醋，發酵（酉）過程時間較爲短小（少）的物。

6.「堯」字族釋例：（25 字）

■ 堯【yáo／一ㄠˊ／吾聊切／二部】—「高也。从垚在兀上，高遠也。
　　　　　

■ 堯【yáo／一ㄠˊ／吾聊切／二部】—「高也。从垚在兀上，高遠也。
  㐫，古文堯。」段注「从垚在兀上。高遠也。會意。兀者，高而上平也。
  高而上平之上又增益之以垚。是其高且遠可知也。」（13 下-40）

◆ 案：「堯」字的本意是土高貌，因此，从「堯」為聲符的字族多與「高」
  的內涵有關；至於字族中又有部份字例，雖是从「堯」為聲符，然而，
  高之至極，其形愈小，是以有訓「小」之旨。

（1）嘵【xiāo／ㄒㄧㄠ／許么切／二部】—「懼聲也。从口堯聲。《詩》
  曰：『子維音之嘵嘵』。」段注「懼聲也。豳風毛傳曰。嘵嘵，懼也。
  从口。堯聲。許幺切。二部。詩曰。予維音之嘵嘵。玉篇，廣韵作
  予維音之嘵嘵。本說文也。今本說文作唯予音之嘵嘵。」（2 上-24）
  案：懼聲也。狀其聲音尖銳高昂貌。

（2）趬【qiāo／ㄑㄧㄠ／牽遙切／二部】—「行輕皃。从走堯聲。一曰趬，
  舉足也。」（2 上-32）

（3）譊【náo／ㄋㄠˊ／女交切／二部】—「恚呼也。从言堯聲。」（3 上
  -19）

（4）敽【qiāo／ㄑㄧㄠ／牽遙切，廣韵古么切／二部】—「鬧田也。从
  攴堯聲。」段注「其訓蓋本作擊也。擊者、旁擊也。一譌爲鬧。再
  譌又衍田。莫能通矣。」（3 下-40）案：敽為擊頭之意。

（5）翹【qiào，qiáo／ㄑㄧㄠˋ，ㄑㄧㄠˊ／渠遙切／二部】—「尾長毛
  也。从羽堯聲。」（4 上-20）

（6）膮【xiāo／ㄒㄧㄠ／許幺切／二部】—「豕肉羹也。从肉堯聲。」段
  注「豕肉羹也。公食大夫禮注曰。膷臐膮，今時脽也。牛曰膷。羊曰
  臐。豕曰膮。皆香美之名也。古文膷作香。臐作熏。按許無膷臐二字。
  從古文不從今文也。」（4 下-36）

（7）饒【ráo／ㄖㄠˊ／如昭切／二部】—「飽也。从食堯聲。」段注「飽
  也。饒者，甚飽之詈也。引以爲凡甚之偁。」（5 下-13）

（8）曉【xiāo／ㄒㄧㄠˇ／呼鳥切／二部】—「明也。从日堯聲。」段注「朙
  也。此亦謂旦也。俗云天曉是也。引伸爲凡明之偁。」（7 上-3）

（9）皢【xiǎo／ㄒㄧㄠˇ／呼鳥切／二部】—「日之白也。从白堯聲。

呼鳥切。」（7 下-57）

（10）顤【yáo／一ㄠˊ／五弔切／二部】─「高長頭。从頁堯聲。」段注「高
長頭。玉篇下有皃字。靈光殿賦李注。頱顤顟，大首深目之皃。」（9
上-6）

（11）嶤【yáo／一ㄠˊ／古僚切／二部】─「焦嶤，山高皃。从山堯聲。」
（9 下-8、9）

（12）驍【xiāo／ㄒㄧㄠ／古堯切／二部】─「良馬也。从馬堯聲。《詩》
曰『驍驍牡馬』。」（10 上-7）

（13）獟【xiāo，yào／ㄒㄧㄠ，一ㄠˋ／五弔切／二部】─「狂犬也。从犬
堯聲。」段注「狂犬也。二篆爲轉注。」（10 上-33）

（14）燒【shāo／ㄕㄠ／式昭切／二部】─「爇也。从火堯聲。」（10 上-41）

（15）撓【náo／ㄋㄠˊ／奴巧切／二部】─「擾也。从手堯聲。一曰捄也。」
（12 上-36）

（16）繞【rào／ㄖㄠˋ／而沼切／二部】─「纏也。从糸堯聲。」（13 上-8）

（17）蕘【ráo／ㄖㄠˊ／如昭切／二部】─「艸薪也。从艸堯聲。」段注「艸
薪也。艸字依詩釋文補。大雅。詢于芻蕘。毛曰。芻蕘，薪采者。按
說文謂物。詩義謂人。」（1 下-47）

（18）橈【náo／ㄋㄠˊ／女教切／二部】─「曲木。从木堯聲。」段注「曲
木也。引伸爲凡曲之偁。見周易，考工記，月令，左傳。古本無从手
撓字。後人肊造之以別於橈。非也。」（6 上-25）

（19）僥【jiǎo，yáo／ㄐㄧㄠˇ，一ㄠˊ／五聊切／二部】─「南方有焦僥。
人長三尺，短之極也。从人堯聲。」段注「南方有焦僥人長三尺。短
之極也。見魯語。」案：僬僥，西南蠻之別名。海外南經曰。焦僥國
在三首東。大荒南經曰。有小人。名曰焦僥之國。許系之南方。蓋本
山海經。」（8 上-39）

（20）磽【qiāo／ㄑㄧㄠ／口交切／二部】─「磬也。从石堯聲。」段注「磬
也。與土部之墝音義同。墝下曰。磽也。孟子。地有肥磽。趙曰。磽，
薄也。」（9 下-29）

（21）澆【jiāo／ㄐㄧㄠ／古堯切／二部】─「渓也。从水堯聲。」段注「沃
為澆之大，澆為沃之細。故不類廁。凡醲者，澆之則薄。故其引伸之

義爲薄。漢書循吏傳。澆淳散樸。」（11 上 2-35）

（22）嬈【ráo／ㄖㄠˊ／奴鳥切／二部】—「苛也。一曰擾也、戲弄也，从女堯聲。一曰嬥也。」段注「苛者，小艸也。引申為瑣碎之偁。」（12下-27）

（23）蟯【náo／ㄋㄠˊ／如招切／二部】—「腹中短蟲也。从虫堯聲。」（13上-42）

（24）鐃【náo／ㄋㄠˊ／女交切／二部】—「小鉦也。从金堯聲。軍灋：卒長執鐃。」段注「小鉦也。鉦鐃一物，而鐃較小。渾言不別，析言則有辨也。周禮言鐃不言鉦，詩言鉦不言鐃，不得以大小別之。」（14 上-15）

是謂《說文解字》中从「堯」為聲符，釋意為「高」的字例有：

嘵—恐懼害怕時，口裡發出的聲音高亢。

趬—走路時將腳抬高，輕聲地走。

譊—憂慮或大聲呼喊時，言語聲調高昂。

敪—敲打頭部（指人身最高處）；又，攴，小擊也。

翹—指禽鳥的長尾羽毛高舉。

膮—指豬肉羹味美，香氣上騰。

饒—食物堆得高高的，指物產豐富。

曉—指天亮，太陽升高。

皢—日之白，指天明，太陽高掛。

顤—指頭（頁）高長貌。

嶢—指山勢高聳。

驍—良馬，指馬健壯高大。

獟—指狗勇猛，高大健行貌。

燒—指火焰高張，溫度熱。

撓—將手舉高，有阻擋或妨礙之意。

繞—將絲織品或繩索環圍而高。

至於高之至極，訓為「小」的字例則有：

蕘—指可作薪火燃燒的草，大火曰薪、小火曰蕘。

橈—吳越方言，稱小檝為橈，指短木槳。

僥—焦僥是西南蠻的別名，指<u>人</u>的身材短<u>小</u>。

磽—指山多<u>石</u>，<u>小</u>而堅硬。

澆—本意為「薄」，指<u>水</u>的濃度變<u>小</u>或變淡。

嬈—苛酷之意；苛者小草，引申指<u>女</u>性言行瑣碎（細小）。

蟯—指腹中短<u>蟲</u>或<u>小</u>蟲。

鐃—器樂名，<u>金屬</u>製，似鐘而<u>小</u>，古人擊鐃以退兵。

7. 結　語

漢語形聲字族有其造字之脈絡依循，並可正經籍、明訓詁，個人希冀透過字族觀念的延伸，使漢字學習不再難學、難懂、難認、難寫，真正將漢字文化的優美、博大精深，以淺顯易懂的理念，深入闡述並發揚光大，使華語文的學習更見其科學方法與條理，進而能夠普及於世。

（原文載《中國語文》，第 110 卷，第 2 期，頁 19～24，中國語文月刊社，2012.02）

參考文獻

1. 李孝定，《漢字的起源與演變論叢》，台北：聯經出版社，1986 初版、2008 四刷。

2. 楊自儉主編，《字本位理論與運用研究》，山東教育出版社，2008。

3. 殷寄明，《漢語同源字詞叢考》，北京：中國出版集團，2007。

4. 黃易青，《上古漢語同源詞意義系統研究》，北京：商務印書館，2007。

5. 陳楓，《漢字義符研究》，中國社會科學出版社，2006。

6. 曾昭聰，《形聲字聲符示源功能述論》，合肥：黃山書社，2002。

7. 張希峰，《漢語詞族叢考》，成都：巴蜀書社，1999。

8. 殷寄明，《漢語語源義初探》，上海：學林出版社，1998。

9. 李國英，《小篆形聲字研究》，北京：北京大學出版社，1996。

0. 沈兼士，《沈兼士學術論文集》，北京：中華書局，1986。

11. 沈括，《夢溪筆談》，北京：中華書局，1985。

12. 黃生，《字詁義府合按》，北京：中華書局，1984。

13. 朱駿聲，《說文通訓定聲》，北京：中華書局，1984。

14. 王力，《同源字典》，北京：商務印書館，1982。

15. 東漢‧許慎著、清‧段玉裁注，《說文解字注》，台北：洪葉文化事業有限公司，1998。

四、《說文解字》形聲字族研究
——以訓「厚薄」為例

【中文摘要】

　　文字是民族文化資產重要的項目之一。六書體例中，數量最多也最具特色的結構即是「形聲」。這是透過「聲符」繫聯，亦即《說文解字》中「因聲孳乳」的原理所形成。這種系統化的構字脈絡是世界各民族「字源學」、「語源學」的基礎，唯於漢字研究則付諸闕如。至於本文則以訓「厚薄」之旨為研究範疇，進而揭櫫「農字族」、「告字族」、「是字族」、「竹字族」、「复字族」、「東字族」及「枼字族」、「离字族」等8個字族計85個漢字，其本質各具「厚實」或「薄」之意，這樣的字族剖析，不僅能深耕文化資產的內涵，並可充分運用於華語文教學。

　　關鍵詞：聲符、形聲字族、右文說、語源學、說文解字。

1. 前　言

「形聲」是漢字六書體例中數量最多也最具特色的文字結構，這是透過「聲符」繫聯，亦即是《說文解字》中「因聲孳乳」的構字理念所形成的字族體系，所謂「倉頡之初作書，蓋依類象形故謂之文，後形聲相益即謂之字。文者物象之本，字者言孳乳而浸多也。」〔註1〕這種音聲詁訓相通的原理，也正是清代段玉裁倡言「以聲為義」的概念；系統化的構字脈絡，不僅可以快速理解聲符與字族間的緊密關係和作用，進而透過分析、演繹、歸納等方法，便可深入明白漢字的結構與內涵。

這種回歸至「字本位」的探討，很能反映先民構字時之初衷以及當世的社會思想與文化內涵，這樣的研究也正是世界各民族「字源學」或「語源學」的基礎，唯於漢字研究中則付諸闕如，若能將此研究成果推展於華語文教學，則不僅影響深遠且裨益頗深，當然值得深入探究。

是以本文不憚淺陋，以文獻分析法、歷史演進法為依據，分別就「厚」、「薄」之旨作為形聲字族的研究範疇，進而揭櫫「農字族」、「告字族」、「是字族」、「竹字族」、「复字族」、「東字族」以及「枼字族」、「离字族」等形聲字，除部分為假借者外，且不論其聲符之本意為何，然而，在其形聲字族結構中，各字的本意或引申意，前 6 個字族都寓涵「厚」或「厚實」之旨，至於「枼字族」和「离字族」則是具有「薄」或「淺薄」等特質，這樣的字族剖析，可以快速明白這 8 個字族計 85 個漢字的脈絡與結構，從而深入瞭解漢字與文化間的內涵及運用。

另外，個人又將聲符相同的字族予以排比，並將「省聲」之字除去，藉聲紐與韵部的相通或如一，使更見聲符與字族間之繫聯，以及在形、音、義方面的融匯互通與運用，這是前人較少企及處，也是漢語形聲字族研究最為吸引人的關鍵，不僅可以全面性地理解漢字的本質、文化內涵與社會思想，同時，其雋永深刻，並更得見中國文字的淵博精妙與文化鉤沉。

2. 《說文解字》形聲字族——訓「厚」字例釋意

《說文解字》中訓「厚」之旨的聲符不在少數，本文條理其脈絡，以聲

〔註1〕許慎撰、段玉裁注，新添古音《說文解字注》，卷 15 頁 2，台北：洪葉文化事業有限公司，1998。

符為主軸，並逐一標注漢語拼音、國語注音、聲紐、反切、韵部並卷頁，這樣繁複細密地條列，不僅可以完整呈現漢字形、音、義的原始面貌及本質，使易於辨識、認知。同時，由於聲紐、韵部於古音中的互通與雷同，也可見古人構字時以聲符繫聯的意義與作用，從而印證古人構字時的確是遵循「因聲孳乳」的原理，繼而架構出豐富而又深具文化特質的形聲字族脈絡。是以本文不辭羅縷，將訓「厚」之旨的形聲字族羅列如下，除了作國名、地名、物名等字是為假借，較無意義，是以不論外，本文並於漢字音義、卷頁之後又加註案語及其詞語運用，使闡明文字的語音、語意及語用，進而更能深入了解漢字的形符（物類之分），以及聲符與漢字繫聯間的關係暨其本質。

2.1 農聲符字族釋例：（5字）

■ 農【nóng／ㄋㄨㄥˊ／23 泥／不載切韵】──「耕人也。从晨囱聲。」段注「各本無人字。」又「食貨志四民有業，闢土植穀曰農。洪範次三曰農用八政。鄭云：農讀為醲，易其字也，某氏因訓農為厚矣。」（3上-40）

◆ 案：段注「庶人明而動，晦而休，故从晨。」又，「鍇曰當從凶乃得聲。玉裁按此囱聲之誤，囱者明也。」至於《說文解字・囱》「在牆曰牖，在屋曰囱，象形。凡囱之屬皆从囱。楚江切，古音在九部，今竈突尚讀倉紅切。」（10下-1）是以農字狀天明炊煙升起，象徵一天耕作之事繁忙的開始，故从農為聲符的字族也多具有厚實繁密之旨。

（1）襛【nóng／ㄋㄨㄥˊ／23 泥／汝容切／九部】──「衣厚皃。从衣農聲。《詩》曰『何彼襛矣。』」段注「凡農聲之字皆訓厚。醲酒厚也，濃露多也，襛衣厚皃也。引伸為凡多厚之偁。」（8 上-58）案：襛字結構即是厚衣密實貌。

（2）獳【nóng／ㄋㄨㄥˊ／23 泥／奴冬切／古音在九部】──「犬惡毛也。从犬農聲。」（10 上-27）案：獳字結構為犬毛厚實貌，狀其多而亂；或謂多毛犬、惡毛犬、長毛犬也。

（3）濃【nóng／ㄋㄨㄥˊ／23 泥／女容切／九部】──「露多也。从水農聲。《詩》曰『零露濃濃。』」段注「按酉部曰醲，厚酒也。衣部曰襛，衣厚皃。凡農聲字皆訓厚。」（11 上二-27）案：濃字結構謂水繁多密實

貌，這樣的水自然是指露水。引伸為凡事物厚實茂密皆謂濃。其詞語如：濃情密意、濃妝、濃郁。

（4）醲【nóng／ㄋㄨㄥˊ／23 泥／女容切／九部】─「厚酒也。从酉農聲。」段注「鴻範次三曰農用八政。鄭曰農讀為醲，然則凡厚皆得為醲也。」（14 下-35）案：醲字結構即是酒味厚實之意。其詞語如：醲醇、醲實。

2.2 告聲符字族釋例：（17 字）

■ 告【gào／ㄍㄠˋ／22 見／古沃切／三部】─「牛觸人，角箸橫木，所以告人也。从口从牛。《易》曰『僮牛之告。』凡告之屬皆从告。」段注「此字當入口部，从口牛聲，牛可入聲讀玉也。廣韵：告上曰告，發下曰誥。」（2 上-11）

◆ 案：告字結構謂藉厚實之牲禮（牛），口以告天，當是天子祭天儀式中之祝禱，是以从告為聲符之字族也多寓涵厚實之旨。

（1）祰【gào／ㄍㄠˋ／22 溪／苦浩切／古音在第三部】─「告祭也。从示从告聲。」段注「自祧以下六字皆主言祖廟，故知告祭謂王制天子諸矦將出造乎禰。」（1 上-8）案：祰字結構謂祭祀（示）時，其禮厚實慎重，為祭名，亦即告祖之祭。

（2）牿【gù／ㄍㄨˋ／22 見／古屋切／三部】─「牛馬牢也。从牛告聲。《周書》曰『今惟牿牛馬。』」（2 上-8）案：牿字結構指祭祀時，牲禮（从牛）厚實，當為牛馬牢之屬。

（3）造【zào／ㄗㄠˋ／22 清／七到切／古音在三部】─「就也。从辵告聲。譚長說：造，上士也。」段注「造、就疊韵。廣雅造，詣也。」（2 下-4）案：造字結構謂行止（辵）厚實，指拜訪、往詣之意，引申又有成就之旨。其詞語如：造訪、造就。

（4）誥【gào／ㄍㄠˋ／22 見／古到切／古音在三部】─「告也。从言告聲。」段注「見釋詁：按以言告人，古用此字，今則用告字，以此誥為上告下之字。」（3 上-13）案：誥字結構謂厚實之言語，並有告誡、教導之意，是以多寓涵上告下之旨。其詞語如：誥命。

（5）鵠【hú／ㄏㄨˊ／22 匣／胡沃切／三部】─「黃鵠也。从鳥告聲。」

（4 上-45）案：鵠字結構狀鳥形貌厚實，是以必為大鳥。而其形似鶴，羽色蒼黃；亦有白鵠者，一名天鵝。其詞語如：鴻鵠。

（6）梏【gù／ㄍㄨˋ／22 見／古沃切／三部】—「手械也。从木告聲。」（6 上-64）案：梏字結構謂厚實之木，有禁錮行止之意；在手曰梏，在足曰桎。其詞語如：桎梏。

（7）郜【gào／ㄍㄠˋ／14 見／古到切／古音在三部】—「周文王子所封國。从邑告聲。」（6 下-46）案：郜字結構謂厚實之封邑，國名，假借。

（8）晧【hào／ㄏㄠˋ／22 見／胡老切／古音在三部】—「日出皃。从日告聲。」段注「謂光明之皃也。天下惟絜白者最光明，故引伸為凡白之偁，又改其字从白作皓矣。」（7 上-6）案：晧字結構狀日形厚實，指日出光明貌；又引伸為潔白。其詞語如：晧天、晧晧。

（9）窖【jiào／ㄐㄧㄠˋ／22 定／古孝切／古音在三部】—「地臧也。从穴告聲。」（7 下-21）案：窖字結構狀地穴厚實貌，可用以藏物。其詞語如：地窖、窖藏。

（10）峼【gào／ㄍㄠˋ／22 見／古到切，篇韵皆口沃切／三部】—「山皃。一曰山名。从山告聲。」（9 下-8）案：峼字結構狀山形厚實；或又作山名，假借。

（11）硞【què／ㄑㄩㄝˋ／22 溪／苦角切／三部】—「石聲。从石告聲。」段注「今爾雅釋言：硞鞏也。郭云硞然堅固。」（9 下-27）案：硞字結構狀石之堅硬厚實。

（12）焅【kù／ㄎㄨˋ／22 溪／苦沃切／三部】—「旱气也。从火告聲。」段注「與酷音義略同。」（10 上-52）案：焅字結構謂火氣（熱氣）厚實，亦即酷熱之意。

（13）浩【hào／ㄏㄠˋ／22 匣／胡老切／古音在三部】—「澆也。从水告聲。《虞書》曰『洪水浩浩。』」段注「按澆當作沆字之誤也。」（11 上 2-5）案：沆者大水也。浩字結構狀水勢之厚實壯盛。其詞語如：浩浩蕩蕩、浩大。

（14）靠【kào／ㄎㄠˋ／22 溪／苦到切／古音在三部】—「相韋也。从非告聲。」段注「韋各本作違，今正。相韋者相背也，故从非。今俗謂

相依曰靠，古人謂相背曰靠，其義一也。猶分之合之皆曰離。」（11下-32）案：靠字結構本謂背與背相倚厚實貌，是以今相依、相背皆作靠。其詞語如：倚靠、靠山、靠攏。

（15）陷【kù／ㄎㄨㄚˋ／22溪／苦沃切／三部】—「大阜也。一曰右扶風郿有陷阜。从阜告聲。」（14下-10）案：陷字結構狀土阜厚實貌，地名，假借。

（16）酷【kù／ㄎㄨㄚˋ／22溪／苦沃切／三部】—「酒味厚也。从酉告聲。」段注「依廣韵訂引申為已甚之義。白虎通曰：酷，極也，教令窮極也。」（14下-36）案：酷字結構謂酒味厚實；其後又引申有至極、窮極之意。其詞語如：冷酷、酷寒。

2.3 是聲符字族釋例：（24字）

■ 是【shì／ㄕˋ／10定／承旨切，旨當作紙／十六部】—「直也。从日正，凡是之屬皆从是。」段注「直部曰正見也。」（2下-1）

◆ 案：天下之物莫正於日也，而是字結構从日正，會意；是以从是為聲符之字族多引申有實在、厚實之旨。

（1）禔【tí／ㄊㄧˊ／10定／唐韵切／同十六部】—「安也。从示是聲。《易》曰『禔既平。』」（1上-5）案：禔字結構謂祀神（示）厚實（牲禮豐饒），寓意平安之旨。

（2）萁【chí／ㄔˊ／10定／是支切／十六部】—「艸也。从艸是聲。」（1下-45）案：萁為草名，即萁母草，假借。

（3）趧【dī／ㄉㄧ／10端／都兮切／十六部】—「趧婁，四夷之舞，各自有曲。从走是聲。」段注「趧婁，今周禮作鞮鞻。氏注云：鞻讀為屨。鞮屨，四夷舞者屝也。」（2上-38）案：鞮屨謂四夷舞者所著之皮屨，其質地厚實，並完全符合趧字結構謂行走時足部厚實貌。其詞語如：趧婁。

（4）偍【shì／ㄕˋ／10定／是支切／十六部】—「偍偍，行皃也。从彳是聲。《爾雅》曰『偍，則也。』」（2下-15）案：偍字結構謂行止（彳）沉著厚實，狀其安穩而有儀態。其詞語如：偍偍。

（5）踶【dì／ㄉㄧˋ／10定／特計切／十六部】—「蹑也。从足是聲。」

段注「李軌曰踶踶也,通俗文曰小蹋謂之踶。」(2 下-27)案:踶字結構謂腳步厚實,其意即今踏字。

(6) 諟【shì／ㄕˋ／10 定／承旨切,按旨當作紙／十六部】──「理也。從言是聲。」(3 上-12)案:諟字結構謂言語厚重實在,引申為是也、正也。其詞語如:諟正。

(7) 鞮【dī／ㄉㄧ／10 端／都兮切／十六部】──「革履也。胡人履連脛謂之絡鞮。從革是聲。」(3 下-3)案:鞮字結構狀皮革厚實,意即胡人所著之皮靴。

(8) 睼【tí／ㄊㄧˊ／10 透／他計切／十六部】──「迎視也。從目是聲。讀若珥瑱之瑱。」(4 上-8)案:睼字結構謂目光厚實,有正視之意。其詞語如:弦不睼禽。

(9) 翨【shì／ㄕˋ／10 見／居豉切／十六部】──「鳥之彊羽猛者。從羽是聲。」(4 上-18)案:翨字結構狀禽鳥羽翼厚實,意指猛禽。

(10) 篪【chí／ㄔˊ／10 定／是支切／十六部】──「簾屬。從竹是聲。」段注「今之鎖簧以張之,篪以斂之,則啟矣。其用與笙中簧同也。」(5 上-17)案:篪字結構謂竹器厚實,篪以斂之,其作用如今之鎖匙。

(11) 寔【shí／ㄕˊ／10 定／常隻切／古音在十六部】──「正也。從宀是聲。」段注「此舉形聲包會意,常隻切。古音在十六部,廣韵入廿四職非。」(7 下-8)案:寔字結構狀屋宇厚實。寓涵實也、滿也之旨。

(12) 匙【chí／ㄔˊ／10 定／是支切／十六部】──「匕也。從匕是聲。」段注「匕或謂之匙,今江蘇所謂之搽匙、湯匙也,亦謂之調羹,實則古人取飯載牲之具,其首蓋銳而薄。」(8 上-41)案:匙字結構狀匕凹陷堅實貌,是古人取飯載牲的工具。

(13) 褆【shì／ㄕˋ／10 定／杜兮切／十六部】──「衣厚褆褆。從衣是聲。」(8 上-58)案:褆字結構狀衣物厚實貌。

(14) 題【tí／ㄊㄧˊ／10 定／杜兮切,玉篇亦達麗切／十六部】──「顯也。從見是聲。」(8 下-14)案:題字結構謂視(見)之厚實,亦即察之微秒,使顯而易見。

（15）題【tí／ㄊ一ˊ／10定／杜兮切／十六部】—「額也。从頁是聲。」（9
上-3）案：題字結構謂顏面厚實部位，意即指額頭；後引申為凡物之
重要或醒目處，於其上品評、標誌皆謂題。其詞語如：題目、題字、
題識。

（16）騠【tí／ㄊ一ˊ／10定／杜兮切／十六部】—「駃騠也。从馬是聲。」
（10上-18）案：駃謂馬父贏子也，騠字結構則狀馬形厚實貌。孟康曰：
駃騠生七日而超其母。即是此意。

（17）𨂃【tí／ㄊ一ˊ／10端／都兮切／十六部】—「𨂃不能行，為人所引，
曰𨂃𨂔。从彳从爪，是聲。」（10下-11）案：𨂃字結構狀足部厚重，
曲脛（彳者跛足）難行，需人牽引之意。其詞語如：𨂃𨂔（疊韻字，
與提攜義相近）。

（18）湜【shí／ㄕˊ／10定／常職切／古音在十六部】—「水清見底也。从
水是聲。《詩》曰『湜湜其止。』」（11上2-9）案：湜字結構狀水厚實
深沉，言其清澈見底貌；引申並有持正之意。其詞語如：湜湜。

（19）提【tí／ㄊ一ˊ／10定／杜兮切／十六部】—「挈也。从手是聲。」
（12上-29）案：提字結構狀手懸持厚實貌；引申有升、揚舉之意。
其詞語如：提攜、提拔、提醒。

（20）媞【tí／ㄊ一ˊ／10定／承旨切／十六部】—「諦也。从女是聲。一
曰妍黠也。一曰江淮之間謂母曰媞。」段注「諦者審也，審者悉也。
詩好人提提，傳云提提安諦也。釋訓媞媞安也，孫炎曰行步之安也。」
（12下-17）案：媞字結構狀女性（母）體態厚實貌，引申有安定、
安穩之旨。

（21）緹【tí／ㄊ一ˊ／10透／他禮切／十六部】—「帛丹黃色。从糸是聲。」
（13上-15）案：緹字結構狀絲帛厚實，如大地之色彩，其色丹黃。顏
色名，假借。

（22）堤【tí／ㄊ一ˊ／10端／丁禮切／十六部】—「滯也。从土是聲。」（13
下-27）案：堤字結構狀土堆厚實，意謂高起堅固貌。其詞語如：堤防、
河堤。

（23）隄【tí／ㄊ一ˊ／10端／都兮切／十六部】—「唐也。从𨸏是聲。」

段注「唐塘正俗字。唐者大言也，叚借為陂唐，乃又益之土旁作塘矣。」（14 下-6）案：隚字結構為土阜厚實貌，與堤字同。其詞語如：隚塘、隚岸。

2.4 竹聲符字族釋例：（5 字）

■ 竹【zhú／ㄓㄨˊ／22 端／陟玉切／三部】—「冬生艸也。象形。下垂者，箁箬也。凡竹之屬皆从竹。」（5 上-1）

◆ 案：竹字結構象竹葉下垂，兩兩竝生貌。且竹子長得越高，其枝葉也愈益茂密低垂；至於箁箬者則指竹皮，亦即筍殼，其堅實可以為箬笠。是以竹字族釋意多寓涵厚實豐茂之旨。

（1）箮【dǔ／ㄉㄨˇ／21 端／冬毒切／三部】—「厚也。从亯竹聲。讀若篤。」段注「箮篤亦古今字，箮與二部竺音義皆同，今字篤行而箮竺廢矣。」（5 下-29）案：箮字結構意謂厚實豐茂之意。

（2）篤【dǔ／ㄉㄨˇ／22 端／冬毒切／三部】—「馬行頓遲也。从馬竹聲。」段注「凡經傳篤字，固、厚二訓足包之。」（10 上-11）案：篤字結構狀馬行止沉著，有遲緩之意，是以釋為馬行頓遲；後則形容人之言行品德憨厚實在。其詞語如：篤厚、篤實。

（3）鞫【zhú／ㄓㄨˊ／22 見／居六切／三部】—「窮治辠人也。从幸从人从言，竹聲。」（10 下-14）案：鞫字結構為从幸、人、言會意，謂以辭決罪（幸），亦即告之假借。至於竹聲則有厚實重責之意，是以稱窮治辠人。

（4）竺【zhú／ㄓㄨˊ／22 端／冬毒切／三部】—「厚也。从二竹聲。」段注「从二，加厚之意。」（13 下-15）案：竺字結構謂厚之又厚，寓涵堅實之旨。

2.5 复聲符字族釋例：（9 字）

■ 复【fù／ㄈㄨˋ／25 並／房六切／三部】—「行故道也。从夂，畗省聲。」段注「彳部又有復，復行而复廢矣。疑彳部之復乃後增也。」（5 下-35）

◆ 案：复字本意為行路時路徑之往而復返。是以复字族釋義多狀反復及增生之旨，引申並有厚實之意。

（1）復【fù／ㄈㄨˋ／22 並／房六切／三部】—「往來也。从彳复聲。」
（2 下-14）案：復字結構為行路之往而仍返。寓意來回返還之意。其
詞語如：反復、回復。

（2）腹【fù／ㄈㄨˋ／22 幫／方六切／三部】—「厚也。从肉复聲。」
段注「腹厚疊韵。此與髮拔也，尾微也一例。謂腹之取名以其厚大。」
（4 下-25）案：腹字結構謂肉體厚實；指人越年長，其肉體也愈發
厚實處，意即指腹部。其詞語如：腹背受敵、心腹。

（3）榎【fù／ㄈㄨˋ／22 並／扶富切／三部】—「機持繒者。从木复聲。」
段注「繒字部可通。玉篇作繪，按當作會。會者經與緯之合也，緯與
經合，慮其不緊，則有榎入經之間以緊之。」（6 上-49）案：榎字結
構為可來回穿梭之木製物，其於機杼之經線中反復來回穿越，是紡織
時重要的工具。

（4）複【fù／ㄈㄨˋ／22 幫／方六切／三部】—「重衣也。从衣复聲。一
曰褚衣。」（8 上-58）案：複字結構為衣著厚實；指有裡衣（重衣），
或褚之以縣則謂褚衣。其詞語如：反複、重複、複合。

（5）鰒【fù／ㄈㄨˋ／22 並／蒲角切／三部】—「海魚也。从魚复聲。」
（11 下-26）案：鰒字結構狀魚形厚實。海魚類，其肉厚實，俗作鮑
魚，假借。

（6）蝮【fù／ㄈㄨˋ／22 滂／芳目切／三部】—「虫也。从虫复聲。（13
上-41）案：蝮字結構狀蟲形厚實。為大蟲（大蛇）名，亦即蝮蛇，
體長二尺餘，有毒，可吞食巨物，假借。

（7）鍑【fù／ㄈㄨˋ／22 幫／方副切／三部】—「如釜而大口者。从金复
聲。」段注「釜者鬴之，或字鬲部曰鬴，鍑屬。是二篆為轉注也。方
言曰釜，自關而西或謂之鍑。」（14 上-5）案：鍑字結構謂金屬製之
厚實物，其形制為大腹之容器。

（8）輹【fù／ㄈㄨˋ／22 滂／芳六切／三部】—「車軸縛也。从車复聲。《易》
曰『輿脫輹。』」段注「謂以革若絲之類纏束於軸，以固軸也。」（14
上-45）案：輹字結構謂車輛厚實堅固，亦即以細皮革於大車軸心處反
覆纏繞，使車軸堅實。

2.6 東聲符字族釋例：（6字）

■ 東【dōng／ㄉㄨㄥ／18 端／得紅切／九部】—「動也。从木。官溥說：从日在木中。凡東之屬皆从東。」（6 上-66）

◆ 案：《漢書・律曆志》有言「少陽者，東方。東，動也，陽氣動物，於時為春。」〔註2〕東字結構从日在木中，象萬物欣欣向榮，生機勃發貌，是以其字族釋意多寓涵堅固厚實之旨。

（1）棟【dòng／ㄉㄨㄥˋ／18 端／多貢切／九部】—「極也。从木東聲。」段注「極者謂屋至高之處。繫辭曰『上棟下宇，五架之屋，正中曰棟。』釋名曰『棟中也，居屋之中。』」（6 上-31）案：棟字結構謂木之堅固厚實者，故居屋正中以為支柱。其詞語如：棟樑。

（2）重【chóng，zhòng／ㄔㄨㄥˊ，ㄓㄨㄥˋ／18 定／柱用切／九部】—「厚也。从壬東聲。凡重之屬皆从重。」段注「厚者，旱也。厚斯重矣。引伸之為鄭重、重疊。古祇平聲無去聲。」（8 上-47）案：壬字「象人裹妊之形」（14 下-24）是以重之結構有增厚使物更堅實之旨，此為重之本意；後則寓涵行止重複或沉著厚實。其詞語如：重複、厚重。

（3）涷【dōng／ㄉㄨㄥ／18 端／德紅切／九部】—「涷水。出發鳩山，入河。从水東聲。」（11 上 1-2）案：涷水為水名，假借。

（4）凍【dòng／ㄉㄨㄥˋ／18 端／多貢切／九部】—「仌也。从仌東聲。」段注「初凝曰仌，仌壯曰凍。又，於水曰冰，於他物曰凍。故月令曰水始冰，地始凍。」（11 下-8）案：凍字結構為仌凝堅固厚實，意謂氣候酷寒。其詞語如：冰凍、天寒地凍。

（5）蝀【dōng／ㄉㄨㄥ／18 端／多貢切／廣韻平上二聲九部】—「螮蝀也。从虫東聲。」（13 上-61）案：螮蝀即虹也。古人以虹為大蟲，雨後天青，虹現，將水吸乾，是以从虫。雙聲，假借。其詞語如：螮蝀。

〔註2〕漢・班固撰、唐・顏師古注，《漢書》，第一上，頁971，台北：鼎文書局，1991。

3. 《說文解字》形聲字族——訓「薄」字例釋意

3.1 枼聲符字族釋例：（12 字）

■ 枼【yè／一ㅡㄝˋ／29 定／與涉切／八部】—「楄也。枼，薄也。从木世聲。」段注「凡木片之薄者謂之枼。故葉、牒、鍱、箑、偞等字，皆用以會意。廣韵：偞，美好兒。」（6 上-63）

◆ 案：枼，方木也。从木世聲。段注「毛傳曰：枼，世也，枼與世音義俱相通。」是以从枼為聲符之字族多具有扁薄之形，引申則有輕薄、淺薄之旨。

（1）葉【yè／一ㅡㄝˋ／29 定／與涉切／古音在八部】—「艸木之葉也。从艸枼聲。」段注「凡物之薄者皆得以葉名。」（1 下-33）案：葉字結構狀草木扁薄之形，於植物則為葉。其詞語如：樹葉、葉片。

（2）諜【dié／ㄉ一ㄝˊ／29 定／徒叶切／七部】—「軍中反閒也。从言枼聲。」段注「釋言閒，倪也。郭云：左傳謂之諜，今之細作也。」（3 上-31）案：諜字結構謂言語淺薄，不得其旨；於人於事則有少言、多言或不實之意。其詞語如：間諜、諜報。

（3）牒【zhé／ㄓㄜˊ／29 定／直葉切／八部】—「薄切肉也。从肉枼聲。」（4 下-38）案：牒字結構謂析肉成薄片，意即切大薄片肉，或稱藿葉切，這是古人烹飪、祭祀或保存肉片重要的方法之一。

（4）箑【yè／一ㅡㄝˋ／29 定／與接切／八部】—「籥也。从竹枼聲。」段注「小兒所書寫每一笘謂之一箑，今書一紙謂之一頁，或作葉，其實當作此箑。」（5 上-4）案：箑字結構謂竹製之扁薄物，俗作頁，如今書寫之紙。

（5）鞢【shè／ㄕㄜˋ／29 透／失涉切／八部】—「射決也。所以拘弦，以象骨，韋系，箸右巨指。从韋枼聲。《詩》曰『童子佩鞢。』」（5 下-41）案：鞢字結構謂皮革之薄者，著右巨指，可拘弦以射，是為射具，鞢或从弓。其詞語如：鞢鞲。

（6）牒【dié／ㄉ一ㄝˊ／29 定／徒叶切／八部】—「札也。从片枼聲。」段注「司馬貞曰：牒小木札也。按厚者為牘，薄者為牒。」（7 上-34）案：牒字結構謂扁薄之小木片，古為書札或信札之用。其詞語如：玉

牒、譜牒、牒案、牒牘。

（7）褋【dié／ㄉㄧㄝˊ／29 定／徒叶切／八部】—「南楚謂禪衣曰褋。從衣枼聲。」（8 上-54）案：禪衣即單衣，無裡曰禪，有裡曰複。褋字結構即是輕薄的單層衣，或為汗襦之別名。

（8）屟【xiè／ㄒㄧㄝˋ／29 心／穌叶切／八部】—「履之荐也。從尸枼聲。」（8 上-72）案：尸字本意陳也，象臥之形；古人所謂尸位、尸祿、尸官者，寓意居其位而不為其事，引申有空、虛之旨。是以屟字結構狀中空、扁薄之形，可以置物，與屜字通。《說文通訓定聲》[註3]謂「如今婦女鞵中所施木底也。春秋時，吳宮有響屟廊。」（鞵今俗作鞋）又稱，「今簽匱中抽屜字，當以此屟為之。」

（9）渫【xiè／ㄒㄧㄝˋ／29 心／私列切／十五部】—「除去也。從水枼聲。」段注「案：枼聲或在十五部，或在八部。蓋二部之通融，難以枚數。枼從世聲。」（11 上 2-37）案：渫字結構狀水淺薄貌，意謂浚治去泥濁，致使水流清淺。其詞語如：渫雲（擴散之雲）。

（10）揲【shé／ㄕㄜˊ／29 定／食折切／十五部】—「閱持也。從手枼聲。」段注「閱者具數也。更迭數之也。匹下曰：四丈也，從八匚，八揲一匹。按：八揲一匹則五五數之也。五五者由一五二五數之，至於八五則四丈也。」（12 上-26）案：揲字結構為手持扁薄之物，一一數之，是謂閱持也。其詞語如：揲貫。

（11）媟【xiè／ㄒㄧㄝˋ／29 心／私列切／十五部】—「嬻也。從女枼聲。」（12 下-22）段注「方言曰：媟狎也。漢枚乘傳曰：以故得媟黷貴幸。今人以褻衣字為之，褻行而媟廢矣。」案：媟字結構謂對女性舉止輕薄、淺薄，引申有狎玩不敬之意，至於經傳中則多以褻字為之。其詞語如：媟嬻。

3.2 离聲符字族釋例：（7字）

■ 离【chī／ㄔ／1 透／丑知切，大徐呂支切／古音在十七部】—「山神也，獸形。從禽頭，從厹從屮。歐陽喬說：离，猛獸也。」（14 下-17）

◆ 案：此字蓋山神之獸。依許書言從某從某之例，為會意字。依小徐為形

〔註3〕清·朱駿聲，《說文通訓定聲》，謙部第四，頁44，台北：藝文印書館，1975。

聲字。依大徐及朱氏說則為象形字。或作魖，是為人害，因山林異氣所生，其形飄渺，是以其字族釋意多寓涵淺薄之旨。

（1）讈【lí／ㄌㄧˊ／1 來／呂之切，按廣韵之作支為是／古音在十七部】—「讈訕，多言也。从言离聲。」段注「玉篇云欺謾之言。廣韵云弄言。」（3 上-23）案：讈字結構謂言語淺薄之旨，寓涵失言、多言或言語不實之意。其詞語如：讈訕。

（2）離【lí／ㄌㄧˊ／1 來／呂支切／古音在十六部】—「離黃，倉庚也。鳴則蠶生。从隹离聲。」段注「今用鸝為鸝黃，借離為離別也。」（4 上-27）案：離字結構本謂短尾禽鳥，其身形淺薄，狀如黃雀，即離黃、倉庚，禽鳥名。後以鸝黃為離黃，而將離假借為離別、分散之旨。其詞語如：離黃、離別。

（3）摛【chī／ㄔ／1 透／丑知切／古音在十七部】—「舒也。从手离聲。」（12 上-29）案：摛字結構謂以手使事物變淺薄（淺顯），有舒布、攤張之意。其詞語如：摛布。

（4）縭【lí／ㄌㄧˊ／1 來／力知切／古音在十七部】—「以絲介履也。从糸离聲。」段注「介者畫也，謂以絲介畫履閒為飾也，蓋即周禮之繶絢。」（13 上-27）案：絢之言拘也，以為行戒，狀如刀衣鼻，在履頭上，有孔，得穿繫於中；而繶絢則是指履頭之裝飾。是知縭字結構謂以薄絲線裝飾鞋頭，不使凌亂，以為行戒；或稱女子出嫁所繫之佩巾亦作縭。其詞語如：結縭。

（5）螭【chī／ㄔ／1 透／丑知切／古音在十七部】—「若龍而黃，北方謂之地螻。从虫离聲。或云無角曰螭。」（13 上-54）案：螭為龍之屬，獸名，假借。其詞語如：螭龍、螭魅罔兩。

（6）醨【lí／ㄌㄧˊ／1 來／呂支切／古音在十七部】—「薄酒也。从酉离聲。讀若離。」段注「薄對厚言，上文醪醇醹酎皆為厚酒，故謂厚薄為醇醨。」（14 下-41）案：醨字結構謂酒味淺薄，亦即薄酒之意。其詞語如：醨酒、醇醨。

4. 形聲字族聲紐與韻部關係研究

形聲字族固然是濫觴於《說文解字》中「因聲孳乳」的構字理念所形成

的字族體系，其與聲符關係之密切，固毋庸置疑。所謂「形聲者以事為名，取譬相成。江河是也。」〔註4〕由是可知形聲字族除了以聲符作為字族繫聯的依據之外，其「以聲為義」且系統化的構字脈絡，才真正是形聲字族衍化鮮活最為重要的關鍵，這種強調古音聲脈絡的思想，並見其生發起始的概念，不僅為清・段玉裁所倡言，並詳盡收錄於清・戴震〈六書音韵表一〉〔註5〕所載，且其於音韵關係之闡發，便闢入裡，釋義甚明，都可見古人構字之嚴謹，並對形聲字族之研究頗有助益。今略舉例如下：

■ 古音韵至諧說

明乎古本音則知古人用韵精嚴，無出韵之句矣。明乎音有正變，則知古人哈音同之，先音同真本，無詰屈聱牙矣。明乎古四聲異今韵，則知平仄通押，厺入通押之說，未為審矣。古文音韵至諧，自唐而後，昧茲三者，皆歸之協韵二字。

■ 古音義說

字義不隨字音為分別。音轉入於他部，其義同也。音變析為他韵，其義同也。平轉為仄聲，上入轉為厺聲，其義同也。今韵例多為分別，如登韵之能為才能，哈韵之能為三足鼈；之韵之台為台予，哈韵之台為三台星；六魚之譽為毀譽，九御之譽為稱譽；十一暮之惡為厭惡，十九鐸之惡為醜惡者；皆拘牽瑣碎，未可以語古音古義。

■ 古諧聲說

一聲可諧萬字，萬字而必同部，同聲必同部。明乎此，而部分音變平入之相配，四聲之今古不同，皆可得矣。

諧聲之字半主義、半主聲，凡字書以義為經而聲緯之，許叔重之說文解字是也。凡韵書以聲為經而義緯之，商周當有其書而亡佚久矣。字書如張參五經文字爿部、蕭部、羸部，以聲為經是倒置也；韵書如陸灋言，雖以聲為經，而同部者蕩析離居矣。

■ 古假借必同部說

自爾雅而下，詁訓之學不外假借、轉注二耑。如〈緇衣傳〉適之、館舍、

─────────

〔註4〕《說文解字注》15卷上，頁5。

〔註5〕《說文解字注・六書音韵表一》頁21～23。

粲餐也。適之、館舍為轉注，粲餐為假借也。〈七月傳〉壺瓠、叔拾也，叔拾為轉注，壺瓠為假借也。粲、瓠自有本義，假借必取諸同部。故如：真文之與蒸侵、寒刪之與覃談、支佳之與之咍，斷無有彼此互相假借者。

古本音不同今音，故如《夏小正》借養為永，《詩》、《儀禮》借蠲為圭。古永音同養，蠲音同圭也。古音有正而無變，故如借田為陳，借荼為舒。古先韵之田音如真韵之陳，模韵之荼音如魚韵之舒也。古四聲不同今韵，故如借害為曷，借宵為小（見學記）、為肖（見漢書），古害聲如曷，小、肖聲皆如宵也，故必明乎此三者而後知假借。

■ 古轉注同部說

訓詁之學，古多取諸同部。如仁者人也，義者宜也，禮者履也；春之為言蠢也，夏之為言假也；子孳也，丑紐也，寅津也，卯茂也之類。說文神字注云：天神引出萬物者也；祇字注云：地祇提出萬物者也；麥字注云：秋穜厚薶故謂之麥。神、引同十二部，祇、提同十六部，麥、薶同弟一部也；劉熙釋名一書，皆用此意為訓詁。

是以今人陳新雄〈音學簡述〉〔註6〕即稱

> 本師林先生常說：「我國文字的構造，雖然是形符；但是我國文字的運用，依然是音符。」這原因是文字由語言而來，語言靠聲音表達。因此在用文字記錄語言的時候，有許多文字，還沒有構造成功，只好借用音義相近的字，暫時替代，這就是許慎所謂「本無其字，依聲託事」的假借了。然而亦有些文字雖已構成，但記錄語言的人，還不知道，或者記憶不清，於是也只好隨便使用一個同音的字，暫時替代，這便成為「本有其字，依聲託事」，也就是後來所謂「同音通假」了。中國古書裡用「同音通假」的字，差不多到處都是，這是一般學者所共瞭解的。然而所感痛苦的卻是有的古同音而今不同音，有的今同音而古不同音，有的南同音而北不同音，有的北同音而南不同音。倒底所謂同音是以什麼為標準呢？

綜上所述，可知先賢及今人所見，均肯定今古音之不同，並認為音聲、韵部對文字構成之影響頗鉅。尤其是古人用韵精嚴，且依韻歸部，無所歧出；至

〔註6〕陳新雄，〈音學簡述〉，新添古音《說文解字注》附錄六。

於音有正變,字義不隨字音為分別,也可見文字音、義之關係,這也正是諧聲字之關鍵;至於一聲可以諧萬字,且同聲必同部,是以古文字轉注、假借也必同部。這樣錯綜的關係,都可見古音聲、韵部對字義之影響與作用,其思想脈絡並極為清晰明確。

是以本文將就文字音、韻、義的關係予以闡述,佐以訓「厚薄」字族為例,進而依其字族韵部、聲符列表,並與黃侃古聲十九紐相互對照;俾便得見形聲字族構字之脈絡及特色,並與音聲、韵部關係之密切。

4.1 用韻精嚴、依韻歸部的《廣韻》

《廣韻》是現存最早、也最完整的一部韻書。宋真宗大中祥符元年(1008)由陳彭年、丘雍等人奉詔根據前代《切韻》、《唐韵》等韵書修訂而成,並直接承續其音系和反切,將其所收字依四聲分為聲類 41,韵部 206。由於這是中國第一部官修的韵書,再加上《切韻》、《唐韵》均已亡佚,於是,《廣韻》便成為研究漢語古音韵的重要依據,並為認識現代漢語語音的發展過程提供了豐富的資料。尤其是在〈原序〉一文中,更開宗明義地指出音、韻不可分的重要觀念。所謂:

> 韻本乎聲,聲之自出有脣、舌、齒、牙、喉之異,有輕重、清濁、陰陽之殊,其播為音也,有宮、商、角、徵、羽之辨。昔人精於審音,條分縷析,如冬鍾必分為二,支脂之必分為三,刪山先仙必分為四,豈好為繁瑣哉!亦本其自然之音,使各得其所而已。後世讀字失其本音,不曉分韻之故,遂舉而併省之,使古音之相近而不相侵者雜然混而為一。失莫甚焉!賴有此書而最初立韻之部分犁然具在。

這樣明確的構字原理,並闡述文字音、韻的關係緊密,的確發人省思。今以訓「厚薄」字族為例,將其韻部歸納如下,便可見其端倪。

表1:訓「厚薄」字族韵部統計表

	三部	七部	八部	九部	十五部	十六部	十七部
農聲符				九部(3) 古音在九部(2)			

告聲符	三部（9） 古音在三部（8）					
是聲符					十六部（22） 古音在十六部（2）	
竹聲符	三部（5）					
复聲符	三部（9）					
東聲符			九部（6）			
枼聲符	七部（1）	八部（7） 古音在八部（1）		十五部（3）		
离聲符					古音在十六部（1）	古音在十七部（6）

資料來源：作者自製，括弧內之數字表示字族字例韵部之數量。

的確，由上表可知：農、告、是、竹、复、東聲符字族—訓「厚實」之意的字族，其聲符韻部或古韻部均為單一獨用，其構字脈絡極為明確清晰。

至於訓「薄」之旨的字族如：枼與离，其字族字例雖然分布在不同的韻部，然而，韵部間卻是可以相互會通。即以枼聲符字族為例，前言，渫字下段注即稱「案：枼聲或在十五部，或在八部。蓋二部之通融，難以枚數。枼从世聲。」（11 上 2-37）另外，類似的字例又如：囟字，則是「古文囟，讀若三年導服之導。一曰竹上皮，讀若沾。一曰讀若誓。弼字从此。」其下段注「讀沾又讀誓，此七、八部與十五部合韵之理。」（3 上-3）都可印證枼聲符字族的三個韻部可以會通。

至於离聲符字族字例則分屬古韵十六、十七部，這兩個韻部鄰近也可會通，其例並可參見曷字，「曷或从也」句下段注「也聲古在十七部，與十六部合韵最近。或作舓，或作狧。漢書：狧康及米。」（3 上-2）由此可知古韵十六、十七部是為合韵，可以互通。而古人構字時「因聲孳乳」及「以聲為義」的理念所形成的字族體系，其於音、韻和諧，音、義同部，並更見繫聯脈絡之嚴密。

4.2 「韵本乎聲」的古音韻系統

固然，形聲是由「因聲孳乳」、「以聲為義」的理念為主軸而貫串整個字族。

因此，聲符繫聯便益見其重要性與影響，再加上「韵本乎聲」的原則，也可知文字音聲的關鍵性。是以本節以訓「厚薄」字族聲符為例，並與黃侃古聲十九紐相互對照，俾便探討字族聲鈕的發展脈絡與特色。

表2：訓「厚薄」字族聲符與黃侃古聲十九紐對照表

黃侃	發聲部位	唇音	舌音	齒音	牙音	喉音	
	古聲名稱	幫滂並明	端透定泥來	精清從心	見溪疑	曉匣	影
今定	今定古聲	p p' b' m	t t' d' n l	ts ts' dz' s	k k' g	x γ	ʔ
	發聲部位	唇音	舌尖音	舌尖前音	舌根音		喉音
農聲符字族			23泥（5）				
告聲符字族			22定（1）	22清（1）	22見（6） 14見（1） 22溪（6）	22匣（2）	
是聲符字族			10端（5） 10透（2） 10定（16）		10見（1）		
竹聲符字族			21端（1） 22端（3）		22見（1）		
复聲符字族		22幫（3） 22滂（2） 22並（3） 25並（1）					
東聲符字族			18端（5） 18定（1）				
枼聲符字族			29透（1） 29定（8）	29心（3）			
离聲符字族			1透（3） 1來（4）				

資料來源：作者自製，括弧內之數字表示字族字例聲紐數量。聲紐表則參陳新雄〈音學簡述〉頁38。

由以上之列表來看，訓「厚薄」字族字例，其字族聲符與黃侃古聲十九紐之發展極為和諧，除了「告聲符」字族中，「鵠」、「浩」二字的聲紐是為喉音匣22，應是古今音變；另外，「复聲符」字族計9字的聲符則盡為唇音。而且，其餘字族就古發聲部位言，雖是舌、齒、牙音，但若就今定古聲而論，其發聲部位則同為舌音，至於其差異處則又可細分為：舌尖音、舌尖前音、

舌根音等，字族構字脈絡極為明晰。

固然，前賢有言「同聲必同部」，然而，於訓「厚薄」形聲字族字例中卻獨有「复聲符」字族之聲紐是為唇音，並與其他舌音字族極不相類；然而，其於韻部之發展卻又與「告聲符」、「竹聲符」同部，基於「同聲必同部」以及「字義不隨字音為分別」之原理，則可見「复聲符」與「告聲符」、「竹聲符」於音、韻關係上必有相同或互通之處。

然而，何以只有「复聲符」有此現象？若細究其旨，則可發現「复聲符」雖寓意「厚實」的內涵，然而，其本意卻是「行故道也」，實應訓為「來回反復」；至於其字族釋意又具「厚實」之旨，則是因反復增生所致，當為引申之意，由此也可知「复聲符」本意實與訓「厚薄」字族不完全相類。而其源頭不同，是以於黃侃古聲十九紐之中，其聲部獨異於其他聲類，於此便可見其端倪，並又可印證「古音韻至諧說」以及「古音義說」之理，古人構字之嚴謹，以「義」為主軸，進而以音韻為闡發，其脈絡自然清晰可辨。

4.3 轉注、假借必同部說

轉注、假借，這是六書中因字義演化而形成的重要體例。至於形聲字族「因聲孳乳」、「以聲為義」而構築龐大的字族體系，使形聲字的形、音、義結構益形緊密，其中一個很重要的因素便是強化並豐富文字的「字義」，使漢字的運用更為細膩、精要。再加上聲符相同，是以形聲字族本身即已衍生相當數量的假借文字；而韻部如一，音義可以會通合韻，則又可以與其他文字相轉注。於是，形聲字可以和其他文字相轉注、假借，便也成為形聲字族中極為重要的本質與特色。同時，由於聲符繫聯因素使然，以至於轉注、假借必同一韻部，便也成為必然。今參酌《說文通訓定聲》及《說文解字注》所載，並以訓「厚薄」聲符字族為例，略印證如下：

4.3.1 轉注字例

（1）重—柱用切。九部。

宮—居戎切。九部。（7下-15）

（2）腹—方六切。三部。

複—方六切。三部。

（3）牒—徒叶切。八部。

　　疊—徒叶切。八部。（7 上-23）

（4）醲—女容切。九部。

　　厚—胡口切。四部。（5 下-29）

（5）縭—力知切。古音在十七部。

　　帶—當蓋切。十五部。（7 下-46）

（6）鞮—都兮切。十六部。

　　襌—都寒切。十四部。（8 上-60）

4.3.2 假借字例

（1）農—楚江切。古音在九部。

　　醲—女容切。九部。

　　襛—汝容切。九部。

（2）是—承旨切，旨當作紙。十六部。

　　徥—是支切。十六部。

（3）涷—多貢切。九部。

　　動—徒總切。九部。（13 下-52）

（4）葉—與涉切。古音在八部。

　　世—舒制切。十五部。（3 上-7）

（5）離—呂支切。古音在十六部。

　　麗—郎計切。十五部。（10 上-23）

（6）複—方六切。三部。

　　褚—丑呂切。五部。（8 上-65）

從以上這些字例來看，與形聲字族相關的轉注或假借字，其韻部不是相同，便是韵部鄰近，可以相互通轉合韵。這樣的現象不僅可與前賢所謂「轉注、假借必同部說」的旨趣相符合，並也可以印證形聲文字因聲符繫聯所構築龐大的字族體系，其與聲符音、韵關係的緊密契合，除了便於華語文的教與學之外，也更見民族文化資產的豐饒與醇厚，當然值得我輩深入研究。

5. 結　論

固然，自「字本位」理論興起後，這些年來，有關「源義素」及「同源詞」等相關領域的研究論著益形豐富，並頗有可觀之處；然而，運用於華語文教學之範疇，卻仍然極其有限，錯失研究的成果與利基，實令人扼腕。同時，隨著資料庫與數位科技的發達，各類資料的取得也益形便捷，並可補足前人所見不足處，使文字的研究更見其周延與創新。

尤其在當今華語文盛行的時代氛圍裡，形聲文字雖然只是漢字結構的「六書」之一，然而，其數量卻始終是漢字總數的十之八九，因此，只要明白形聲文字的結構，並運用形聲字族的脈絡，確定聲符的本質和內涵，以及聲紐與韵部間關係的和諧，即可確實掌握漢字學習的樞紐，進而有效並有趣的學習，這是華語文教學者必須努力研究的首要標的，也是探討漢字「字源學」、「語源學」重要的契機。

類似的研究，舉世皆存，卻唯獨在華語文教學的領域裡，少見相關題材系統性的思考與辨明。於是，漢語形聲字族的研究當更見其重要性與必要性，並是華語文教學以及文化資產保存，刻不容緩的首要之務了。

（原文載「第十二屆世界華語文教學研討會」暨「第十屆世界華語文研究生論壇」，南投暨南國際大學、臺灣師範大學、世界華語文教育學會，2017.12）

參考文獻

1. 王力，《同源字典》，北京：商務印書館，1982。
2. 朱駿聲，《說文通訓定聲》，台北：藝文印書館，1975。
3. 李孝定，《漢字的起源與演變論叢》，台北：聯經出版社，1986。
4. 李國英，《小篆形聲字研究》，北京：北京大學出版社，1996。
5. 沈括，《夢溪筆談》，北京：中華書局，1985。
6. 沈兼士，《沈兼士學術論文集》，北京：中華書局，1986。
7. 殷寄明，《漢語同源字詞叢考》，北京：中國出版集團，2007。
8. 殷寄明，《漢語語源義初探》，上海：學林出版社，1998。
9. 班固撰、顏師古注，《漢書》，鼎文書局，1991。
10. 許慎撰、段玉裁注，新添古音《說文解字注》，台北：洪葉文化事業有限公司，1998。

11. 張希峰,《漢語詞族叢考》,成都:巴蜀書社,1999。

12. 陳楓,《漢字義符研究》,中國社會科學出版社,2006。

13. 黃生,《字詁義府合按》,北京:中華書局,1984。

14. 黃易青,《上古漢語同源詞意義系統研究》,北京:商務印書館,2007。

15. 曾昭聰,《形聲字聲符示源功能述論》,合肥:黃山書社,2002。

16. 楊自儉主編,《字本位理論與運用研究》,山東教育出版社,2008。

17. 孔秀祥,〈漢語與漢字的關係及「右文說」〉,《浙江師大學報》第 3 期(1995),頁 51～53。

18. 朱國理,〈《廣雅疏証》對右文說的繼承與發展〉,《上海大學學報》第 7 卷第 4 期(2000.8),頁 16～21。

19. 胡繼明,〈王念孫《廣雅疏証》對漢語同源詞研究的貢獻〉,《重慶三峽學院學報》第 4 卷第 23 期(2007),頁 72～76。

20. 陳新雄,〈音學簡述〉,新添古音《說文解字注》附錄六。

21. 趙思達,〈戴震轉語理論對右文說的發展和對清代訓詁學的影響〉,《焦作大學學報》第 2 期(2010.4),頁 19～20。

22. 盧烈紅,〈黃侃的語源學理論和實踐〉,《武漢大學學報》第 6 期(1995),頁 12～17。

五、段玉裁「以聲為義」說剖析
——以訓「分背」為例

【中文摘要】

　　形聲字是漢字結構中數量最多也最豐富的體例。據《說文解字‧敘》所載，東漢時期，許慎早已意識並理解到漢字具備「形聲相益」、「據形系聯」等特質。至於形聲文字中的關鍵——聲符，其作用除了單純作為聲符外，也可作為表意符號，這種因符號所形成的文字體系，即是本文所謂的「字族」。尤其值得注意地是，了解這些可作為聲符又可作意符的文字結構符號——字素，對華語教學有莫大的裨益，值得深入研究並妥善運用。

　　至於「字族」觀念的思考與脈絡，實即宋人「右文說」之旨，只是，宋人訓右文之弊，多例舉一二，並未闡明其理，以致難有所成；至明末黃生著《字詁義府合按》，而清代段玉裁又論及音聲詁訓相通之理，倡言「以聲為義」說，並以為古人先有聲音而後有文字，是以九千字中從某為聲必同是某義，這樣的觀念影響當時學者頗巨，並盛極一時。

　　至於本文則是在既有的研究上，運用文獻分析法和歷史演進法為研究準則，並以《說文解字》中訓「分背」之旨的字族為研究範疇，以漢字中聲符兼意符的字族為例，剖析其脈絡與發展。如：八、分、半等字素具有分別、

分離、分布、區隔、違背之意；至於又有：采、柬、非、羊及其字族等，則是因「分背」之旨進而引申為分析、分明、辨明、簡選等寓意；這些字族的內涵豐富，結構嚴謹，是以本文將就八、分、半、采、柬、非、羊等字素與其字族的內涵深入闡述，以見其本意、引申意與假借意等運用，細密的層次，架構出龐大並具「分背」之旨的形聲、會意字族，這是漢字結構中重要而又特殊的現象，掌握了字素與字族的關鍵，7個字素總計106字，漢字的學習自然輕鬆有趣，易學易懂而非難事了。

關鍵詞：以聲為義、聲符、意符、字族、分背

1. 前 言

　　形聲字是漢字體例中數量最多，內涵最豐富，造字體例與脈絡也最為清晰完整的文字。據統計，「自西周時代起，形聲字迅速增加。甲骨文中的形聲字，僅佔 20% 左右。自西周時代起，形聲字大量增多。到了春秋時代，形聲字的數量已超過了表意字。秦國的小篆，依據許慎的《說文解字》，共有 9353 字，形聲字有 8057 個，佔 82%。南宋鄭樵分析過 23000 多個漢字的結構，結論是形聲字已超過 90%。清代的《康熙字典》，形聲字也佔 90%。」〔註1〕這個數據，顯示形聲字在漢字中具有舉足輕重的地位。

　　形聲字的定義據《說文解字・敘》載「形聲者以事為名，取譬相成，江河是也。」段注「指事、象形獨體，形聲合體。其別於會意者，會意合體，主義；形聲合體，主聲；聲或在左、或在右、或在上、或在下、或在中、或在外，亦有一字二聲者，有亦聲者會意而兼形聲也，有省聲者，既非會意又不得其聲，則知其省某字為之聲也。」〔註2〕而其生成則是「倉頡之初作書，蓋依類象形，故謂之文，其後形聲相益即謂之字。文者物象之本，字者言孳乳而浸多也。」可知許慎已揭櫫「形聲相益」的造字原理。至於段注「形聲相益謂形聲、會意二者也，有形則必有聲，聲與形相軵為形聲，形與形相軵為會意。其後為倉頡以後也，倉頡有指事、象形二者而已，其後文與文相合而為形聲，為會意，謂之字。」〔註3〕則是更具體闡明形符、聲符與形聲、會意字的緊密關係。

　　漢語形聲文字因具備據形系聯、形聲相益的結構特色，這種因聲孳乳並因此架構成形聲文字的體系，個人稱之為形聲「字族」，而其關鍵字素則是──聲符。然而，值得注意地是，聲符的作用除了單純作為文字表聲的符號之外，又可作為意符，這是漢字結構中形聲兼會意的部份，不僅是形聲字族獨具的特色，同時，聲符、意符豐富的文化內涵，脈絡清晰而又鮮明，對華語教學有莫大的裨益，值得深入研究剖析並妥善運用。

　　個人研究方法以文獻分析法、歷史演進法為依據，期使條理分明，印證清晰。並就「聲符」本身形、音、義的內涵，予以分析闡述，進而知其原理與運用。至於本文研究以《說文解字》字例為範疇，俾便得其構字初衷，並以訓「分

〔註1〕 張玉金，〈漢字結構的發展方向〉，《語文建設》，1996 年第 5 期，頁 31～34。

〔註2〕 許慎著、段玉裁注，《說文解字注》，15 卷上，頁 5，台北：蘭臺書局，1977。

〔註3〕 《說文解字注》，15 卷上，頁 2。

「背」之旨的字族，如：八、分、半、釆、柬、非、辡等字素，及其與字族間的關係深入探討，使明瞭字素與字族間的沿革，因為，這些字素既是聲符又兼意符，並更得見文字的結構與內涵。希冀透過對字素的理解與分析，可以快速認知 7 個字族，計 106 個漢字的脈絡與意義，不僅加強學習印象，並能輕鬆快速地學習華語。

2. 漢語字素訓「分背」形聲字族：（73字）

2.1 八字族字例：（4字）

■ 八【bā／ㄅㄚ／博拔切／古音在十一部】—「別也。象分別相背之形。凡八之屬皆从八。」（2 上-1）

◆ 案：八字後假借為數字。

（1）肶【qì／ㄑㄧˋ／許乞切／古音在十二部】—「振肶也。从肉八聲。」段注「然則振肶者謂振動布寫也」又「師古曰：肶振也，謂皆振整而飾之也。」（4 下-27）

（2）穴【xué，xuè／ㄒㄩㄝˊ，ㄒㄩㄝˋ／胡決切／十二部】—「土室也。从宀八聲。凡穴之屬皆从穴。」（7 下-17）

（3）汃【bīn／ㄅㄧㄣ／府巾切／十二部】—「西極之水也。从水八聲。《爾雅》曰：西至於汃國，謂之四極。」（11 上 1-1）

是可見《說文解字》中从「八」為聲符的字族字例都寓涵「分背」之旨。肶—振肶謂振動布寫之意；又，振整而飾（有所分）之，應以此意為佳。穴—宀象屋室覆其上，八則於下有所隔，即土室，後引申為凡空竅都稱為穴。

至於假借為物類專名，以「八」為無意義聲符的字例則有：汃（水名）。

2.2 分字族字例：（21字）

■ 分【fēn，fèn／ㄈㄣ，ㄈㄣˋ／甫文切／十三部】—「別也。从八刀，刀以分別物也。」（2 上-1）

◆ 案：此字从八刀，會意；本意為以刀分別物也，後泛指一切事物的隔離都作分，至於強調自己應盡的責任則是「分」（同份）。

（1）氛【fēn／ㄈㄣ／符分切／十三部】—「祥气也。从气分聲。」（1 上-39）

案：氛字又可作惡氣、妖氣、凶氣，見《左氏·昭·十五》「吾見赤黑之祲，非祭祥也，喪氛也。」

（2）芬【fēn／ㄈㄣ／撫文切／十三部】—「艸初生，其香分布也。从中分聲。」又，「芬或从艸」（1下-2）案：芬即芬字，分布是分隔的反義字，是形聲構字的特色。

（3）攽【bān／ㄅㄢ／布還切／十三部轉入十四部】—「分也。从攴分聲。《周書》曰：乃惟孺子攽。讀與彬同。」段注「此形聲包會意」又，「雒誥文今尚書作頒，葢孔安國以今文字易之，周禮亦作頒，當是攽為正字，頒為假借字。」（3下-34）案：《說文通訓定聲》載「攽，經傳皆以頒、班為之。」漢時，攽字已不通行。

（4）盼【pàn／ㄆㄢˋ／匹莧切／古音在十三部】—「白黑分也。《詩》曰：美目盼兮。从目分聲。」（4上-3）案：此字形聲包會意。

（5）羒【fén／ㄈㄣˊ／符分切／十三部】—「牡羊也。从羊分聲。」（4上-34）

（6）盆【pén／ㄆㄣˊ／步奔切／十三部】—「盎也。从皿分聲。」（5上-47）

（7）枌【fén／ㄈㄣˊ／扶分切／十三部】—「枌榆也。从木分聲。」（6上-19）

（8）棼【fén／ㄈㄣˊ／符分切／十三部】—「複屋棟也。从林分聲。」（6上-68）案：棼字本意為重屋之棟；《左傳》治絲而棼之，假借為紛亂字。

（9）邠【bīn／ㄅㄧㄣ／補巾切／十三部】—「周大王國。在右扶風美陽。从邑分聲。」（6下-27）

（10）粉【fěn／ㄈㄣˇ／方吻切／十三部】—「所以傅面者也。从米分聲。」段注「許所云傅面者凡外曰面，周禮傅於餌餈之上者是也，引伸為凡細末之偁。」（7上-64）

（11）帉【fēn／ㄈㄣ／撫文切／十三部】—「楚謂大巾曰帉。从巾分聲。」段注「今齊人有言紛者，釋文曰：紛或作帉，按紛者叚借字也，帉帉同。」（7下-45）

（12）份【bīn，fēn／ㄅㄧㄣ，ㄈㄣˋ／府巾切／古音在十三部】——「文質備
也。从人分聲。《論語》曰：文質份份。」又，「彬，古文份。」（8上
-7）案：文質彬彬指文質相半參合貌，後引申為群體中的部份也稱份。

（13）衯【fēn／ㄈㄣ／撫文切／十三部】——「長衣皃。从衣分聲。」（8上
-59）

（14）頒【bān，fén／ㄅㄢ，ㄈㄣˊ／布還切，符分切／按古音在十三部】
——「大頭也。从頁分聲。一曰鬢也。《詩》曰：有頒其首。」（9上-5）

（15）鼢【fěn，fén／ㄈㄣˇ，ㄈㄣˊ／房吻切／十三部】——「地中行鼠，伯
勞所化也。一曰偃鼠。从鼠分聲。」（10上-37）

（16）忿【fèn／ㄈㄣˋ／敷粉切／十三部】——「悁也。从心分聲。」段注「忿
與憤義不同。憤以气盈為義，忿以狷急為義。」（10下-42）

（16）汾【fén／ㄈㄣˊ／符分切／十三部】——「汾水出大原晉陽山，西南入
河。从水分聲。或曰出汾陽北山，冀州浸。」（11上1-21）

（17）魵【fèn，fén／ㄈㄣˋ，ㄈㄣˊ／符分切／音轉如頒十三部】——「魵魚
也。出薉邪頭國。从魚分聲。」（11下-24）案：魵魚，一名鰕。

（18）扮【fěn，bàn／ㄈㄣˇ，ㄅㄢˋ／房吻切／十三部】——「握也。从手
分聲。讀若粉。」（12上-41）案：扮字讀如ㄅㄢˋ時，則作裝飾意。

（19）紛【fēn／ㄈㄣ／撫文切／十三部】——「馬尾韜也。从糸分聲。」（13
上-30、31）

（20）坋【fèn／ㄈㄣˋ／房吻切／十三部】——「塵也。从土分聲。一曰坋大
防也。」（13下-35）

可見《說文解字》中从「分」為聲符的字例具「分離」、「區隔」或其反
義「分布」之旨。

氛——指吉、凶之氣；示瑞氣時，與濁氣分，示凶氣時，則與祥氣分離。

芬——芬即芬字；指屮初生，其香分布。

攽——分也，指以手（攵）予以分離；攽為正字，頒為假借字。

盼——指眼睛（目）黑白分明，顧盼有神。

盆——將物置於不同的容器（皿），表示有所區隔。

棼——重屋之棟，指樓屋的棟木繁多（如林直立）並上下有所分別；後引

申為紛亂。

粉—本意為將<u>米</u>研磨成細末狀（有所<u>分離</u>），後泛指一切細末狀的物。

份—文質備也；指<u>君子</u>（人）文質相半（有所<u>分別</u>）。

衯—長<u>衣</u>貌，指衣長、衣大、衣好貌，穿著於外，使內外有所<u>區隔</u>。

頒—大頭也，一曰<u>鬢</u>也；就字結構言，應是指頭頰上（頁）毛髮<u>分布</u>。

忿—指因<u>心</u>思怨怒（與他人有所<u>背離</u>）而氣急。

扮—握也，裝飾也；動<u>手</u>裝飾，使與原貌有所<u>區隔</u>。

紛—馬尾韜，指綁在馬尾上的<u>結</u>（絲織物），使馬尾不放弛分離；後引申為紛亂、繽紛之旨。

坋—指塵土，象<u>土</u>塊細碎<u>分離</u>。

至於假借為物類專名，以「分」為無意義聲符的字例則有：羒（動物名，指牡羊）、枌（植物名，指枌榆）、邠（國名）、帉（大巾，楚方言）、豮（動物名，指地鼠）、汾（水名）、魵（動物名，指魵魚）等字。

2.3 半字族字例：（7字）

■ 半【bàn／ㄅㄢˋ／博幔切／十四部】—「物中分也。从八牛。牛為物大，可以分也。凡半之屬皆从半。」（2上-4）

（1）判【pàn／ㄆㄢˋ／普半切／十四部】—「分也。从刀半聲。」段注「媒氏掌萬民之判。注：判，半也。得耦為合，主合其半成夫婦也。朝士有判書以治，則聽注判半分而合者。」（4下-45）案：此字為形聲包會意。

（2）伴【bàn／ㄅㄢˋ／薄滿切／十四部】—「大兒。从人半聲。」（8上-10）

（3）袢【pàn，fán／ㄆㄢˋ，ㄈㄢˊ／博幔切／十四部】—「衣無色也。从衣半聲。《詩》曰：是紲袢也。讀若普。」（8上-61、62）

（4）姅【bàn／ㄅㄢˋ／博幔切／十四部】—「婦人污也。从女半聲。漢律曰：見姅變，不得侍祠。」（12下-28、29）

（5）絆【bàn／ㄅㄢˋ／博幔切／十四部】—「馬繫也。从糸半聲。」（13上-31）

（6）畔【pàn／ㄆㄢˋ／薄半切／十四部】—「田界也。从田半聲。」（13

下-45）

可見《說文解字》中从「半」為聲符的字例都寓涵「分開」、「背離」之旨。

判—判字本意為以刀將物分離；後泛指事件或行為的明確剖析。

伴—男、女（人）和合為夫婦，相伴為大，其背離則互為半。

袢—指暑熱時所穿的裏衣，因近身多汗，衣素白無色（示有所隔）。

姅—指婦人（女）的行為與社會有所背離，是為污點。

絆—馬縶，用繩（織物）牽繫馬匹，不使背離；後引申為因牽繫而使停止之意。

畔—指田地界線的劃分；後引申泛指一切分界之稱。

2.4 釆字族字例：（1 字）

■ 釆【biàn／ㄅㄧㄢˋ／蒲莧切／十四部】—「辨別也。象獸指爪分別也。凡釆之屬皆从釆。讀若辨。」（2 上-4）

◆ 案：釆字象獸指爪分別貌，凡釆之屬皆从釆。从釆為聲符的字例不見於《說文解字》，後世則有「粸（ㄐㄩㄢˋ），摶飯也。从廾釆聲。釆，古文辨字。讀若書卷。」是為聲符，至於釆又作為義符，則條列於後述會意字族，此不贅言。

2.5 柬字族字例：（8 字）

■ 柬【jiǎn／ㄐㄧㄢˇ／古限切／十四部】—「分別簡之也。从束八。八，分別也。」（6 下-8）

◆ 案：柬字从八有分別意，指從群體中特別簡選，寓涵精益求精。

（1）諫【jiàn／ㄐㄧㄢˋ／古晏切／十四部】—「証也。从言柬聲。」（3 上-14）

（2）煉【liàn／ㄌㄧㄢˋ／郎電切／十四部】—「鑠治金也。从火柬聲。」（10 上-47）

（3）湅【liàn／ㄌㄧㄢˋ／郎甸切／十四部】—「滴也。从水柬聲。」（11 上 2-41）

（4）闌【lán／ㄌㄢˊ／洛干切／十四部】—「門遮也。从門柬聲。」（12 上-12）案：編木縱橫以為遮闌，意即欄杆；引申為散亂貌；至於夜深須加遮欄，是以又引申為晚或盡之意。

（5）練【liàn／ㄌㄧㄢˋ／郎甸切／十四部】─「湅繒也。从糸柬聲。」（13
上-11）

（6）鍊【liàn／ㄌㄧㄢˋ／郎甸切／十四部】─「治金也。从金柬聲。」（14
上-3）案：鍊字為形聲包會意。

（7）䌸【yǐn／ㄧㄣˇ／羊晉切／古音在十四部】─「擊小鼓，引樂聲也。
从申柬聲。」（14下-32、33）

可見《說文解字》中从「柬」為聲符的字例都寓涵「背離」原貌並精進之
意。

諫─以言語使人背離不良的思想或行為，促使精進。

煉─以火治金屬，使背離原貌，精益求精。

湅─以水煮絲絹令熟，去（背離）其瑕而精，便於染色。

闌─俗謂櫳檻，指編木縱橫如門之遮蔽，使內外有所區隔。

練─湅繒，以洗米水煮絲使柔軟精良（背離原貌），後泛指一切反覆操作使
事物精良的過程。

鍊─煎治金屬使精熟（背離原貌）。

䌸─擊小鼓，引（申）樂聲，使背離樂章，漸入佳境。

2.6 非字族字例：（26字）

■ 非【fēi／ㄈㄟ／甫微切／十五部】─「韋也。从飛下翄，取其相背也。
凡非之屬皆从非。」（11下-32）

◆ 案：非為省文指事，象鳥翼相背謂之非，後引申為凡物之兩兩相對者
亦作非，動詞時則作否定或不是之義。

（1）菲【fēi，fěi／ㄈㄟ，ㄈㄟˇ／芳尾切／十五部】─「芴也。从艸非聲。」
（1下-49）

（2）𤷾【fēi／ㄈㄟˋ／非尾切／十五部】─「兩壁耕也。从牛非聲。一曰
覆耕穜也。讀若匪。」注曰「壁當作辟，辟是旁側之語。」又，「兩辟
耕謂一田中兩牛耕，一從東往，一從西來也。」（2上-9）

（3）跰【fēi／ㄈㄟˋ／扶味切／十五部】─「踶也。从足非聲。讀若匪。」
（2下-30）

（4）誹【fēi／ㄈㄟˇ／敷尾切／十五部】─「謗也。从言非聲。」（3上-22）

（5）睢【fēi／ㄈㄟ／芳微切／十五部】—「大目也。从目非聲。」（4 上-2）

（6）翡【fěi／ㄈㄟˇ／房味切／十五部】—「赤羽雀也。出鬱林。从羽非
聲。」（4 上-19）

（7）腓【féi／ㄈㄟˊ／符飛切／十五部】—「脛腨也。从肉非聲。」（4
下-26）

（8）餥【fěi／ㄈㄟˇ／非尾切／十五部】—「餱也。从食非聲。陳楚之閒
相謁而食麥飯曰餥。」（5 下-9）

（9）棐【fěi／ㄈㄟˇ／府尾切／十五部】—「輔也。从木非聲。」注曰「尚
書多言棐。釋詁曰：弼、棐、輔、比，俌也；按棐蓋弓檠之類。」（6
上-66）

（10）邳【péi／ㄆㄟˊ／薄回切／十五部】—「河東聞喜鄉。从邑非聲。」
（6 下-34）

（11）痱【féi，fèi／ㄈㄟˊ，ㄈㄟˋ／蒲罪切／十五部】—「風病也。从疒
非聲。」（7 下-29、30）案：痱指中風、小腫或熱瘡。

（12）俳【pái／ㄆㄞˊ／步皆切／十五部】—「戲也。从人非聲。」（8 上-31）

（13）裴【péi／ㄆㄟˊ／薄回切，按當芳非切／十五部】—「長衣皃。从衣
非聲。」（8 上-59）案：後多假借為姓氏裴。

（14）毴【fēi／ㄈㄟ／甫微切／十五部】—「毛紛紛也。从毳非聲。」（8 上
-70）

（15）屝【fèi／ㄈㄟˋ／扶沸切／十五部】—「履也。从尸非聲。」注曰「方
言曰：屝屨履也。釋名曰：齊人謂草履曰屝。按喪服傳菅屨者菅菲也。」
（8 上-72）

（16）斐【fěi／ㄈㄟˇ／敷尾切／十五部】—「分別文也。从文非聲。《易》
曰：君子豹變，其文斐也。」（9 上-20、21）

（17）扉【fèi／ㄈㄟˋ／扶沸切／十五部】—「隱也。从厂非聲。」（9 下-22）

（18）騑【fēi／ㄈㄟ／甫微切／十五部】—「驂也，旁馬也。从馬非聲。」
（10 上-10）

（19）悲【bēi／ㄅㄟ／府眉切／十五部】—「痛也。从心非聲。」（10 下-45）

（20）扉【fēi／ㄈㄟ／甫微切／十五部】—「戶扇也。从戶非聲。」段注「釋

宮曰：闔謂之扉門，闔門扇也，然則門戶一也。」（12 上-6）後引申為開啟的關鍵或樞紐。

（21）排【pái／ㄆㄞˊ／步皆切／十五部】—「擠也。从手非聲。」（12 上-26）

（22）婓【fēi／ㄈㄟ／芳非切／十五部】—「往來婓婓也。从女非聲。一曰大醜皃。」段注「小雅毛傳曰：騑騑行不止之皃，與婓音義皆同。」（12 下-27）

（23）匪【fěi／ㄈㄟˇ／非尾切／十五部】—「器似竹匧。从匚非聲。《逸周書》曰：實玄黃于匪。」（12 下-50）案：匪，古用以盛幣帛；後假借為非、斐及賊寇之稱。

（24）埻【fèi／ㄈㄟˋ／房未切／十五部】—「塵也。从土非聲。」（13 下-35）

（25）輩【bèi／ㄅㄟˋ／補妹切／十五部】—「若軍發車百兩爲輩。从車非聲。」（14 上-53）

可見《說文解字》中从「非」為聲符的字例都具「背離」且「區隔分明」意。

輩—兩壁耕謂一田中兩牛耕，一從東往，一從西來，指生耕方向背離。

跰—朗即刖字，指斷足或漢之斬趾，都是意味腳、趾（足）有所分離。

誹—言語與事實背離，指詆謗的話。

眥—指眼（目）大與常人有所背離。

腓—謂脛骨後之肉，為古時斷足（分離）刑名，周以後稱刖。

棐—棐為矯正弓弩（與原形相背離）的器具，木製；後引申為輔佐。

俳—歌舞雜戲，指人所扮演的腳色，和真實的自己有所背離。

裵—長衣，穿著於外，以示身份、場合有所區隔。

氎—毳為獸之細毛，繁多而又區隔分明。

扉—指草鞋，服喪（尸）時穿著，和一般服飾區隔分明。

斐—指紋飾（文）鮮明，有所區隔。

厞—指山巖（厂）或居住處隱蔽（示有所隔）。

騑—古謂一車四馬為乘，中為服馬二，左右旁馬為騑（或驂騑），示區隔分明。

悲—指行為或事物與內<u>心</u>所想<u>背離</u>，是以傷痛。

扉—門是由二扇戶所合成，開合時其方向<u>背離</u>。

排—本意為用<u>手</u>推擠使物（或人、事）<u>分離</u>；後泛指將物推擠平齊也作排。

婓—婓婓即騑騑，往來不止貌，為雙聲詞。至於就其體例言，從女非聲，應釋為<u>女</u>子形貌與常人有所<u>背離</u>，作大醜貌，則較為符合造字之本意。

匪—以竹筐（匚）為容器，使物有所<u>隔</u>。

斐—指<u>土</u>塊<u>分背離</u>散，轉為塵土。

輩—軍發車百兩為輩，指<u>車</u>以列（橫向）<u>分隔</u>為輩，後引申為同列、同等為輩。

至於假借為物類專名，以「非」為無意義聲符的字例則有：菲（植物名，芴菜）、翡（禽鳥名，有紅色的羽毛）、餥（方言：餥饋，食也）、騑（地名）、痱（病名）等字。

2.7 辡字族字例：（6字）

■ 辡【biǎn，biàn／ㄅㄧㄢˇ，ㄅㄧㄢˋ／方免切／十二部】—「辠人相與訟也。从二辛。凡辡之屬皆从辡。」（14 下-23）

◆ 案：辡字从二辛會意，並是字根聲符。

（1）瓣【pàn，bàn／ㄆㄢˋ，ㄅㄢˋ／蒲莧切（廣韵匹莧切）／十四部】—「小兒白眼視也。从目辡聲。」段注「依廣韵補視字」（4 上-6）

（2）辨【biàn／ㄅㄧㄢˋ／蒲莧切／十二部】—「判也。从刀辡聲。」段注「古辨、判、別三字義同也，辨從刀，俗作辨，為辨別字。」（4 下-45）

（3）瓣【bàn／ㄅㄢˋ／蒲莧切／古音葢在十二部】—「瓜中實也。从瓜辡聲。」（7 下-5）

（4）斑【bān／ㄅㄢ／布還切／十四部】—「駁文也。从文辡聲。」（9 上-21）案：斑字本意指馬色駁雜，為形聲包會意。

（5）辮【biàn／ㄅㄧㄢˋ／頻犬切／十四部】—「交也。从糸辡聲。」（13 上-8）

可知《說文解字》中從「辡」為聲符的字例都寓涵因「區隔」而使分明貌。

瓣—小兒白<u>眼</u>（目）貌，示有所異（與常態有所<u>隔</u>）。

辦─運<u>刀</u>使有所<u>區隔</u>，引申為辨明之意。

瓣─本意指<u>瓜</u>肉間有所<u>分隔</u>，後泛指植物的花或果實有所隔都作瓣。

辡─指<u>紋飾</u>（文）駁雜，有所<u>區隔</u>。

辮─將<u>編織物</u>（或頭髮）成束狀交紐，使<u>區隔</u>分明。

3. 漢語字素訓「分背」會意字族：（33字）

3.1 八字族字例（16字，分、半、束3字已見前述）

（1）小【xiǎo／ㄒㄧㄠˇ／私兆切／二部】─「物之微也。从八丨見而八分之。凡小之屬皆从小。」（2 上-1）案：小字為从八丨會意。

（2）分【fēn，fèn／ㄈㄣ，ㄈㄣˋ／甫文切／十三部】─「別也。从八刀，刀以分別物也。」（2 上-1）

（3）曾【céng，zēng／ㄘㄥˊ，ㄗㄥ／昨棱切／六部】─「詞之舒也。从八从曰囗聲。」（2 上-2）案：曾為語氣詞，與乃、則通。

（4）尚【shàng／ㄕㄤˋ／時亮切／十部】─「曾也。庶幾也。从八向聲。」（2 上-2）

（5）㒸【suì／ㄙㄨㄟˋ／徐醉切／豕在十六部，㒸遂在十五部】─「从意也。从八豕聲。」段注「有所从則有所背，故从八。」（2 上-2）案：㒸即遂字。

（6）詹【zhān／ㄓㄢ／職廉切／八部】─「多言也。从言从八从厃。」（2 上-2）案：詹字與詀、譫同，後多假借為姓氏用。

（7）介【jiè／ㄐㄧㄝˋ／古拜切／十五部】─「畫也。从人从八。」（2 上-2）

（8）公【gōng／ㄍㄨㄥ／古紅切／九部】─「平分也。从八厶。八猶背也。韓非曰：背厶爲公。」（2 上-3）

（9）必【bì／ㄅㄧˋ／卑吉切／十二部】─「分極也。从八弋，八亦聲。」（2 上-3）案：段氏以為八亦聲。从八弋，即樹枲而分也，本意訓分極，引申為詞之必然。

（10）余【yú／ㄩˊ／以諸切／五部】─「語之舒也。从八，舍省聲。」（2 上-3）案：余字後引申為予、我，又假借為姓氏。

（11）半【bàn／ㄅㄢˋ／博幔切／十四部】—「物中分也。从八牛。牛爲物大，可以分也。凡半之屬皆从半。」（2 上-4）

（12）龥【bān／ㄅㄢ／布還切／十二部】—「賦事也。从業八。八，分之也。八亦聲。讀若頒。一曰讀若非。」段注「賦者布也。」又，「以煩辱之事分責之人也。」（3 上-35）

（13）胤【yìn／ㄧㄣˋ／羊晉切／十二部】—「子孫相承續也。从肉从八，象其長也；幺亦象重累也。」（4 下-27）

（14）平【píng／ㄆㄧㄥˊ／符兵切／十一部】—「語平舒也。从亏八。八，分也。爰禮說。」段注「引申爲凡安舒之偁。」又，「說从八之意，分之而勻適則平舒矣。」（5 上-33）

（15）柬【jiǎn／ㄐㄧㄢˇ／古限切／十四部】—「分別簡之也。从束八。八，分別也。」（6 下-8）

（16）兌【duì／ㄉㄨㄟˋ／大外切／十五部】—「說也。从儿㕣聲。」段注「說者今之悅字，其義見易大雅行道兌矣。」（8 下-8）

（17）馱【bā／ㄅㄚ／博拔切／古音在十二部】—「馬八歲也。从馬八，八亦聲。」（10 上-2）

（18）匹【pī，pǐ／ㄆㄧ，ㄆㄧˇ／普吉切／十二部】—「四丈也。从匸八。八揲一匹，八亦聲。」段注「謂八之數隱其中，會意。」（12 下-48）

（19）六【liù／ㄌㄧㄡˋ／力竹切／三部】—「《易》之數，会變於六，正於八。从入八。凡六之屬皆从六。」（14 下-16）案：六字从入八爲會意，後假借爲數字。

可見《說文解字》中从「八」爲義符的會意字族也具「區分」、「背離」意。

小—从八丨，以丨爲界，使物左右背離而愈見其細微。

分—从八刀，本意爲用刀切割使物背離，後泛指一切人事物的別離。

曾—从八从曰囧聲，詞之舒也；案：曾爲語氣詞，與乃、則通，指言語（曰）的轉折舒緩（與原語氣有所背離）。

尚—从八向聲，曾也，庶幾也；指時間上現在與過去有所區分。

豕—从八豕聲，謂聽從其意，指有所从則與己意必有所背離。

詹—从言从八从厃（危），指言多必失（有所背離），易陷於險境。

介—从人从八，指人心各有背離（劃分明白）。

公—从八厶，與私（厶）心有所區分，意即平正無私。

必—从八弋，八亦聲；謂事物區分至極，則是詞之必然。

余—从八，舍省聲；指己身（舍）與他人有所區分，這就是我。

半—从八牛，生為物大，可以分離。指物中分。

羹—从羑八，謂以煩辱之事分別責布（求全）於人。

胤—从肉从八，象子孫（骨肉）雖有分支（有所區分），血緣卻相承續。

平—从亏八，本意指吐氣（亏）時區分勻適則安舒；後引申為凡事物安舒之稱。

柬—从束八，指從群體（束）中區分簡選。

兌—从儿台聲，喜悅之意，指將物分與他人，則內心充滿喜樂。

馭—从馬八，八亦聲，指馬有八歲。

匹—从匸八，八亦聲，八揲一匹，八之數隱其中。

六—从入八，象會變（有所分別）於六，後假借為數字。

3.2 分字族字例：（2字）

（1）釁【xìn／ㄒㄧㄣˋ／虛振切／古音十三部】—「血祭也。象祭竈也。从爨省，从酉。酉，所以祭也。从分，分亦聲。」（3上-40）

（2）貧【pín／ㄆㄧㄣˊ／符巾切／十三部】—「財分少也。从貝分，分亦聲。」（6下-21）

可見《說文解字》从「分」為義符的會意字例具「背離」及反義「分布」意。

釁—血祭，取血並使分布平塗於器物之上，祭祀之意。

貧—錢財（貝）背離，指財務困窮。

3.3 半字族字例：（6字）

（1）胖【pàng，pán／ㄆㄤˋ，ㄆㄢˊ／普半切／十四部】—「半體也。一曰廣肉。从肉半，半亦聲。」段注「各本半體肉也」（2上-4、5）

案：胖之本意應作半體肉，即夾脊肉；一曰廣肉，則言般也、般大也，《大學》心廣體胖，應是其反義也。

（2）叛【pàn／ㄆㄢˋ／薄半切／十四部】—「半反也。从半反，半亦聲。」
（2上-5）

（3）歺【è／ㄜˋ／五割切／十五部】—「剡骨之殘也。从半冎。凡歺之
屬皆从歺。讀若櫱岸之櫱。」（4下-8）案：剡即列之本字，分解之
意。

（4）片【piàn／ㄆㄧㄢˋ／匹見切／十四部】—「判木也。从半木。凡片
之屬皆从片。」（7上-33）

（5）泮【pàn／ㄆㄢˋ／普半切／十四部】—「諸侯饗射之宮，西南爲水，
東北爲牆。从水半，半亦聲。」（11上2-42）

（6）斞【bàn／ㄅㄢˋ／博幔切／十四部】—「量物分半也。从斗半，半
亦聲。」（14上-34）

可知《說文解字》中从「半」為義符的會意字族，或从「半亦聲」的形
聲兼會意字族，其義符、聲符字例也都寓涵「區隔」、「分離」之旨。是以：

胖—从肉半，半亦聲；胖的本意為半體肉，是祭祀用的牲禮，指整塊的
夾脊肉，為上肉，其部位與一般的食用肉有所區隔，以示敬神；是牲禮軀體
較為寬廣處。

叛—从半反，半亦聲；指思想或行為與他人相反並分離。

歺—从半冎，指將骨頭分解為小塊。

片—从半木，將木頭從中切割分離使變薄就是片。

泮—从水半，半亦聲，是古代諸侯的學宮，東北爲牆，西南以水相隔離，
半有水，半無水；後引申為冰之溶解。

斞—从斗半，半亦聲，為量物分半之名；而斗（十升）之半，意即五升。

3.4 釆字族字例：（4字）

（1）番【fān／ㄈㄢ／附袁切／十四部】—「獸足謂之番。从釆；田，象其
掌。」段注「下象掌，上象指爪，是為象形。許意先有釆字，乃後从
釆而象其形，則非獨體之象形而為合體之象形也。」（2上-4）案：番
字又引申為未開化民族之稱，並轉為外來物之冠語。

（2）宷【shěn／ㄕㄣˇ／式荏切／七部】—「悉也。知宷諦也。从宀釆。」
（2上-4）案：宷即審字，篆文宷从番。

（3）悉【xī／ㄒㄧ／息七切／十二部】—「詳盡也。从心釆。」（2 上-4）

（4）釋【shì／ㄕˋ／賞職切／古音在五部】—「解也。从釆；釆，取其分別。从睪聲。」段注「廣韵曰：捨也、解也、散也、消也、廢也、服也，按其實一，解字足以包之。」（2 上-4）

可見《說文解字》中从「釆」為義符的會意字族字例，則是因「分背」之旨引申而有「辨明」意。

番—从釆田，象獸足的掌與指爪分明；引申為未開化民族之稱，及外來物之冠語。

寀—从宀釆，寓意能整體包覆（宀）並深入辨明，指完全熟知理解。

悉—从心釆，指心思完全辨明，寓意明確詳盡之旨。

釋—从釆睪聲，解也。指深入辨明後疑慮自然消除。

3.5 柬字族字例：（0 字）

柬字从束八會意，為聲符兼義符，前述形聲字族字例已充分顯示，此不贅言。

3.6 非字族字例：（5 字）

（1）悲【fěi／ㄈㄟˇ／非尾切／十五部】—「別也。从非己。」段注「別者分解也。」（11 下-32）

（2）靡【mí，mǐ／ㄇㄧˊ，ㄇㄧˇ／文彼切／古音在十七部】—「披靡也。从非麻聲。」（11 下-32）

（3）靠【kào／ㄎㄠˋ／苦到切／古音在三部】—「相韋也。从非告聲。」注曰「今俗謂相依曰靠，古人謂相背曰靠，其義一也，猶分之合之皆曰離。」（11 下-32）

（4）陸【bī，bì／ㄅㄧ，ㄅㄧˋ／邊兮切／十五部】—「陸牢謂之獄。所以拘非也。从非，陸省聲。」（11 下-32）

（5）勵【lǜ／ㄌㄩˋ／良倨切／五部】—「助也。从力非，慮聲。」注曰「力去其非」（13 下-50）

至於《說文解字》中，从「非」無論是義符或形符的字族，其字例則都寓涵「背離」、「隔離」之旨。是以：

悲—从非己，背離自己，寓意客觀分解之意。

靡—从非麻聲，麻的本性是挺而直，當麻的本性<u>背離</u>，便仆倒下垂，意即披靡。

靠—从非告聲，靠字的本意是<u>言語</u>（告）與之相<u>背離</u>，其反義則為相依，今相背、相依都作靠。

陛—从非陛省聲，所以拘非也，指將罪犯<u>隔離</u>的<u>地方</u>（阜），也就是監牢。

勱—从力非慮聲，指<u>努力</u>去除<u>背離</u>處，使有所助益。

3.7 丵字族字例：（0 字）

丵字从二辛會意，凡丵之屬皆从丵。丵字是聲符並兼具義符作用，於前形聲字族字例中已列述，此不贅言。

4. 訓分背字素的結構與特色

聲符從文字的讀音符號到兼具義符的功能，並在音義的系聯上具備多元化的特色，這樣的觀點與研究，前人頗有著墨，卻因資料龐雜，多只是略舉數例，並未有系統的分析與論證，至於個人所謂「字族」觀念的思考及脈絡，實據前人「右文說」之旨而闡發，不敢有所掠美。

有關「右文說」的淵源，沈兼士〈右文說在訓詁學上之沿革及其推闡·右文說之略史〉〔註4〕一文中已頗見闡述；至於殷寄明《漢語同源字詞叢考》一書言及「右文說」，也稱「宋儒研究右文蔚然成風，遂成漢語史上語源學研究的一大流派。有清一代，國學研究達到高峰，許學家段玉裁氏撰《說文解字注》，倡『以聲為義』說，以許書中聲符相同之字相參、互証。」〔註5〕並指出：透過聲符義的考釋，可以揭示語詞增殖、詞匯發展的一般規律，訂正前人訓詁及文字歸部的失誤，並可因此編制成漢語語源大典，相較於其他各民族，這是中國語言學發展史上，所唯獨缺乏的著作。

至於有關訓「分背」字族的特色，則可從其字素結構見其端倪。而其基本原型即是「八」，透過獨體象形的文—八，再經由會意而衍生成合體的字—分、

〔註4〕沈兼士，〈右文說在訓詁學上之沿革及其推闡〉，《沈兼士學術論文集》，頁 83～120，北京：中華書局，1986。

〔註5〕殷寄明，《漢語同源字詞叢考·聲符義概說》，頁 1～30，東方出版中心，2007。

半、非、釆、柬、辡，進而又以這些「字素」作為形聲字族的聲符，以及會意字族的義符，構成「分背」之旨的字族體系。

尤其值得注意地是，具「分背」之旨的 7 個字素計 106 字，何以能不重複錯亂？這都是因「字素」在字族中的層次分明，並可清晰見其脈絡。例如：「八」的本意為分別，是以從「八」為聲符、義符的字族都具有分別或相背之旨；而分、半等字素則是因「八」切割而會意，是以具有分離、區隔、違背及其反義「分布」之旨；至於又有釆、柬、非、辡及其字族等，則是因「分背」進而引申為分析、分明、辨明、簡選等內涵，則當歸屬於訓「分背」的引申意，尤其是「柬」字族寓涵因「分背」而精益求精之旨，字例十分明晰；至於形聲字族中又有以字素純粹作為無意義的聲符，為物類專名，則是字素運用的假借；這樣兼具本意、引申、假借作用的字素，不僅更見其所屬字族的層次分明，脈絡清晰，並可完全印證段玉裁「以聲為義」的論述。

而且，更有趣地是，這些具「分背」之旨的字素：八、分、半、非、釆、柬、辡等，除了「分」字外，這些字素本身的字形結構就已是兩相對立的「分背」之形，而不似：比、从、林等是兩相併立的構形，因此，從字素的字形即可見字素的內涵具分背之旨，此意因篇幅所限將另文闡述，然而，卻可知古人造字的確是有其脈絡可循。

5. 結　論

聲符與意符的關係多是相輔相成，或聲符又兼意符作用，這樣的原則在《說文解字》「形聲相益」、「以聲為義」、「孳乳而寖多」的思想中已具體闡述。並經由具「分背」之旨的字族範例，完整且具體地呈現「字素」本意、引申意與假借意等各類運用，細密的層次分佈，豐富了漢字的內容，並因此架構出龐大而又有系統的形聲、會意字族，或形聲兼會意字族，這的確是漢字結構中重要而又特殊的現象，字素的重要性與影響性也於此清晰可見。

於是，漢字的教與學便再也不是枯燥乏味的死記或繁瑣的筆畫而已，而是先民智慧暨中華傳統文化六書體例內涵具體完整地呈現，掌握了字素與字族的關鍵，漢字的學習自然能深入且系統地闡發，使學習的成果更見條理與效率了。

（原文載《第二屆兩岸華文教師論壇》論文集，頁 1003～1019，台北教育大學、世界華語文教育學會，2012.08）

參考文獻

1. 殷寄明，《漢語同源字詞叢考》，上海：東方出版中心，2007。

2. 陳楓，《漢字義符研究》，中國社會科學出版社，2006。

3. 古文字詁林編纂委員會，《古文字詁林》，上海：上海教育出版社，2004。

4. 曾昭聰，《形聲字聲符示源功能述論》，合肥：黃山書社，2002。

5. 殷寄明，《漢語語源義初探》，上海：學林出版社，1998。

6. 張玉金，〈漢字結構的發展方向〉，《語文建設》，1996 年第 5 期，頁 31～34。

7. 羊達之，《說文形聲字研究》，台北：文史哲出版社，1994。

8. 沈兼士，《沈兼士學術論文集》，北京：中華書局，1986。

9. 朱駿聲，《說文通訓定聲》，北京：中華書局，1984。

10. 王力，《同源字典》，北京：商務印書館，1982。

11. 許慎著、段玉裁注，《說文解字注》，台北：蘭臺書局，1977。

六、漢語形聲字族聲符釋義研究
——與祭祀文字相關的聲符為例

【中文摘要】

　　中國文字是表意文字的代表，並由形、音、義三要素結合而成。尤其是形聲字，這是中國文字結構「六書」體例中數量最多，也是中國文字結構原理極為重要且豐富的一部分，而其組合則是以形符和聲符為主軸，更重要的是大多數的聲符又兼具意符的內涵與作用，並可顯示先民造字時的社會思想與文化內涵。是以本文據《說文解字》為基礎，透過對聲符內涵的理解並予以串聯為「字族」，這樣的脈絡形成系統，可以快速且大量地學習漢字與詞彙，對華語教學裨益極大。

　　關鍵詞：說文解字，形聲字族，六書

1. 前　言

中國文字的形成有其規律性的架構可循。象形、指事、會意、形聲、轉注、假借，「六書」體例的分類在世界各民族的文字發展中，都是獨樹一幟並風格鮮明的獨創。事實上，中國文字的組合與內涵不外乎形、音、義三要素，也是漢字架構的基本單位，且不論這樣的基本單位成文、或不成文，基本說來，每一個符號都是有意識的呈現；至於部分符號雖然有所「省」或「闕」，然而，卻仍能見其源流，不應將之視為「記號」或無意義的符號。因此，想要了解漢字的結構，唯有從漢字最早的字典《說文解字》以及「六書」體例入手，才能真正瞭解先民造字時之初衷與原理，這是漢字獨具的特質並與其他民族文字最為不同處。

至於在漢字結構中，質與量都最為豐富的文字體例，則莫過於佔中國文字大宗的形聲文字。而形聲文字不僅是形符與聲符的結合，同時，在形符和聲符中更寄寓著文化內涵豐富的表意特徵，這樣約定俗成的文字體系，即是本文所欲探討的「字族」脈絡，也是先民造字時所欲表達的社會思想與文化初衷。因此，若能了解形符、聲符中的文化寓意，及其所衍生的「字族」關係，這樣的比較與分析，相信對於中國文字的源起或華語學習的理解，必定能有事半功倍的正面效果。

形聲字族的整理的確工程浩大而又繁瑣，是以本文擬以形聲字族中和祭祀文化相關的主題為例剖析，並與出土文物相互印證，以期探討文字、文物與文化間的緊密關聯，並作為華語教學的憑藉。因此，本文的研究方法將以三重辯證法（文字、文獻、文物）為依據，並進而剖析文字、文物與文化間的關係與內涵；而研究範圍則以許慎的《說文解字》為本，進而探討先民初創文字時期的構字原理與思想，至於形聲文字中又有許多後起字或俗體字、異體字等，由於其符號內涵在形、音、義各方面都與上古時期不類，並難以和《說文解字》系聯，是以不列入字族剖析，以免因古今文字的結構差異或符號音、義本身的變動而生混淆。

同時，在字族系聯中和祭祀文化相關的形聲文字，由於其構成理念明晰，頗能見其淵源與流變，是以本文略做舉隅，並以聲符——申、帝、坙、某、單、亶等為例，闡明祭祀中的神、犧牲玉帛、祭名、祭壇等現象，從而梳理出形聲

字族的文化內涵與脈絡，以便作為理解漢字文化與詞語的依據，裨益於漢字的辨認與教學。

2. 《說文解字》的重要性

有關漢字造字的原理和方法，早在《周禮·保氏》即載保氏養國子以道，乃教之六藝─五禮、六樂、五射、五馭、六書、九數。其中，所謂的「六書」鄭氏注為「象形、會意、轉注、處事、假借、諧聲也。」〔註1〕其後，《漢書·藝文志》也稱「古者八歲入小學，故周官保氏掌養國子，教之六書，謂象形、象事、象意、象聲、轉注、假借，造字之本也。」〔註2〕從這些文獻的記載來看，可見早在周朝時期人們便已熟知「六書」的造字原理和方法，並明確分類載於典籍。至於春秋以降，則又有專供兒童啟蒙識讀的字書，如：周宣王太史的《史籀篇》、李斯的《倉頡篇》、趙高的《爰歷篇》、胡母敬的《博學篇》、司馬相如的《凡將篇》、史游的《急就篇》、李長的《元尚篇》、揚雄的《訓纂篇》、賈魴的《滂喜篇》等，只是，這些字書大多是將漢字以韻文的方式集合在一起，俾便於學習者識讀，並沒有對文字的形、音、義加以個別分析，因此，並不能算是字典，至於真正的字典則是以《說文解字》為本，並系統分類，將文字的結構與內涵逐步予以解析。

《說文解字》不僅是中國漢字的第一本字典，也可以說是漢語第一本有關語言文字學的專著。作者許慎是東漢時期的經學家，並是古文經學家賈逵的學生，全書撰寫近 20 年之久，計完成正文 14 篇，敘 1 篇，收字 9,353，重文 1,163，總計 10,516 字，至於許氏又有《五經異義》一書，已亡佚，只有《說文解字》14 篇傳於世。

《說文解字》的完成，意味著漢代語言文字學的發展已極為蓬勃，這和當時的經學研究有密不可分的關聯，尤其是西漢初期，在歷經秦始皇焚書坑儒，繼而漢武帝罷黜百家，獨尊儒術後，經學的地位備受尊崇，再加上魯恭王於孔壁古文經的發掘，這和西漢初期所盛行的今文經，無論是在文字、內涵和解經方法上都有許多的對立，這種種歧異，在在都促使著當代知識份子皓首窮經，

〔註1〕 十三經注疏，《周禮》，卷 14，6～7。台北：藝文印書館，1993。
〔註2〕 班固，《漢書》，卷 30，1720。台北：鼎文書局，1991。

以文字、訓詁鑽研典籍文獻，致使漢代的解經工作有長足的進步與發展。如：東漢時期高誘注《戰國策》、《呂氏春秋》及《淮南子》、王逸注《楚辭》、趙岐注《孟子》等，這些注釋的典籍，基本上仍不脫經書的範疇和影響，然而，若論及揚雄的《方言》、許慎的《說文解字》以及劉熙的《釋名》等論著，不可否認地，則已真正擺脫解經範疇的思維，並純粹就語言文字本身入手而闡述其內涵。

這些豐富的著作，由初始對經書內容的考證、訓詁，進而對文字內涵以及形、音、義各方面的細密闡釋，將中國語言文字的研究推展至極，使文字學研究成為一門獨立研究的學科，是孩童啟蒙教育必經的過程，也是知識份子學術探討的基礎，而文字、聲韻、訓詁的研究便也成為中國文化入門不可或缺的重要學科，這樣細密且深入地專研，對漢語語言文字、經籍以及文化藝術的研究自有其重要的學術意義與價值。至於在這些前人的論述和研究中，最為完整、便捷並是學術研究基礎的語言文字學論著，當以許慎的《說文解字》為首。

《說文解字》的成書年代是古文經與今文經相互對立且抗爭的時代，而許慎成書的目的除了是維護古文經的傳統與地位外，當然，更重要的作用則是為了解決當時以文字任意解經的亂象。至於其社會價值，李峰〈中國古代第一部字典——說文解字〉〔註3〕一文中，則是歸納出四點貢獻，可作為參考：（1）首創部首檢字法。（2）確立了「六書」體系。（3）發展了我國古代有關字形、字音、字義的解釋。並稱「許慎深知音義相依、義傳於音的原則，所以在《說文》中非常重視音義關係，常常以聲音線索來說明音義的由來，這為後世訓詁提供了因聲求義的原則。」（4）保存了篆文的寫法和部分的先秦字體。這些都是今天研究古文字和古漢語必不可少的材料。

許慎《說文解字》的完成，為後世字書體例的編纂樹立了良好的典範，並是文字、訓詁研究重要的依據。且自魏晉以降，闡釋或校注《說文》的論著即不勝枚舉，及至唐、宋，對於語言文字的研究，也仍以《說文解字》為依據，並奉之為圭臬。尤其值得注意地是南唐徐鍇的《說文繫傳》，世稱小徐

〔註3〕 李峰，〈中國古代第一部字典——說文解字〉，《河南圖書館學刊》，第 20 卷第 1 期，56～58，2000.3。

本，此書凡四十卷，書中已注意到形聲相生、音義相轉之理；至於徐鉉奉詔所校定的《說文》，世稱為大徐本，則有許多新附字補錄，是後世所傳《說文》之定本，並都具有相當的重要性與影響性。

至於清朝，在高壓懷柔以及大興文字獄政策的社會背景下，研究「許學」的風氣更是盛極一時，並以段玉裁的《說文解字注》、桂馥的《說文義證》、王筠的《說文釋例》和《說文句讀》、朱駿聲的《說文通訓定聲》最為箇中翹楚，四者並合稱為《說文》研究四大家。而其中，又以段玉裁的成就最為崇高，並對漢字語言文字的研究，提出正確的指標與方向。另外，近人丁福保又萃輯治說文者二百餘家之說，完成《說文解字詁林》並補遺，其內容浩繁，便於後人檢索及研究。

《說文解字》對漢字的影響既是如此深遠，因此，本文釋例均以《說文解字》所收字例為本，而不及俗體字、後起字等，正是因為《說文解字》有其不可動搖的歷史定位，是系統地收錄上古時期的文字，並就形、音、義三個角度予以闡述，因此，《說文解字》在釋義上雖然仍有可斟酌處，這是因為許氏未見甲骨、金文以及古文字訛變之故，然而，其系聯之架構，卻也可見先民初創文字時之思維與脈絡。

3. 形聲字族的文化符號解析

形聲文字是由形符與聲符構成，《說文解字・敘》所謂「形聲者，以事為名，取譬相成，江河是也。」〔註4〕這種形、聲合體而又有別於會意之字者，其最大特色即是形聲文字中的形符、聲符多含表意功能。事實上，這種以形、音、義的符號有系統地組合成字，並因而衍生出龐大的文字系統，這其中，自有其規律性與特殊性可循。

有關於漢字單位組合的部件、構件、語素、詞素說，這樣的構字理論，前人的研究不在少數。例如：索緒爾（Ferdinand de Saussure）的表意文字說，布龍菲爾德（L.Bloomfield）的表詞文字說，趙元任等的詞素（morpheme）文字說，呂叔湘、朱德熙的語素文字說等。〔註5〕這些各異的構字理論，基本上都承襲了索緒爾將文字區分為表音、表意兩大部分，並認為漢字是「表意

〔註4〕 許慎著、段玉裁注，《說文解字注》，15篇上，5。台北：蘭臺書局，1977。

〔註5〕 蘇培成，〈漢字的性質〉，《廊坊師範學院學報》，第17卷第1期，8～14，2001.3。

文字」代表的觀點而予以闡述；只是，在這些大同小異的理論中，唯有呂叔湘、朱德熙的語素文字說又特別提出「漢字以外的文字都只是形和音的結合，只有漢字是形、音、義三結合。」的論點，則更明確指出漢字的特色。

漢字中形、音、義的表現各有其符號作為表徵或基本單位，前賢稱之為部件、構件、語素、詞素等，這樣的詞性作用是作為文字解構單位的劃分，研究上絕對有其必要，只是，在定義或內涵上則未能「望文生義」。且個人以為漢字既是形、音、義的結合，因此，以形符、聲符、意符稱之，當更能表現符號本身的意義與作用；而且，就「六書」體例來說，有稱為「形聲」或「象聲」文字者，但這都只是概念的詮釋而已！並可明確表達文字結構的內涵，部分學者劃分細密，反倒難以週延。同時，漢字在形符、聲符、意符的構字過程中，除了符號本身可以「依類象形」單獨成「文」，如：象形、指事，另外，又有會意、形聲、形聲兼會意、省聲、轉注、假借等多重組合的可能，因此，唯有藉著梳理形、音、義三種符號組合而成的文字脈絡，才能真正了解其主體架構作為「六書」體例或部首的歸類，以期易於辨識，這是本文以形符、聲符、意符一詞行文的原委，也是本文「字族」觀念的由來。

形聲「字族」的系聯不在少數，並因此創造出豐富多元而又深具內涵的中國文字，據統計「如《說文解字》一書所收的小篆文字有 9,353 字，其中形聲字佔有 7,697 字，約為 82%左右〔註6〕。」又或稱「若從造字角度來看，自西周時代起，形聲字迅速增加。甲骨文中的形聲字，僅佔 20%左右。自西周時代起，形聲字大量增多。到了春秋時代，形聲字的數量已超過了表意字。秦國的小篆，依據許慎的《說文解字》，共有 9,353 字，形聲字有 8,057 個，佔 82%。南宋鄭樵分析過 23,000 多個漢字的結構，結論是形聲字已超過 90%。清代的《康熙字典》，形聲字也佔 90%。與形聲字在全部漢字中的比重逐漸增大相伴隨，漢字的數量也逐漸上升。漢字的數量和形聲字的比重成正比地增加，說明西周以後增加的新字主要是形聲字〔註7〕。」

形聲文字中的形符，多寓涵文字內容的材質和特色，其意義與作用則相當於中國文字中的偏旁或部首，用以表示物類的屬性與特質，如：以「木」、「水」、「草」字為偏旁的字則寓意此字必然和「樹木」、「水」、「草本」等物

〔註6〕 賴明德，《中國文字教學研究》，26，台北：文史哲出版社，2003。

〔註7〕 張玉金，〈漢字結構的發展方向〉，《語文建設》，1996 年第 5 期，31～34。

類的本質相關，並因此泛指物類屬性的分類、名稱、部位、特質、功能等相關內涵，其作用並類似英文中的字首或字尾。《說文解字》言及 540 部，解說 133,441 字時，即稱「其建首也，立一為耑。方以類聚，物以群分，同條牽屬，共理相貫，襍而不越，據形系聯，引而申之，以究萬原〔註8〕。」便已明確指出 540 部歸類的意義與作用，其關鍵即是「據形系聯」，以便探究其本質、特色與分類，本文以「形符」稱之，也可見其淵源與本意。

至於中國文字形符的分類，無論成文或不成文，東漢《說文解字》標目有 540 個，晉呂忱《字林》依其編次仍為 540 部，南朝梁顧野王《玉篇》略做調整為 542 部，宋司馬光等人的《類篇》仍依《說文》編次為 540 部，僅於排序上更動兩處，直到明梅膺祚編纂《字匯》始化繁為簡，將部首刪為 214 個，並以筆劃多寡排序，自此以後，明張自烈的《正字通》，清張玉書等奉敕編纂的《康熙字典》，以及民國年間所編的《中華大字典》、《辭源》、《辭海》等都沿用了這套部首〔註9〕，至今，《中文大辭典》所編部首仍有 202 個，而臺灣教育部網站上所列的中文部首有 214 個。

部首的分類由《說文》540 部至明清以降的 214 個，其間的簡化、刪併，已不若初時造字之本意與源流，然而，卻仍可見其遺緒，尤其是《說文解字》中「以形系聯」的觀點，形符各有其本意，只是予以刪併簡化，因此，形聲文字的形符其屬性、分類及內涵仍然極為明確，並能清楚表達事、物之特質，是以本文不論；至於聲符的內涵與系聯，由於其結構龐雜，並是本文所欲探討的重心，將於下一段落以例舉之方式詳細闡述其旨，以見形聲文字聲符系聯之「字族」脈絡，及其細膩發展的豐富內涵。

另外，本文也將就中國文字的字詞、語彙略做比較，因為，詞語的發展和文字的內涵關係極為密切，並是文字內涵的延伸。《說文解字·詞》「意內而言外也，從司言。」段注「意即意內，詞即言外。言意而詞見，言詞而意見。意者，文字之義也；言者，文字之聲也；詞者，文字形聲之合也。凡許之說字義皆意內也，凡許之說形說聲皆言外也。有義而後有聲，有聲而後有形，造字之本也。形在而聲在焉，形聲在而義在焉，六藝之學也。」〔註10〕從這段文字的

〔註8〕《說文解字注》，15 篇下，1～2。

〔註9〕 劉蘊璇，〈部首改革三提〉，《內蒙古大學學報》，1996 年第 4 期，109～114。

〔註10〕《說文解字注》，9 篇上，29～30。

敘述來看，可見許氏、段氏對形、聲、義三者關係之比較，只是，對字、詞之理解顯然仍須有所斟酌，本文將於釋例中略做舉隅以見其實。

難記、難讀、難寫、難認，這是中國文字普遍予外國人的印象。然而，中國文字的演化雖有其體例與系統，卻仍有一個不可忽視的重要原因，那就是中國文字的符號化。尤其是中國文字在歷經「隸變」的過程後，漢字訛變、符號化、制式化的程度急劇加深，漢字類化的效果並強烈地表現在形聲文字的驟增，相對之下，也使象形、指事等「依類象形」體例的文字比例減少，這是中國文字重大的變革，也是文字演進不可避免的必然趨勢。事實上，許慎之所以能夠條理出《說文解字》的脈絡並予以分類，也正是因為中國文字的符號化早在文字初創時期即已成形，歷經商周並完成於兩漢時期所致，這從甲骨文字已具備完整的六書體例即可予以驗證。

是以《說文解字‧敘》云「倉頡之初作書，蓋依類象形故謂之文，其後形聲相益即謂之字。文者物象之本，字者言孳乳而寖多也。」又稱「至孔子書六經，左丘明述春秋傳，皆以古文，厥意可得而說。」〔註11〕可見許慎早已意識到漢字的表意特徵，並充分理解漢字具備以形達意、據形系聯、形聲相益、形義相生等特質，配合聲符的表音功能，因此，以形、音、義符號連結與組合的理念，再加上「六書」體例以及 540 部分類，這是漢字形、音、義思想系聯的具體實踐，於是，漢字便在完整緊密的結構下，快速並大量地締造出形聲字，並因而形成內涵豐富且脈絡明晰的文字體系。

當然，在漢字的架構中，形與義的表達必定是各有所指，可以類似卻絕對不會等同，但是，在聲音的發展上，許多漢字卻是同音字或具備發音類似的語音、讀音等特質，這固然是受制於發音部位和發音方法的侷限，以致必須仔細辨明在不同音系中聲母、韻母、聲調間的組合和語音習慣；然而，這樣的侷限卻也因此更見聲符發展的重要性，以及聲符在漢字結構中必須大量重複運用的必然結果，這樣的構字特質即是「形聲相益」、「孳乳而寖多也」觀念的由來，自然也就是形聲文字何以如此眾多，並且能夠形成「字族」脈絡的重要關鍵。

〔註11〕《說文解字‧敘》，15 篇上，2、9。

4. 聲符釋義的內涵、特色與運用

聲符在形聲文字中可分為有意義的聲符和無意義的聲符兩大類。聲符的制定多和文字的聲音有關，並是形聲文字構字的原理和基礎，至於其特色則是多成群、組出現。同時，有意義的聲符本身又具備相當的文化內涵，兼具意符的效果，其意義與作用並有如英文中的字根或字源，至於無意義的聲符則只是單純做為聲音呈現的符號而已，聲符本身多不見其特殊寓意，其文字構成運用多作為稱謂或專名。

聲符從文字的讀音符號到兼具意符的功能，並在音義的系聯上具備多元化的特色，這樣的觀點與研究，據殷寄明《漢語同源字詞》所載，起源於宋代王聖美所創的「右文說」。並稱「宋儒研究右文蔚然成風，遂成漢語史上語源學研究的一大流派。有清一代，國學研究達到高峰，許學家段玉裁氏撰《說文解字注》，倡『以聲為義』說，以許書中聲符相同之字相參、互証。伸張許說，計 68 條、53 個聲符。近代沈兼士先生撰〈右文說在訓詁學上之沿革及其推闡〉一文，從理論上較全面地總結了右文說流派的產生發展，在此基礎上具體考証了 24 個聲符所率的 253 個形聲字，首次揭示同一聲符可以承載多個不同語義的規律。黃侃先生也有類似的見解，有學者將黃氏的聲符觀概括為三個條例：『聲音符號的本義與該形聲字相應；聲音符號的引申義與該形聲字相應；聲音符號的假借義與該形聲字相應。」〔註12〕同時，文中又指出：透過聲符義的考釋，可以揭示語詞增殖、詞匯發展的一般規律，訂正前人訓詁及文字歸部的失誤，並可因此編制成漢語語源大典，相較於其他各民族，這是中國語言學發展史上，所唯獨缺乏的著作。

聲符的系聯和語源、語義關係的發展極為密切，這樣的研究少人整理。至於本文所舉形聲字族聲符釋義之字例，則以與祭祀相關之文字——神、禘、禋、祿、墠、壇等六字為研究標的，此六字：神是祭祀對象之通稱；禘、禋則是商周祭天之儀式，是大祭，也是自然崇拜的最高極致；祿則是求子之祭祀，是生殖崇拜的象徵；至於墠、壇則是祭祀天地的場所。這六個字，都是祭祀中極為重要的用字，具有豐富的文化內涵，並流傳久遠，因此，這六個字的聲符，其構字時除了在音、義的內涵意象鮮明，脈絡清晰外，並很能表

〔註12〕殷寄明，《漢語同源字詞‧聲符義概說》，1～30，上海：東方出版中心，2007。

現形聲字族的特殊性與豐富性，因此，字例中，本文以《說文解字注》內容及卷頁為依據，並羅列國音符號、漢語拼音、反切音的標示，以為聲符系聯「字族」發展之參酌比附。

事實上，五禮中——吉、凶、軍、賓、嘉變動最少的即是吉禮和凶禮，而祭祀天地正是吉禮，本文以這六個聲符——申、帝、壬、某、單、亶的字族為例，除了可見形聲字族發展的歷史淵源與文化傳承外，更希冀由此尋繹出聲符和字族間的關係與脈絡，以期印證形聲文字「形聲相益」、「孳乳而浸多也」的構字原理與準則。

4.1. 從「申」為聲符之字例

「申」字在古文字中，普遍見於甲骨文、金文、陶文、竹簡、漢印等，至於《說文解字》中從「申」之字，並以之為聲符的字則有：伸、呻、胂、紳、神、魋、陳等字。而其內容據載則是：

■ 申【shēn／ㄕㄣ／失人切／十二部】—「申，神也。七月陰气成體自申束，從臼自持也。吏以餔時聽事，申旦政也，凡申之屬皆從申。」（14下-32）

（1）伸【shēn／ㄕㄣ／失人切／十二部】—「屈伸。從人申聲。」（8上-26）

（2）呻【shēn／ㄕㄣ／失人切／十二部】—「吟也。從口申聲。」（2上-25）

（3）胂【shēn／ㄕㄣ／失人切／十二部】—「夾脊肉也。從肉申聲。」（4下-24）這是上肉，指虔誠的祭品。

（4）紳【shēn／ㄕㄣ／失人切／十二部】—「大帶也。從糸申聲。」（13上-20）繫大帶是貴顯的身份象徵。

（5）神【shén／ㄕㄣˊ／食鄰切／十二部】—「天神，引出萬物者也。從示申聲。」（1上-5）

（6）魋【shén／ㄕㄣˊ／食鄰切／十二部】—「神也。從鬼申聲。」（9上-40）當作神鬼者，是鬼之神也。

（7）陳【chén／ㄔㄣˊ／直珍切／十二部】—「宛丘也，舜後媯滿之所封。從阜從木申聲。」又，「古文陳」注「按古文從申不從木。」（14下-10）此字作為地名，假借。

另外，「申」字也可作為形符，《說文解字‧申》〔註13〕—申，文四、重二。並有：

（1）鶇【jiǎn／ㄐㄧㄢˇ／羊晉切／古音在十四部】—「擊小鼓引樂聲也。從申柬聲。」

（2）臾【yú／ㄩˊ／羊朱切／古音在四部】—「束縛捽抴為臾曳。從申從乙。」

（3）曳【yì／ㄧˋ／余制切／十五部】—「臾曳也。從申厂聲。」

至於「坤」字也是從申，《說文》釋為會意字，並謂：

（1）坤【kūn／ㄎㄨㄣ／苦昆切／十三部】—「地也，易之卦也，從土申，土位在申也。」（13下-16）也可見「申」作為意符的意義與作用。

由以上字例可知，「申」字的內涵豐富，在文字體例中，並同時可做為聲符、形符及意符等文化象徵。事實上，就出土文字中所見，《續甲骨文編》𝄢64、𝄢6214、𝄢佚986，及金文𝄢子申父己鼎、𝄢此鼎來看，「申」字的釋形應是象形，並是「電」之初文，許慎未見甲骨文，其釋義自然有所未及。是以明義士稱「許訓未確，𝄢實象電光閃動之形。古文籀文皆由𝄢所衍變。」而商承祚也稱「申字其形式左申右曲無定狀，以形言乃電字，以誼乃神字，此字殆兼二說二誼也。」〔註14〕

雷電，是宇宙自然現象的呈現，這是「申」之本意，象形。由於在雷電之後多風雨交加，先人不解其故，往往以為是上天震怒，在敬天、畏天之餘，即以「申」之特質做為聲符，並多寓涵敬畏之旨。例如：在天地之間，是作為敬畏的「神」、「魈」祭拜；在人，則是束上大帶，是地位尊顯的士「紳」或鄉「紳」；至於祭祀時，多以上好的夾脊肉作為對神祇的敬獻之禮，這就是「胂」。另外，「申」的出現變幻莫測，驚雷急電之餘，一切又歸於平靜，因此，先民將此意延展，又以雷電形象之幻化屈曲引申為人體之屈「伸」、延「伸」或「伸」展，同時，雷電聲音震耳，因此，先民又以其迅疾舒緩來比擬聲音之短長「呻」吟，並呈現長短不一的特質。這都是因為「申」字作為文字的符號象徵，不僅可以做為聲符，更是意象豐富的意符，以致從「申」

〔註13〕《說文解字注》，14篇下，32～33。

〔註14〕古文字詁林編纂委員會，《古文字詁林》，1148～1149。上海教育出版社，2004。

之字多具敬畏或屈伸之旨，其讀音就古音韻反切來看，也多在同一韻部而少變化，後人經此脈絡識字，也可知聲符之專有與內涵之傳承，並可舉一反三理解字族相關字詞的意義。

至於以「申」為形符的體例，也仍然明顯可見其初始之作用與意義，例如：「引樂」之於「引神」，「臾曳」之於「屈伸」，也都與「申」字屈曲伸展的形象有異曲同工之妙。同時，以「申」作為會意字的意符，「坤」代表土地、陰性，是神性的象徵；而「申」字作為假借文字，本身又是「地支」的代表，這不僅符合「坤」字的意義與屬性，且从土从申會意，也更彰顯「申」字作為意符具有「神性」的意義與作用。

「申」字作為天地、鬼、神的聲符、形符兼意符，而神、胂、魌、坤等字則是自然崇拜最高最具體的表現，也是賦予神明至高無上的文化符號象徵。因此，其字族運用雖然多元，然而，無論在文字形式、音韻或意涵的表現上，也都極為單純且明確，並多保存原始構字之初衷，使人一見相關字族即可知其形、音、義。

因此，《說文》中从「申」之字雖然不多，卻也顯示从「申」之字具有特殊的意義與作用，不可混用或任意取代。於是，漢字作為表意文字的代表，其構字符號的獨特性、系統性與文化性，至此完全表露無遺，並在形聲文字結構的理論與實踐上，得到相當印證。

4.2 从「帝」為聲符之字例

「帝」字在古文字中，經常出現，並普遍見於甲骨文、金文、陶文、秦詔版、竹簡、帛書、漢印等，至於《說文解字》中从「帝」之字，並以之為聲符的字有：禘、諦、締、啻等字。而其內容依《說文解字》所載則為：

■ 帝【dì／ㄉㄧˋ／都計切／古音第十六部】—「諦也。王天下之號也。从丄朿聲。」（1 上-3）

（1）諦【dì／ㄉㄧˋ／都計切／十六部】—「審也。从言帝聲。」（3 上-12）

（2）禘【dì／ㄉㄧˋ／特計切／十六部】—「諦祭也。从示帝聲。」段注「言部曰諦者，審也。諦祭者，祭之審諦者也。何言乎審諦？自來說者皆云：審諦昭穆也。禘有三：有時禘、有殷禘、有大禘。」（1 上-10）

（3）締【dì／ㄉㄧˋ／特計切／十六部】—「結不解也。从糸帝聲。」（13
　　　上-9）

（4）嗁【chì／ㄔˋ／施智切／十六部】—「語時不嗁也。从口帝聲。一曰
　　　嗁諟也，讀若鞮。」（2 上-21）

　　帝是王天下者之號。尤其在「君權神授說」的年代，皇帝即是替天行道
的主使者，並掌管最高的權力與祭祀，而人們對於皇帝的尊崇無與倫比，因
此，「帝」字本身即具備獨一無二、至高無上之特質。甲骨文字中的「帝」，
如：![甲779]甲 779、![159·3]159·3、![甲216]甲 216 等，各家的詮釋頗有分歧。據《古文字
詁林·帝》載，釋形的觀點有：象花蒂之形、象女性生殖器之形、象燎柴祭
天之形、或象草制偶像之形等說法；至於在釋意方面，則多指上天、禘祭，
甚或釋為宗祖神、五方神或四方之祭的意義〔註15〕。這樣的內涵考之文獻，《尚
書·堯典》稱「昔在帝堯，聰明文思，光宅天下。」疏曰「言帝者天之一名，
所以名帝，帝者諦也。言天蕩然無心，忘於物我，公平通遠，舉事審諦，故
謂之帝也。五帝道同於此，亦能審諦，故取其名。」〔註16〕可見古人以為：
帝就是天，稱王於天下，是天帝之子，具有為民審視的責任與義務。

　　帝的地位如此崇高，以至於從「帝」為聲符之字也多寓涵權力、地位的象
徵。如：

　　祭天是天子的責任，甲骨文中祭天或祭祖都用「帝」字，這或許和古人郊
祭時「祖考以配天」的習俗有關，是以祭祖必先祭天，這也正是《禮記·郊特
牲》所謂「萬物本乎天，人本乎祖，此所以配上帝也。郊之祭也，大報本反始
也。」〔註17〕觀念的延續，因此，甲骨文中祭天或祭祖都用「帝」字。

　　及至周朝，周人以一己諸侯之力而能推翻強大的商朝，周人除了感念皇
天上帝而行「禋祭」外，並認為這是祖先庇祐有功，是以王者祭祖時特別立
「廟」，又另立專名：時祭為「祠、禴、嘗、烝」，合祭則為「祫」，以示對祖
先的崇拜與敬畏。

　　至於天子是上天之子，擁有絕對且最高的權力，其言語自然具有審定的能

〔註15〕《古文字詁林》，46～56。

〔註16〕十三經注疏《尚書》，疏 2，4。

〔註17〕十三經注疏《禮記》，疏卷 26，7。

力，這就是「諦」，其字詞結構或延伸，如：諦思、諦視、諦認、諦觀、諦聽、審諦等，都具有審慎評估而後再做定奪之意。

又，天子肩負統治百姓的責任，必須明確訂定制度、法令及與他國之盟約，俾便行之久遠，這就是「締」；其字詞結構如：締交、締結、締約、締造、締盟等，其內涵也多指層級較高或較為正式的連結活動或行為。

另外，天子貴為決斷者，深思熟慮之後，無須多言，決策並止於帝之口，這就是「啻」，而「不啻」也就是不止。至於《說文》又稱「一曰啻，諟也，讀若鞮。」其音為ㄉㄧˋ，其義則「理也」，音、義之呈現也都符合「帝」字作為聲符，及貴為決斷者具有調理能力之本質與意義。

至於「啻」字的釋義：裘錫圭則言「商王用來稱呼死去的父王的『帝』這個詞，跟見於金文的『帝〈啻〉考』的『帝』〈啻〉和見於典籍的『嫡庶』的『嫡』，顯然是關係極為密切的親屬詞，也可以說，這種『帝』字就是『嫡』字的前身。」另外，朱德熙也稱「從西漢開始，『商』和『啻』這兩個字就經常發生混淆。」〔註18〕並都可見啻和帝字在義、音與形之間的關係，權置於此，以為參酌。

由以上字例來看，「帝」字作為文字結構中的聲符兼意符，其本意即是上天、上帝的代表，並是王權的象徵。因此，作為祭祀儀式的「禘祭」，是天子的責任，並唯有天子才能舉行最高規格的祭天活動，這樣專有且尊顯的行為，以至於從「帝」為聲符字族的內涵與運用，其相關文字——禘、諦、締、啻等字族的建構也必定和王權有關，並從帝王的專職祭祀、言行、活動、態度等各方面予以規範，而其字族音、義的關係緊密、脈絡清晰，並在古音韻同一韻部，不可雜用，也可見其構字態度之嚴謹與思緒分明了。

4.3 從「垔」為聲符之字例

「垔」字在古文字中，可見於甲骨文、金文、竹簡等，至於《說文》中從「垔」之字，並以之為聲符的字有：湮、禋、闉、甄、煙、禋、堙、鄄等字，而其內涵，據《說文》所載則為：

■ 垔【yīn／ㄧㄣ／於真切／古音在十三部】—「塞也。從土西聲。商書曰：鯀垔洪水。」（13下-34）

〔註18〕《古文字詁林》，46～56。

（1）湮【yīn／一ㄣ／於真切／十二部】──「沒也。从水垔聲。」注「釋詁：
　　湮，落也。落與沒義相近。」（11 上 2-23）

（2）禋【yīn／一ㄣ／於真切／古音在十三部】──「絜祀也。一曰：精意以
　　享為禋，从示垔聲。」（1 上-6）以示祭也、敬也。

（3）闉【yīn／一ㄣ／於真切／十三部】──「闉闍，城曲重門也。从門垔聲。
　　詩曰：出其闉闍。」（12 上-9）

（4）甄【zhēn／ㄓㄣ／居延切按本音側鄰切／十二十三部】──「匋也。从
　　瓦垔聲。」（12 下-53）

（5）煙【yān／一ㄢ／烏前切／十二部】──「火气也。从火垔聲。」（10 上
　　-49）

（6）羥【yān／一ㄢ／烏閑切／十四部】──「群羊相積也。一曰：黑羊也。
　　从羊垔聲。」（4 上-35）

（7）𡓾【yìn／一ㄣˋ／於進切／十三部】──「臥也。从氏垔聲。」注曰「按
　　篇韻皆音印；又音致，仆也。疑認為氏聲而易其音耳。」（12 下-34）
　　此字頗有疑義，權置於此，不入字族討論。

（8）鄄【juàn／ㄐㄩㄢˋ／吉掾切／古音在十二部】──「衛地，今濟陰鄄
　　城。从邑垔聲。」（6 下-46）為地名，假借，是以不論。

「垔」字《續甲骨文編》載𤎩甲 2256、𤐨595、𤐨3‧13‧3 等，在卜辭
出現的次數極多。孫詒讓釋為豐，金祥恆則以為是禋之古文，並象煙氣上升
形。〔註19〕個人同意金祥恆先生的看法，因為，無論是從考古挖掘或甲骨文字
構形來看，「垔」字都像是在祭祀的禮器中置物，其上並有煙霧升起，另外，
就典籍記載而言，「垔」是「禋」的本字，在卜辭中多作為祭名，並經常見於
先秦文獻敘述。

《周禮‧春官‧大宗伯》稱「以禋祀，祀昊天上帝〔註20〕。」又，《周禮‧
天官‧甸師》「祭祀共蕭茅」句下注則曰「玄謂詩所云：取蕭祭脂。郊特牲云：
蕭合黍稷臭陽達於牆屋，故既薦然後焫蕭合馨香，合馨香者是蕭之謂也，茅
以共祭之，苴亦以縮酒，苴以藉祭，縮酒涗酒也，醴齊縮酌。」〔註21〕都可

〔註19〕《古文字詁林》，276。

〔註20〕十三經注疏《周禮》，疏18，1。

〔註21〕十三經注疏《周禮》，疏卷 4，15。

見古人祭天時焚香茅祭祀以示潔淨、馨香、禮敬之意。這樣敬慎的儀式，考之出土，良渚文化遺址及三星堆遺址發現許多潔淨的「灰坑」，這應是祭天後刻意將焚香茅所生的「香灰」掩埋，不使污穢廢棄。這樣敬慎的行為表現於祭天儀式即是「禋」；而焚香茅所生的火氣則是「煙」；同時，古人以「質器」素樸而祭天，所謂的「質器」即是「陶匏」，這就是「甄」；另外，祭天的祭品必有牛、羊犧牲，而全羊則以黑羊為上，這就是「羥」，這種以全羊黑羊為祀的習俗至今臺灣仍然留存；從這些文字的系聯來看，從「垔」為聲符之字多和祭祀文化有關。至於其引伸意，煙霧上升時多盤旋繚繞，因此，形容城曲重門是「闉闍」；而水面上水氣迷漫如煙霧，或景色迷濛，則是「湮」沒之意；也都是藉聲符「垔」的形與意，描述或引伸文字的內涵或樣貌，並由本意與引申意而架構成字族，且ㄢ、ㄣ一音之轉，其聲符脈絡也清晰可見。

自然崇拜中最高的祭祀規格即是祭天，而古文字中和祭天相關的文字不在少數，例如：柴、燎是燒柴祭天，禋是焚蕭茅而祭，禷則是以事類祭天。至於禘與祫則是祭祖之禮，只是，在「祖考以配天」的觀念下，祭祖時必先告天，因此，甲骨文中有「帝」而無「禘」字，並都可作為祭天、祭祖之意，這樣的現象直至周以後始改為三歲一祫、五歲一禘，並專指祭祖之禮，而以「禋」作為祭祀天神的稱謂。由這許多名目各異卻又都寄寓祭天內涵的古文字來看，不僅可見文字的沿革變遷，同時，也更凸顯古人對上天的尊崇與敬畏，這是先民自然崇拜習俗的具體印證。

4.4 從「某」為聲符之字例

「某」字在古文字中，可見於金文、陶文、盟書、竹簡等，至於《說文》中從「某」之字，並以之為聲符的字有：謀、祺、楳、媒、腜、悔等字，而其釋義，據《說文》所載則為：

■ 某【mǒu／ㄇㄡˇ／莫厚切／古音在一部】—「酸果也。从木从甘闕。」
（6上-20）

（1）謀【móu／ㄇㄡˊ／莫浮切／古音在一部】—「慮難曰謀。从言某聲。」（3上-11）

（2）楳【méi／ㄇㄟˊ／不載】—植物名。《說文》「梅，枏也，可食。从木每聲。楳或从某。」《說文通訓定聲》「梅，假借為某。」（6上-3）

（3）禖【méi／ㄇㄟˊ／莫桮切／古音在一部】──「祭也。从示某聲。」
（1上-13）又，《漢書‧武五子傳》言及戾太子「初，上年二十九，
乃得太子，甚喜，為立禖，使東方朔、枚皋作禖祝。」注「師古曰：
禖，求子之神也。」（《漢書》卷63，p.2741）可知禖是天子求子之祭
名，也是求子之神。

（4）媒【méi／ㄇㄟˊ／莫桮切／古音在一部】──「謀也，謀合二姓。从
女某聲。」（12下-4）

（5）腜【méi／ㄇㄟˊ／莫桮切／古音在一部】──「婦始孕腜兆也。从肉
某聲。」（4下-20）

（6）悔【wǔ／ㄨˇ／亡甫切／古音在一部】──「悔憮也。从心某聲。讀若
侮。」注曰「悔乃複字未刪者。憮各本作撫。今正方言悔憐也，上文
憮愛也，愛與憐同義。」（10下-33）則是知悔當為方言之屬，暫置於
此，不列入字族討論。

「某」字不見於甲骨文，金文中作𣏣禽簋、𣏣諫簋，本意是酸果名，做
「楳」，又做「梅」；其後並引申為對人的尊稱。至於古人以婦女懷孕或害喜
時喜食酸果做為懷孕的徵兆，這種因生理現象所衍生出的心理反應，逐漸形
成一種集體認同的社會意識與習尚，以致古人在造字時，多以从「某」之字
作為懷孕或延續生命意義相關的文字符號。

這樣的觀念至今仍普遍留存於社會習俗或地方語言中，如：閩南語中保
留了大量的中古音韻及古語，且某、梅今讀仍為雙聲，其古韻亦不甚遠；尤
其值得注意地是閩南語中稱「女人」為「查某」，而「娶妻」則是娶「某」，「某」
字的意義則由原本的酸果名延伸至對人的稱謂，並是表「尊敬」之意的避諱
與應用。這樣的前例早在《尚書‧金滕》「惟爾元孫某」句下注稱「某，名臣
諱君故曰某。」〔註22〕即已有所記載，並更貼近其本意轉化為喜食酸果的懷孕
婦女，這是延續生命子嗣文化象徵的特定對象，也說明妻子的責任即是懷孕
生子；這樣風格鮮明的聲符兼意符，和《詩經‧摽有梅》〔註23〕詩句中以「梅」
比擬女子，並寓意男女須及時嫁娶的目的也完全吻合。

「某」字的意象清晰，並寓涵婦女懷孕生子，延續生命的重責大任，因

〔註22〕十三經注疏《尚書》，疏13，8。

〔註23〕十三經注疏《詩經》，疏1之5，1～4。

此，從「某」為聲符所衍生的字族脈絡也極為明確，例如：

「楳」即「梅」字，其內涵則從酸果名轉化為女子因懷孕而喜食酸果的文化象徵——《詩經‧召南》的「摽有梅」即是以梅比擬女子須及時嫁娶，而俗稱「梅開二度」則是指女子再嫁之意，其終極目的都是因為女子婚嫁有繁衍子嗣的責任與義務。

「禖」是求子的祭祀——《禮記‧月令》有「高禖」一詞是求子的神名，而《詩‧魯頌》及《宋史》則有「禖宮」是指求子的場所，《漢書‧枚皋傳‧注》有「禖祠」，〈戾太子傳〉則有「禖祝」，也都是指與求子祭祀相關的神祠與祝辭。

「腜」是婦女始孕的徵兆——是以「腜兆」即是美兆，象徵吉慶之事；而韓詩稱「腜腜」則是指美也、肥也，和婦女懷孕時安祥、大肚的徵兆也都十分相當。

「媒」則是婚姻的中介者，其目的在於媒合二姓，使生命種族延續；所謂的媒人、媒婆或媒合、作媒、媒妁之言等，都是此意。至於《周禮‧地官》又有「媒氏」之屬，則為掌理男女婚姻之媒官，其職責為「令男三十而娶，女二十而嫁。」其作用都在於促使男女婚嫁，以達成生命種族延續之目的。

「謀」則是運用心思促使不認識的雙方，使之相識，或使事情達成目標，並都有謀而後動之旨，這樣的對象與動機又可擴大至婚姻、工作、君臣遇合、友朋等，所謂的謀士、謀生、謀合、謀略、謀害、謀畫、計謀等，其意象、本質都極為鮮明且完整。而某、謀、禖、媒、腜等五字，其聲母相同，韻母又在同一部，也都可見聲符與字族結構關係延伸之緊密。

至於「禖」字雖也是祭名，並是天子求子的儀式，是生殖崇拜的最高規格。然而，此字不見於甲骨文，也可見這樣虔誠的祭祀行為轉化為禮俗制度，應是社會文化發展至相當階段後始成形。根據甲骨文的記載，武丁曾卜問愛妃婦好分娩安否之事達十餘次之多，可見在醫療設施並不發達的年代裡，古人對生子一事之敬慎，尤其是后妃生子更關係著帝王世系命脈之延續，是以不惜刻之甲骨，視為大事而卜問；後世帝王承襲此俗，並於初春時節，率領眾嬪妃舉行求子祭祀，除了有祈福添丁之意外，也更見先民對生命延續一事的認真與慎重了。

4.5 從「單」為聲符之字例

「單」字在古文字中，則可見於甲骨文、金文、陶文、竹簡等，至於《說文解字》中從「單」之字，並以之為聲符的字有：匰、簞、襌、殫、癉、撣、僤、彈、憚、葷、貚、驒、觶、檀、戰、禪、蟬、嘽、幝、燀、繵、闡、墠、鱓等字，而其內涵，據載則為：

■ 單【dān／ㄉㄢ／都寒切／十四部】—「大也。從吅甲，吅亦聲。闕。」
（2 上-30）

（1）匰【dān／ㄉㄢ／都寒切／十四部】—「宗廟盛主器也。從匚單聲。周禮曰：祭祀共匰主。」（12 下-51）

（2）簞【dān／ㄉㄢ／都寒切／十四部】—「笥也。從竹單聲。漢律令：簞，小筐也。傳曰：簞食壺漿。」（5 上-8）

（3）襌【dān／ㄉㄢ／都寒切／十四部】—「衣不重。從衣單聲。」（8 上-60）

（4）殫【dān／ㄉㄢ／都寒切／十四部】—「極盡也。從歺單聲。」注「郊特牲云：社事單出里祭義，歲既單矣。」（4 下-12）則可知社事舉辦為一年一次。

（5）癉【dān／ㄉㄢ／丁幹丁賀二切／十四部】—「勞病也。從疒單聲。」（7 下-33）

（6）撣【dǎn／ㄉㄢˇ／徒旱切／十四部】—「提持也。從手單聲。讀若行遲驒驒。」（12 上-28）

（7）僤【dàn／ㄉㄢˋ／徒案切／十四部】—「疾也。從人單聲。周禮曰：句兵欲無僤。」注曰「速疾」（8 上-9）。

（8）彈【dàn／ㄉㄢˋ／徒案切／十四部亦平聲】—「行丸也。從弓單聲。」（12 下-60）

（9）憚【dàn／ㄉㄢˋ／徒案切／十四部】—「忌難也。從心單聲。一曰難也。」（10 下-49）

（10）葷【diǎn／ㄉㄧㄢˇ／多殄切／十四部】—「亭歷也。從艸單聲。」注曰「釋草文月令靡草之一也。」（1 下-49）

（11）嘽【tān／ㄊㄢ／他干切／十四部】—「喘息也，一曰喜也。從口單聲。詩曰：嘽嘽駱馬。」（2 上-16）

（12）貚【tán／ㄊㄢˊ／徒干切／十四部】—「貙屬也。从豸單聲。」（9
下-41）

（13）驒【tuó／ㄊㄨㄛˊ／古音在十四部】—「驒騱，野馬屬。从馬單聲。」
（10 上-18）

（15）觶【zhì／ㄓˋ／支義切／十六部】—「鄉飲酒觶。从角單聲。禮曰：
一人洗舉觶，觶受四升。」（4 下-59）

（15）橝【zhǎn／ㄓㄢˇ／旨善切／十四部】—「木也，可以為櫛。从木單
聲。」（6 上-4）

（16）戰【zhàn／ㄓㄢˋ／之扇切／十四部】—「鬥也。从戈單聲。」（12
下-38）

（17）禪【chán／ㄔㄢˊ／時戰切／十四部】—「祭天也。从示單聲。」段
注「凡封土為壇，除地為墠。古封禪字蓋祇作墠。項威曰：除地為墠，
後改墠曰禪，神之矣。」（1 上-13）

（18）蟬【chán／ㄔㄢˊ／市連切／十四部】—「以旁鳴者。从虫單聲。」
（13 上-50）

（19）幝【chǎn／ㄔㄢˇ／昌善切／十四部】—「車敝兒。从巾單聲。詩曰：
檀車幝幝。」（7 下-51）

（20）繟【chǎn／ㄔㄢˇ／昌善切／十四部】—「帶緩也。从糸單聲。」（13
上-21）

（21）闡【chǎn／ㄔㄢˇ／昌善切／十四部】—「開也。从門單聲。易曰闡
幽。」（12 上-10）並有開拓、弘廣或大之意。

（22）燀【chǎn／ㄔㄢˇ／充善切／十四部】—「炊也。从火單聲。春秋傳
曰：燀之以薪。」（10 上-44）

（23）墠【shàn／ㄕㄢˋ／常衍切／十四部】—「野土也。从土單聲。」（13
下-33）是古之郊祭場所。

（24）鱓【shàn／ㄕㄢˋ／常演切／十四部】—「魚也。从魚單聲。」（11
下-24）

　　關於「單」字作為文字結構的符號，其釋義頗為紛歧。《說文》中以「單」
為聲符的文字有二十四，即以甲骨、金文中的「單」字來看，🦬乙3787、🦬
小臣單觶、🦬單伯鬲等，多做為地名、方國、姓氏或封號，如：南單、小臣

單觶、單伯鬲等，應都是假借之意，且從其字形來看，頗有像手持物之形。至於《說文》釋「單，大也。」段注曰「當為大言也，淺人刪言字。」《說文解字注箋》「傳注：未聞有訓單為大言者，段說非也。」另外，丁山謂單之流變往往似干，干與盾同實而異名，姜亮夫釋作陳兵器，郭沫若釋作國族，晏炎吾則以為是斿之初文，俞偉超則認為是地名、也是氏族之名，又或謂單乃簞或觶或蟬之古文，則是為象形字〔註24〕。眾說紛紜，莫衷一是。然而，若就反切來看，則可知以「單」字作為聲符結構的符號，其構字系聯都在古韻十四部。

只是，若就典籍中所載，「單」字的意義可大別為三：孤單（單一）、誠信、大貌。且前二者的文字釋義普遍見於先秦兩漢典籍，如：《禮記‧禮器》「鬼神之祭，單席。諸侯視朝大夫特士旅之，此以少為貴也。」〔註25〕《尚書‧洪範》「無虐煢獨而畏高明」句下注曰「煢、單，無兄弟也。」〔註26〕均作單一或孤獨解。又，《尚書‧洛誥》「考朕昭子刑，乃單文祖德。」句下注則曰「單音丹。馬丁但反，信也。」〔註27〕《詩經‧周頌‧昊天有成命》「於緝熙，單厥心，肆其靖之。」句下注「單，厚。」〔註28〕則是厚其心矣，有誠信之意，「單」字並與「亶」字音、義相同。至於訓為大，除了《說文》之外，之前則可見於揚雄《文選‧甘泉賦》「登降岪蔚，單埢垣兮。」注「善曰：單，大貌。單音蟬。」〔註29〕以及《易‧豐》「彖曰：豐，大也。」疏「正義曰：闡者，弘廣之言。凡物之大其有二種：一者自然之大，一者由人之闡弘使大。豐之為義，既闡弘微細，則豐之稱大，乃闡大之大，非自然之大，故音之也。」〔註30〕其意則是有闡大之旨。尤其值得注意地是：「闡大之大，非自然之大，故音之也。」而「音之」的意義即是明確指出「單」字作為聲符的內涵有「大」的作用，並都可見「單」字意義的沿革，只是，訓為「大也」的過程流變，

〔註24〕《古文字詁林》，164～182。

〔註25〕十三經注疏《禮記》，疏23，10。

〔註26〕十三經注疏《尚書》疏12，12。

〔註27〕十三經注疏《尚書》，疏15，25。

〔註28〕十三經注疏《詩經》，疏19之2，2。

〔註29〕昭明太子，《文選》，卷7，10，台北：藝文印書館，1974。

〔註30〕十三經注疏《易經》，疏6，1。

許說未必盡善，也未能盡釋其形、義。

因此，本文仍將以誠信、孤單、手持物及大也之初旨，尋繹「單」字作為構字聲符的本質。例如：與誠信之旨相關的文字—墠、禪是祭地的儀式；簞、匰、鼉是祭祀用的容器，並各以部首表示不同的材質；戰字、彈字則是形聲兼會意，藉武力以示誠信或允諾；蟬則是吸風飲露的昆蟲，又能蛻殼以示除穢，古人常以君子之風比擬，从「單」自有誠信、品性高潔之意。另外，與孤單之旨相關的文字—襌是單衣；社事單出是為殫；癉、憚則是耗盡力氣，有孤寂、害怕之旨。至於撣則是提持之旨，象手持物。而闡則有弘廣之意。系統雖略有歧出，卻仍見其祭祀、誠信的相關行為，並頗能表現从「單」為聲符的內涵。

《說文》中从「單」為聲符之字，除了部份作為「稱謂」專名，是為假借，聲符無意義，如：嘽、鄲、驒，鱓、玃等字；至於其他，仍有部分難以歸類，或果真是無意義之聲符？本文不刻意解說，權置於此，以待更多資料印證後再予以考訂。

4.6 从「亶」為聲符之字例

「亶」字在古文字中，略見於金文、竹簡等，至於《說文解字》中从「亶」並以之為聲符的字則有：靼、壇、檀、澶、驙、僤、膻、氈、趲、鱣、饘、鸇、顫、嬗、擅、蟺等字，而其內涵則為：

- 亶【dǎn／ㄉㄢˇ／多旱切／十四部】—「多穀也。从㐭旦聲。」注曰「亶之本義為多穀，故其字从㐭，引伸之義為厚也、信也、誠也，見釋詁毛傳。」（5下-31）

（1）靼【dá／ㄉㄚˊ／旨熱切／十五部旦聲在十四部】—「柔革也。从革旦聲。古文靼从亶。」（3下-2）

（2）壇【tán／ㄊㄢˊ／徒干切／十四部】—「祭壇場也。从土亶聲。」（13下-38）

（3）檀【tán／ㄊㄢˊ／徒乾切／十四部】—「檀木也。从木亶聲。」（6上-17）

（4）澶【tán／ㄊㄢˊ／市連切／十四部】—「澶淵水也，在宋。从水亶聲。」（11上-45）

（5）驙【tán／ㄊㄢˊ／張連切／十四部】—「駗驙也。从馬亶聲。易曰：
　　乘馬驙如。」（10 上-15）指馬載重行難也。

（6）儃【tǎn／ㄊㄢˇ／徒干切／十四部】—「儃何也。从人亶聲。」（8
　　上-17）

（7）膻【tǎn／ㄊㄢˇ／徒旱切／十四部】—「肉膻也。从肉亶聲。詩曰：
　　膻裼暴虎。」（4 下-27）

（8）氈【zhān／ㄓㄢ／諸延切／十四部】—「撚毛也。从毛亶聲。」（8 上
　　-69）

（9）饘【zhān／ㄓㄢ／諸延切／十四部】—「糜也。从食亶聲。周謂之饘，
　　宋衛謂之餰。」（5 下-8）

（10）鸇【zhān／ㄓㄢ／諸延切／十四部】—「鷐風也。从鳥亶聲。」（4 上
　　-52）

（11）趲【zhān／ㄓㄢ／張連切／十四部】—「趁也。从走亶聲。」（2 上
　　-32）

（12）鱣【zhān／ㄓㄢ／張連切／十四部】—「鯉也。从魚亶聲。」（11 下
　　-19）

（13）瞻【zhǎn／ㄓㄢˇ／旨善切／十四部】—「視而不止也。从目亶聲。」
　　（4 上-5）

（14）嬗【shàn／ㄕㄢˋ／時戰切／十四部】—「緩也。从女亶聲。一曰傳
　　也。」（12 下-19）

（15）擅【shàn／ㄕㄢˋ／時戰切／十四部】—「專也。从手亶聲。」（12
　　上-42）

（16）蟺【shàn／ㄕㄢˋ／常演切／十四部】—「夗蟺也。从虫亶聲。」（13
　　上-57）

《說文》中以「亶」作為聲符之字，除了部份為專名稱謂，聲符無意義，
如：鱣、鸇、蟺、檀等字外，其餘从「亶」為聲符之字，只有壇（祭壇，以
穀物為祭品）、饘（糜也）二字與《說文》載「亶」之本意—多穀—略有關係，
至於其它字例則意義紛歧，難以見其脈絡，固然，許慎釋義或也有未盡美善
之處，因為，「亶」字在典籍文獻中並未有多穀之意，由此也可知「亶」在形
聲構字體例上，只是單純地做為聲符而已，並不具意符作用。

　　同時，《說文》中從「亶」為聲符之字，從上列字例反切所見，其韻母都同在十四部，且其聲母也止於ㄅ、ㄊ與ㄓ、ㄔ、ㄕ等舌尖音、舌尖後音，發音部位近似的區域，其餘則不類。這些規律化的現象，可說是形聲字族範例中常見的法則，並都說明古人在造字時對聲符運用有其必然的規律性法則，不僅韻母相同，同時，更兼及對聲母發音部位的規範與協調，於是，「字族」的衍生也就在形、音、義的緊密連結下，更見其組織嚴謹與脈絡清晰。

　　壇與墠是先民祭祀天地的神聖空間，這樣的習俗和出土早在七、八千年前的紅山文化牛河梁遺址即已具體呈現，其後的河姆渡、良渚文化、凌家灘文化和三星堆遺址也仍可見祭壇的規模與遺緒，甚或明清以降的北京天壇、地壇等，也都留存其一貫之形制，例如：壇高三層、座北朝南、依山面水等位置，都說明古人對祭祀空間及其週遭場所選擇之敬慎。

　　至於就文字體例的發展來看，自春秋戰國時期禮壞樂崩之後，秦始皇雖數度欲封禪，卻未能極盡封禪之禮，且古禮祭天，必於天未明即於城郊野土舉行，同時，壇墠之址必以陶甕或白石為標誌，正中央則「封土」為壇，這也就是壇高三層的由來。事實上，這樣的形制頗似「亶」字，頂上的符號應是指事，象天，意指壇墠正中並頂上「封土」的部份，「回」則象壇墠之形，圍石二圓圈以為誌，並寓天圓之意，「旦」則是聲符兼意符，指天明之時祭祀。因此，就整體來看，「亶」字的符號結構頗能表現「壇」的形象與作用，並與紅山文化的祭壇形制完全吻合。至於「墠」字則是除地以祭地的場所，正方形，象「地方」之旨，單純就其形而論，「單」字應象手持物於墠前舉行儀式，同時，典籍中「禪」、「墠」經常通用，二者皆從「單」為聲符，並都是祭地之旨，也可見此二字關係之緊密。秦始皇所謂的「封禪」即是「封土禪地」的省稱，都是表達對天地最高的禮敬之意，古人封禪止於帝王並部份大臣，許慎未見封禪之禮及其形制，釋義不足，也是自然。

　　「壇」、「墠」二字不見於古文，卻遲至《說文》始明確記載，然而，有關於祭祀的行為、制度、空間卻早已散布於典籍記載並考古挖掘，也可見「壇」、「墠」二字必有其初始字例，個人以為那就是：亶和單。因為，此二字就構字原理而言，不僅符合天圓地方的形象，且古音韻相同，都位於十四部，同時，在文字內涵上也都是屬於祭祀的神聖空間，並分別代表最高規格的天與地，其作用鮮明、專有且不可取代。至於後世禮壞樂崩，亶和單的本意也日益模糊而

式微,因此,以亶、單作為字族的符號,並有從「土」為新字的形聲體例崛起,以作為祭祀天地的神聖空間,至於「壇」、「墠」二字始見於《說文》,則應是後起字,其年代並符合形聲文字大量興起的盛行時期。

然而,古人造字畢竟仍有其脈絡,為避免混淆,因此,相關字族的衍生必定是引申或假借。例如:「單」字由專一的神聖空間延伸至誠信、單一、手持物狀或大貌;至於「亶」字,由於釋義純粹,無須外拓,因此,作為字族的符號則是無意義的聲符,其作用為假借,這樣壁壘分明的切割,不僅使字族文字區隔分明,也更能彰顯「亶」與「壇」字在字義涵融的緊密性、相關性,以及祭祀空間使用上的專屬性,是不可任意僭越錯亂的。

5. 結　論

漢字之所以是歷史、文化的具體呈現,這是因為漢字的形成有其歷史淵源與文化思想基礎而架構成的龐大體系。同時,由本文所舉字例來看,漢字表意聲符的特色並具有相當程度的專屬性、系統性與文化性。也就是說聲符與字族文字的音、義關係極為緊密,並因此形成分明的字族脈絡,且其內涵越是專有,其字族聲符的運用也就越為單純,並有音同義似,不可任意取代或混雜的特色,呈現風格獨具的文化特質。至於形聲文字若只是作為國名、地名、姓氏或事物之專名所用,則其聲符多無意義,並只是單純假借聲符作為形聲字的表音符號而已。這也是形聲文字雖然音近形似,並可以大量衍生,卻永遠不會造成文字重複或語意錯亂的重要因素。

總計本文以《說文解字》的六個聲符——申、帝、巠、某、單、亶為例,其所衍生字族的數量,包含無意義的聲符假借計有 65 字,另又有作為會意的坤字 1、作為形符的申字 3、聲符本字 6,若全部合計則共有 75 字。因此,透過字族脈絡的學習,只要了解六個聲符的內涵,便可快速理解並延伸學習 74 個形、聲近似的單字,並認知其內涵與運用,進而更可擴充相關詞彙、語句的表達和練習。這樣輕鬆且系統化的學習,對漢字形、音、義的辨識,當有更深入且完整的認知與體會,可以輕易地化解漢字難記、難讀、難寫、難認的學習困境,並有效率地認知漢字的文化內涵、形成與結構。

許慎的《說文解字》揭櫫了以形、音、義所組合並衍生的「文字孳乳說」,而索緒爾的「表意文字說」則是明確指出漢字作為表意文字的重要性與特殊

性，至於法國學者白樂桑教授所提倡的「字本位說」，則是強調漢字的學習應以文字為出發，並進而擴展至詞語、句型的鍛鍊。這些看似各異的觀點，卻不約而同地都指出一個事實，那就是：漢字的學習必須回歸至文字構字時的初衷與本意，並唯有將「文字」本身的意涵充分理解後，才能真正深入明瞭文字背後所蘊含的文化與思想，漢語的學習也才能完整而全面。

　　至於本文著墨於形聲「字族」觀念的理解，也正是希冀華語教學能夠回歸至文字本身的學習與延伸，並透過「字族」的脈絡分析，使文化、文物、文獻的深厚內涵，在形聲字族聲符釋義的系統研究上，得到具體的實踐並印證。

　　（原文載《華語文教學研究》，第 7 卷第 3 期，頁 1～29，世界華語文教育學會，2010.12）

圖 1　紅山文化　牛河梁祭壇及祭祀坑

圖 2　紅山文化 牛河梁壇墠祭祀地點

圖 3　董楚平祭壇側繪圖〈良渚文化祭壇釋義──兼釋人工
　　　大土台和安溪玉璧刻符〉

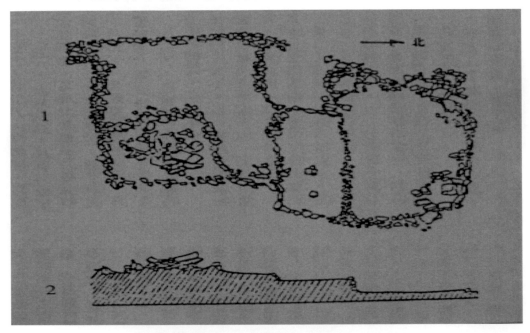

圖 4　新石器時代晚期　安徽凌家灘遺址出土　玉人

參考文獻

1. 漢・許慎著、清・段玉裁注，《說文解字注》，台北：蘭臺書局，1977。

2. 漢・鄭玄箋、唐・孔穎達疏，十三經注疏《詩經》，台北：藝文印書館，1993。

3. 舊本題孔安國傳、唐・孔穎達等疏，十三經注疏《尚書》，台北：藝文印書館，1993。

4. 魏・王弼、晉・韓康伯注、唐・孔穎達疏，十三經注疏《易經》，台北：藝文印書館，1993。

5. 漢・鄭玄注、唐・賈公彥疏，十三經注疏《周禮》，台北：藝文印書館，1993。

6. 漢・鄭玄注、唐・孔穎達正義，十三經注疏《禮記》，台北：藝文印書館，1993。

7. 梁・昭明太子，《文選》。台北：藝文印書館，1974。

8. 漢・班固，《漢書》，台北：鼎文書局，1991。

9. 殷寄明，《漢語同源字詞》，上海：東方出版中心，2007。

10. 古文字詁林編纂委員會，《古文字詁林》，上海：上海教育出版社，2004。

11. 賴明德，《中國文字教學研究》，台北：文史哲出版社，2003。

12. 蘇培成，〈漢字的性質〉，《廊坊師範學院學報》，第 17 卷第 1 期，8-14，2001.3。

13. 李峰，〈中國古代第一部字典──說文解字〉，《河南圖書館學刊》，第 20 卷第 1 期，56-58，2000.3。

14. 張玉金，〈漢字結構的發展方向〉，《語文建設》，第 5 期，31-34，1996。

15. 劉蘊璇，〈部首改革三提〉，《內蒙古大學學報》，第 4 期，109-114，1996。

七、漢語詞彙字組的美學研究
——以干支四時為例

【中文摘要】

　　漢字是世界語族中重要的表意文字代表，尤其是當數個文字的組合後，形成另一個完整的詞彙概念時，這些文字的組合必定有其結構性的連結與貫通，俾便彰顯這一詞彙的表意特質，個人稱之為漢語「詞彙字組」，其特色與運用並有別於一般「合義複詞」；而其強烈、恆常不變的表意特質，又以呈現宇宙自然運行的文字為最。是以本文藉「天干」、「地支」及「四時」等 3 個詞彙字組的特殊性與完整性，總計 26 個文字的本質為例，將其所蘊含的傳統美學思想及文化氛圍予以闡釋，若能深入了解並運用，對漢字教學及文化詮釋必定有所裨益。

　　關鍵詞：詞彙字組、表意文字、天干、地支、四時、美學

1. 前　言

　　漢字是世界語族中重要的表意文字代表，其中所蘊含的文化特質細膩而又豐富，很能反映當時的社會思想與美學內涵，若能深入了解並運用，對華語教學將裨益頗深。

　　漢字由於是重要的表意文字，因此，在文字結構中對於「意」的表現便有極為深刻的思想蘊藏。個人在漢字研究的過程中，即明確發現漢字本身除了有其個別獨立性的內涵外，當個別文字的組合又形成另一完整的詞彙概念時，這些文字的組合則必定有其觀念性的連結，以及結構性的貫通，俾便彰顯這一完整詞彙概念的特質並不可替代，個人稱之為漢語「詞彙字組」。

　　這樣的「詞彙字組」範例在生活中屢見不鮮，如：陰、陽為「兩儀」；金、木、水、火、土為「五行」；東、南、西、北、中為「五方」；宮、商、角、徵、羽為「五聲」；青、白、玄、朱、黃為「五色」等。尤其有趣地是，「兩儀」、「五行」、「五方」、「五聲」、「五色」等，這些詞彙的特色都是古老、傳統哲學思惟的反映，並多是漢語中特有的文化辭彙，具有強烈、恆常不變的表意特質，和一般所謂的「合義複詞」並不完全相同。

　　「字」和「詞」是語言文字記錄和運用最小、也最基本的單位。尤其是「詞」可以是由一個字「單音詞」所構成，簡稱為「單詞」，如：你、我、他；也可以是由許多個別的「字」所組合，稱為「複音詞」，簡稱為「複詞」。至於複詞的結構方式，其分類又有限定字義的「合義複詞」（紙箱、鐵釘、羽毛）；以及非限定字義的複詞，如：連綿詞（葡萄、蜻蜓、珊瑚）；雙聲詞（崎嶇、惆悵、黽勉），疊韻詞（玫瑰、菡萏、橄欖）；同義複詞（海洋、寂寥、喜悅），反義複詞（是非、善惡、高低），近義複詞（規矩、準繩、圭臬），偏義複詞（存亡、動靜、虛實）等。

　　至於本文所欲探討的「詞彙字組」，雖然理當歸屬於「合義複詞」，只是，「合義複詞」的字義限定多是指用途或材質，「字」的本質並未產生變化，字與字之間也無特殊關聯；然而，「詞彙字組」的結構卻是當這些個別的「字」連結成另一個詞彙的概念時，這些「字」則多以「假借」或「引申意」的方式呈現，並因此形成一個新的專屬「詞彙」，和一般複詞的結構的確有所差異，值得深入探討。

是以本文運用文獻分析法與歷史演進法，並以中國最早的字書《說文解字》為研究對象，探討漢語中「詞彙字組」概念的形成及其沿革，尤其是「詞彙字組」獨特的內涵，不僅豐富了漢語的字、詞運用，並更能真實呈現漢字的文化及特色，是漢語詞彙的瑰寶，然而，卻少有相關著作研究，殊為遺憾。

同時，本文以「天干」、「地支」、「四時」等詞彙字組為例，這些字組都是極為古老並又是宇宙自然秩序象徵的符號，從這些符號的本意、引申意，可以清晰地呈現這些文字作為時間、秩序，甚或其引申內涵的沿革，並在文字結構中不約而同地都以自然作物成長的過程，完整地紀錄並連結「天干」、「地支」、「四時」等總計 26 個文字的特質，以及這 3 個「詞彙字組」的特殊性與完整性，漢字文化結構的奧妙與獨具的美學思想，自此便完全顯露無遺。

2. 文字中的美學思想

文字是人與人之間表情達意的工具，也是一個民族在集體意識下所認同的習俗符號。因此，從文字的結構可以了解民族文化的特色，並反映當地、當時的社會思想與習俗。

至於西方美學思想的形成，自蘇格拉底、柏拉圖、亞里斯多得以降，多強調邏輯思惟的印證，對於「美感」形式的辯證也多止於「詩學」，並以「詩學」的發展為最高原則。同時，由於文字本身即是「詩歌」或「史詩」抒發的重要工具，因此，人們在對「詩學」以及「史詩」美感追求的同時，文字的運用便扮演了極為關鍵的腳色。

在西方美學發展史中，首先對「文字」本身提出個人看法的便是但丁（Dante，1265～1321），但丁最重要的理論著作是《論俗語》。他所謂的「俗語」是指當時盛行於各區域的地方語言，和教會所用的官方語言——拉丁語相對立；但丁不僅首先指出「俗語」與「文言」的差異處，並極力肯定「俗語」的優越性。這樣的美學思想奠定了文字的通俗性、地域性與獨特性，並明確指出文字的重要性即是生活的紀錄與思想反映。

朱光潛《西方美學史·上》即稱「從十一世紀以後，歐洲各地方近代語言逐漸興起來了，大部分民間文學如傳奇故事，抒情民歌，敘事民歌等都開始用各地方民間語言創作（多數還是口頭的）。至於用近代語言寫像《神曲》那樣的嚴肅的宏偉的詩篇，但丁還是一個首創者。《論俗語》不但是但丁對自己的創作

實踐的辯護，也不但是要解決運用近代語寫詩所引起的問題，分析各地方近代語言的優點和缺點，作出理論性的總結，用以指導一般文藝創作的實踐；而且還應該看作他想實現統一意大利和建立意大利民族語言的政治理想中一個重要環節。」〔註1〕

這種對地方民族語言的重視，不僅強化了地方區域語言的特色，並間接保留當地的民情風俗和思想，對區域性歷史、語言、文化的保存都居功厥偉，其思想並直接影響十七、十八世紀歐洲的啟蒙運動，尤其是維柯（Giovanni Battista Vico, 1668～1744）和夏夫茲博里（Anthony Ashley Cooper Shaftesbury, 1671～1713），更是對各民族語言的保存大聲疾呼，並強調語言學對歷史文化發展的重要性。

義大利歷史哲學派的美學家維柯，在其主要的著作《新科學》（全名是《關於各民族的共同性質的新科學的原則》，1725 年初版，1730 年增改版）一書中，即已揭櫫文字的重要性。朱光潛《西方美學史・上》也稱「維柯認為要發現歷史發展的規律或原則，單靠歷史不夠，單靠哲學也不夠，經驗與理性必須結合，史料的學問與哲學批判必須結合，他認為這就是語言學與哲學的結合。維柯所理解的『語言學』是最廣義的，它是『關於各民族的語言和行動事跡的知識』，所以包括文學和歷史兩大項目。語言學提供歷史發展的已然事實，哲學則揭示歷史發展的所以然的道理。所以他在《新科學》裏企圖根據語言學所提供的事實，通過哲學批判，來探討人類如何從野蠻生活轉入社會生活，宗教、神話（即詩）以及政治制度之類文化事項如何起源，如何發展。維柯的重點在原始社會，特別是古希臘羅馬。」〔註2〕即已明確指出語言文字對歷史、文明的影響和作用，而其淵源則是始自原始社會，也就是初創語言文字的時代。尤其是文字的功能和影響更遠甚於語言，畢竟，文字可以長久保存，而語言則較易流失且改變較大，保存較為不易。

這種強調語言文字與歷史發展思想的闡揚者，在啟蒙運動初期，又有英國的思想家夏夫茲博里，他在其名著《論人、習俗、意見與時代等的特徵》（簡稱《論特徵》）〔註3〕，即提出審美的「非功利性」，這是西方美學的核心思想，

〔註1〕 朱光潛，《西方美學史・上》，頁 125，台北：頂淵文化事業有限公司，2006。

〔註2〕 朱光潛，《西方美學史・上》，頁 307～308。

〔註3〕 朱光潛，《西方美學史・上》，頁 77～83。

並指出「美在形式說」以及「美的本身帶有深刻的道德性質」，這些觀念都廣泛影響大陸啟蒙運動的領袖們。同時，「因為夏夫茲博里很重視文化修養對審美趣味的作用。」〔註4〕認為美感經驗的養成來自於當地習俗的薰陶，因此，對於習俗、語言的觀點，也同樣重視民族特色的保存，並認為這是一個民族歷史文化的反映。

在西方，遲至十一世紀，始對民族區域性的語言文字運用有深刻的思考與反省；然而，類似的現象在中國卻早已發生千年之久，尤其是漢語文字的發展歷經戰國時期六國文字的紛歧，卻在秦始皇統一天下後，文字也形成一統，這是先秦美學思想的遺存，其後並在文字「隸變」之餘，至東漢又有「五體書」的完成，使漢字的內涵、演化與架構，益形豐富並急速擴充；然而，深入思考，若非漢字本身即已具備嚴謹的「六書」體例與豐富的「表意」特質，漢字的一統與「五體書」的演化完成，又談何容易。

漢字獨具的「六書」體例與「表意」特質，是漢字在世界語系中獨樹一幟的本質與特色，並分別代表「形像思惟」與「邏輯思惟」兩大概念，而這兩個知識體系正是「美學」思想研究的重要範疇。雖然，在漢語的研究體系中並無「美學」（Aesthetics）這樣的科目及相關辭彙，然而，典籍文獻中對於「美」的思考與斟酌卻保留了相當豐富的資料，這樣的文字資料多從形式、體例（形像思惟，視覺的思考，如：甲骨文、金文）著手，並進而演化至對文字音律（形像思惟，聽覺的思考，如：《聲類》、《四聲譜》等韻書以及反切注音法）的追求。至於其後又由「字」發展至「詞」的美感經驗，例如：雙聲、疊韻、疊字、連綿詞等，甚至對文字的組合尤其是音律、節奏、開合等形式都有細膩的思考與推敲，在在都說明知識份子對於文字運用的講究至極，對美感的思考斟酌細膩。

當然，古人對美的追求絕對不是止於形式而已，其對情感思想的表達，除了注重文字本身的形式體例之外，文字的內涵（邏輯思惟）才是真正傳情達意的憑藉與根本。同時，由於漢字的語意及文化內涵是如此豐富而又深邃，相關研究的著作不在少數，至於本文所欲探討的「詞彙字組」只是其中的一小部份，且少有學者關注，因此，本文希冀經由「詞彙字組」概念的闡發，

〔註4〕 朱光潛，《啟蒙運動的美學》，頁 157，台北：金楓出版社。

除了明白中國文字個別的文化特質並予以運用外，並藉由「字組」以整合文字群體的美學思想，進而了解漢語「詞彙」的特殊文化，且唯有透過「詞彙字組」的脈絡與思想，不僅易於漢字學習，並可以更深入理解其中的美學思想，俾便作為華語教學的利器與憑藉。

近年來，法國著名漢學家白樂桑先生所提倡的「字本位」學習，即是以「字」為基礎，並藉此探索漢語的結構規律、演變規律、習得機制、學習規律和運用規律；另外，在教學方法上，組合生成教學法、集中識字教學法等觀念也在實踐中取得相當成效。而其關鍵即是經由漢字本身的學習，進而理解漢字在字、詞、句的內涵與運用，除了可以增進聽、說、讀、寫的能力之外，並因此了解漢字背後所蘊藉的文化內涵，這種全面性對漢字本質的探討並完整學習，對華語教學無論是在理念或方法上都有莫大的裨益，「字本位」理論的重要性也於此清晰可見。

3. 漢語詞彙字組內涵

華語的學習必須回歸至漢字本身著手，而本文所欲探討的觀點則不只是強調漢字本身個別的深入解析，同時，「詞彙字組」的組合，更可見相關字詞的聯繫與脈絡，並能從中歸納出「詞彙」與「字組」的文化特質與哲學思惟，進而理解漢語字、詞的緊密性與相關性，是以本文釋意時依字書《說文解字注》（簡稱《說文》）〔註5〕為主軸，以及西漢史籍《史記‧律書》〔註6〕、《漢書‧律曆志》〔註7〕所載，復佐以近代學者《古文字詁林》〔註8〕一書所輯，分別闡述干支、四時字組的文字寓意，再加上個人所歸納之「案語」、聲符字族釋例，俾便明其宗旨，知其流變。

《說文解字》是中國第一本字書，也是許慎歸納先秦以來文字釋意之總匯，這樣的背景符合維柯強調文字的特色「其淵源則是始自原始社會，也就是初創語言文字的時代。」至於本文以「天干」、「地支」及「四時」字組為例，正是因為這些字組都是宇宙中秩序象徵的符號，其中蘊涵豐富且古老的

〔註5〕 清‧段玉裁，《說文解字注》，台北：蘭臺書局，1977。

〔註6〕 西漢‧司馬遷，《史記》，頁1244～1248，台北：洪氏出版社，1975。

〔註7〕 東漢‧班固，《漢書》，卷21上，頁964、5，台北：鼎文書局，1991。

〔註8〕 古文字詁林編纂委員會，《古文字詁林》，上海：上海教育出版社，2004。

生活經驗與邏輯思惟，同時，這些字組個別文字結構的聲符，又都是形聲字族的「字根」，影響極為深遠。個人希冀經由這些字組的表意特徵及其脈絡組合，得以窺見漢語聲符、字族與「詞彙字組」間之關係與堂奧，並見其美學思想與文化內涵。

3.1 訓天干字組

「天干」詞彙字組的內容包括——甲、乙、丙、丁、戊、己、庚、辛、壬、癸十個字，這些都是古人藉以紀錄天時運轉的表意符號，闡述宇宙自然與人之間的關係。而其個別釋意則為：

（1）甲【jiǎ／ㄐㄧㄚˇ／古狎切／八部】—「東方之孟，易气萌動，从木戴孚甲之象。大一經曰：人頭空爲甲。凡甲之屬皆从甲。」（《說文》14 下-19）

至於《史記》稱「甲者，言萬物剖符甲而出也。」《漢書》則謂「出甲於甲」。

《古文字詁林·甲》〔註9〕之釋意則有：从木戴孚甲形、皮開裂也、魚鱗、龜甲、甲鎧、戟之象形、柙之初文、並引申有開閉之意等。

案：「甲」字應為合體象形，本意是指孟春之月，天氣下降，地氣上騰之際，天地、草木為之萌動，樹木的嫩芽也因表皮開裂而生芽長葉，而「甲」字的本意便是指覆蓋在嫩芽外具有保護或隔絕作用的「表皮」或「殼」——也就是《說文》所稱植物的「孚甲」，龜甲、鎧甲、甲胄等詞便是本意之運用；至於从甲為聲符的字族有：匣（匱也）、柙（檻也），以及匣盒、檻柙等詞語，其聲符寓意為保護或隔絕作用的「殼」；同時，「孚甲」初為閉合狀予以保護，後則開展以利植物生長，是以引申有開閉之旨，如：呷（吸呷也）、窅（入衇刺穴）、閘（開閉門也），及吸呷、閘門等詞語；另外，「孚甲」與植物的關係，除了具有保護或隔絕的作用外，位置也親密相依，難以割捨，因此，又可引申為親近意，如：狎（犬可習也。熟習、親近意），親狎；至於皮殼開裂後便是萬物生長之始，是以又引申為等級序列，如：考試分科（甲科、乙科）、等第高下（甲等、乙等），並假借為天干名，都是指排序第一者，運用十分普遍。

這樣的語意完全符合《史記》、《漢書》所載，其本意是指植物的孚甲具有

〔註9〕《古文字詁林》，冊 10，頁 929～939。

保護的作用；而開閉、親近以及序列第一之旨，則是本意之引申。至於又有單純以甲為聲符而不見寓意的字族則如：「鴨」。

另外，陰陽家又有〈大壹兵法〉一篇，稱人頭空（即骷髏）為甲，這是漢代陰陽讖緯之說的思想反映，《說文》天干十字中述及此意，都是以人體的各部位表述，雖也可見其次第序列——從頭至腳，然而，卻不見其淵源以及和「天干」各字形、音、意之間的內涵與關聯，是以本文備而不論。

（2）乙【yǐ／一ˇ／於筆切／十二部】—「象春艸木冤曲而出，侌气尚彊，其出乙乙也。與丨同意。乙承甲，象人頸。凡乙之屬皆從乙。」（《說文》14下-19、20）

至於《史記》稱「乙者，言萬物生軋軋也。」《漢書》則謂「奮軋於乙」。

《古文字詁林·乙》〔註10〕之釋意則有：象春艸木冤曲而出、象燕側面之形、象于飛之形、抽也、魚腸謂之乙、玄鳥也。

案：「乙」字就甲骨、金文字形而言，應作象形，象玄鳥側立解，《詩經·邶風·燕燕》有「燕燕于飛，差池其羽。」之句，箋曰「燕燕，鳦也。」又，「鳦音乙，本又作乙。」另外，《詩經·商頌·玄鳥》也稱「天命玄鳥，降而生商，宅殷土芒芒。」箋曰「玄鳥，鳦也。」從這些典籍的記載來看，都可見「乙」即是「鳦」，也就是指「玄鳥」〔註11〕

至於《說文》釋乙之本意為象草木萌芽之形，由地底冒出向上生長貌；實寓涵春天時，因為氣候仍然嚴寒，以致引申為速度緩慢、彎曲澀進的樣子；今從乙為聲符的字族如：肊（胷骨也）、曰（詞也）、札（牒也）、空（空也）、厄（隘也）、失（縱也）、軋（轢也），以及詞語如：困厄、軋軋等，也都具難行、澀進之旨；後假借為天干名，指排序第二。

（3）丙【bǐng／ㄅㄧㄥˇ／兵永切／古音在十部】—「位南方。萬物成炳然。侌气初起，昜气將虧。從一入冂。一者昜也。丙承乙，象人肩。凡丙之屬皆從丙。」（《說文》14下-20）

至於《史記》稱「丙者，言陽道著明，故曰丙。」《漢書》則謂「明炳於丙」。

〔註10〕《古文字詁林》，頁939～947。

〔註11〕《詩經》，疏2～1，頁12；及疏20-3，頁14，台北：藝文印書館，1993。

《古文字詁林・丙》〔註12〕之釋意則有：萬物炳然（訓明）、象形爵、邊際、柄之初文（戈矛之屬植立之柄）、象殺人宰牲之俎、權柄、几形、魚尾型、承物的底座。

案：「丙」字釋意頗見歧出，個人以為仍當从一入冂會意為佳，其本意為「金气初起，易气將虧」，是陰陽轉換交替之際，且「丙」字在甲骨文中皆象高台形禮器，可置物，應是指暮春時節，萬物初生，當舉行春祭，故从丙為聲符的字族如：柄（柯也）、炳（明也），以及詞語：權柄、炳煥等都是權力與鮮明的象徵；其後假借為天干名，排序第三；至於「丙」字又作陰陽轉換交替之際解，其字族則有：更（改也），引申為陰陽違和，即「更替」之意；是以人在憂慮、生病時，其字詞也多从丙，如：寎（臥驚病也）、病（疾加也）、怲（憂也）、匢（側逃也），以及疾病、怲怲、側匢等。至於單純以丙為聲符的假借字則有：邴（宋下邑）。

（4）丁【dīng／ㄉㄧㄥ／當經切／十一部】—「夏時萬物皆丁實。象形。丁承丙，象人心。凡丁之屬皆从丁。」月令曰：時萬物皆強大；小徐本則作丁壯成實。（《說文》14下-20）

《史記》稱「丁者，言萬物之丁壯也，故曰丁。」《漢書》則謂「大盛於丁」。

《古文字詁林・丁》〔註13〕之釋意則有：夏時萬物皆丁壯成實、堅實之物（訓定、訓平）、釘之本字、祭名。

案：「丁」字本意是夏天萬物生長茂密齊平的樣子，寓意壯盛精實，是以成年男女稱為「丁」，丁口（成年男）、丁口錢（依成年男子人數而收之費用）、丁女（成年女）等，以及从丁為聲符的字詞如：頂（顛也）、頂尖，也都有壯盛精實之意；至於又引申為平坦堅實，並是釘之本字，其字詞如：訂（平議也）、靪（補履下也）、亭（民所安定也）、朾（橦也）、汀（平也）、打（擊也）、町（田踐處）、釘（鍊鉼黃金），以及訂盟、沙汀、敲打、町町、鐵釘等，都具有平坦堅實貌；又作狀聲詞，如：丁丁（指伐木聲、玉件撞擊聲）、玎（玉聲）；並假借為天干名，排序第四；至於單純以丁為聲符的假借字則有：芋（芋

〔註12〕《古文字詁林》，頁 957～964。

〔註13〕《古文字詁林》，頁 964～975。

熒，胸也）、阤（丘名）。

（5）戊【wù／ㄨㄟ／莫候切／三部】—「中宮也。象六甲五龍相拘絞也。

戊承丁，象人脅。凡戊之屬皆从戊。」（《說文》14 下-21）

《史記‧律書》不見「戊」字之記載，至於《漢書》則謂「豐楙於戊」。

《古文字詁林‧戊》〔註 14〕之釋意則有：兵器名、矛之古文、古文茂、戚之古文、象斧鉞之形。

案：據《漢書》、《說文》以及《古文字詁林》來看，戊應是茂之本字。陳邦福稱「白虎通五行篇『戊者茂也』，古戊茂音詣俱可相假。又聖人篇引禮別名記云『五人曰茂』。又鬼谷子本經陰符篇云『盛神法五龍』，陶注『五龍，五行之龍也。』是戊在六甲五行中，于數為五。故許以說字形，正合五龍拘絞之象也。」〔註 15〕至於草木茂盛之餘，則以斧鉞砍伐之，則是戊之引申。從戊為聲符的字詞則有：茂（艸木盛皃）、茂盛。

（6）己【jǐ／ㄐㄧㄟ／居擬切／一部】—「中宮也。象萬物辟藏詘形也。

己承戊，象人腹。凡己之屬皆从己。」（《說文》14 下-21）

又，《史記‧律書》不見「己」字之記載，至於《漢書》則謂「理紀於己」。

《古文字詁林‧己》〔註 16〕之釋意則有：紀之本字、象弓弩矢繳之形、辟藏詘形也、初文雞之變形、跽之初文、紀國之名、象綸索之形。

案：依《漢書》、《說文》以及《古文字詁林》來看，己應是紀之本字，作別絲之意，引申則有條理、美好之意；這也正是《釋名》所謂「己，紀也。皆有定形可紀識也。」之旨。是以從己為聲符的字詞如：玘（玉也。佩玉）、芑（白苗嘉穀）、記（疏也）、𥅫（別也）、妃（匹也）、改（女字）、紀（絲別也）等字，及記載、后妃、紀律等詞語，也都有美好的寓意；另外，又有屺（山無草木也）、忌（憎惡也）、圮（毀也）等字，也是從己為聲符，卻是「己」字的反義字，象徵無條理、破壞之意，其詞語如；忌妒、圮毀等也都具有這些內涵。這個現象也正是漢語形聲「字族」中，從其本意「紀」之反義所必然呈現的結構。至於單純以己為聲符的假借字則有：杞（枸杞也）、邔（南陽

〔註14〕《古文字詁林》，冊 10，頁 976～982。

〔註15〕《古文字詁林》，冊 10，頁 982。

〔註16〕《古文字詁林》，冊 10，頁 992～1003。

縣）。

（7）庚【gēng／ㄍㄥ／古行切／古音在十部】—「位西方，象秋時萬物庚
庚有實也。庚承己，象人臍。凡庚之屬皆从庚。」（《說文》14 下-22）

《史記》稱「庚者，言陰氣庚萬物，故曰庚。」《漢書》則謂「斂更於庚」。

《古文字詁林‧庚》〔註17〕之釋意則有：垂實之象、續也、橫貌、更易、
象兩手持干形。

案：庚之釋意繁多，然而，若據《史記》、《漢書》、《說文》以及《古文字
詁林》所載，庚之本意應作垂實之象為佳，並引申有「大」之旨。是以從庚為
聲符的字詞如：穅（穀皮也）、唐（大言也），以及穀穅、唐突等詞，則分別為
其本意與引申意之運用。

（8）辛【xīn／ㄒㄧㄣ／息鄰切／十三部】—「秋時萬物成而孰；金剛，味
辛，辛痛即泣出。从一从辛。辛，辠也。辛承庚，象人股。凡辛之屬
皆从辛。」（《說文》14 下-22）

《史記》稱「辛者，言萬物之辛生，故曰辛。」《漢書》則謂「悉新於辛」。

辛字釋意據《古文字詁林》〔註18〕所輯則有：罪也、刑具曲刀、新生之義、
薪之初文、鐫之初文、鑿具、物初新者收成等。

案：秋時萬物新成，有新生之意；至於萬物初熟，或略帶少許辛辣、辛澀
之味，然而，卻未必一定是「金剛，味辛，辛痛即泣出。」因此，辛的本意應
是指「秋時」或「萬物成熟」解，而從辛為聲符的字族則有：亲（果，實如小
栗）、痒（寒病也）、屖（屖遲也。即栖遲，休息之意）；至於辛又象刑具曲刀，
其後始引申為罪愆之意。

（9）壬【rén／ㄖㄣˊ／如林切／七部】—「位北方也。会極易生，故《易》
曰『龍戰于野』戰者，接也。象人褢妊之形。承亥壬，以子生之敘也。
與巫同意。壬承辛，象人脛。脛，任體也。凡壬之屬皆从壬。」（《說
文》14 下-23、24）

至於《史記》稱「壬之為言任也，言陽氣任養萬物於下也。」《漢書》則謂
「懷任於壬」。

〔註17〕《古文字詁林》，冊 10，頁 1012～1017。

〔註18〕《古文字詁林》，冊 10，頁 1018～1031。

壬字釋意據《古文字詁林》〔註19〕所輯有：妊也、任也、訓物包也、鑱之初文、古象形軫字、兵器名、巫等。

案：壬字依《漢書》、《說文》及《古文字詁林》所載，都是象人裹妊之形，且文字釋形也極為符合。因此，壬之本字即妊，應是無誤。《古文字詁林》即載高田忠周稱「釋名曰：壬，妊也，陰陽交物，懷妊至子而萌也。」又稱「然則壬即妊古文也，後以壬專用支干字，本意卻加女作妊以分別，亦古今文字變易之恆例也。卜辭壬妊並用，其分別亦久矣。女之妊孕，即天分也，亦所以克任，故轉義。」即明確指出壬是妊之古文，象裹妊之形，這是女性重要的天職。是以從壬為聲符的字詞都寓涵重責大任之旨，如：呈（平也）、廷（朝中也）、任（符也），以及呈報、朝廷、任命等詞語，也都是其意之引申；至於又有部分從壬為聲符的字詞則與女性之責任有關，如：飪（大孰也）、衽（衣裣也）、聽（聆也）、紝（機縷也），及烹飪、衣衽、聽任、縫紝等，則都是古代婦女所應擅長的工作，由此也更見壬、妊之關係，及其本意、本形了。

（10）癸【guǐ／ㄍㄨㄟˇ／居誄切／十五部】—「冬時，水土平，可揆度也。象水從四方流入地中之形。癸承壬，象人足。凡癸之屬皆从癸。」（《說文》14下-24）

至於《史記》稱「癸之為言揆也，言萬物可以揆度，故曰癸。」《漢書》則謂「陳揆於癸」。

《古文字詁林·癸》〔註20〕諸家釋意各有不同。陳兆年稱「癸字之字義有三：一、十干之末字。二、揆度之義。三、兵器之義。」而薛尚功謂「象萬物之出也，草昧而已。草者至異，而齊昧者至離，而明癸正北方而冬也，故一中。」又葉玉森稱「近人饒炯氏謂癸為葵之古文，象四葉對生形，與众向三葉，竹象二葉同意。」

案：「癸」字作為十干之末字，當為假借而非其本意；至於《古文字詁林》稱兵器名，與戣相通，雖有林義光、朱駿聲、羅振玉等人主張此說，而明義士卻予以反駁；至於癸為揆度之義，陳兆年稱「癸字之本義，當訓為肯。爾

〔註19〕《古文字詁林》，冊10，頁1048～1055。

〔註20〕《古文字詁林》，冊10，頁1055～1065。

雅釋草云：菺，戎葵。注：今蜀葵也。戎葵、蜀葵皆桵揆之語轉，言其狀如椎也，即今之向日也。因葵能向日，故有揆度之意焉。」這樣的說法和《史記》、《漢書》釋癸作揆度之旨，也都能相互吻合。因此，證諸文獻所載，癸應是葵之本字，因有向日功能，故其造字時取葵形面向四方貌，引申有揆度、評量之旨，今从癸為聲符的字族如：睽（目不相聽也）、傒（左右兩視）、騤（馬行威儀也）、湀（湀辟，流水處也）、闋（事已，閉門也），以及睽違、騤騤、湀闢等詞，也都寓含揆度審視之旨，並引申有壯盛之意（如：騤騤、湀闢），這和葵能向日的精神也十分吻合。至於單純以癸為聲符的假借專名則有：葵（菜也）、楑（木也）、揆（葵也）、戣（兵也。指三鋒矛）、郔（河東臨汾地）。

3.2 訓地支字組

「地支」詞彙字組的內容包括——子、丑、寅、卯、辰、巳、午、未、申、酉、戌、亥十二個字，這是古人藉以紀錄地時運轉的表意符號。而其個別寓意則是：

(1) 子【zǐ／ㄗˇ／卽里切／一部】—「十一月，易气動，萬物滋，人以爲偁。象形。凡子之屬皆从子。」段注「凡言以為者皆許君發明六書假借之法。子本陽气動，萬物滋之偁，萬物莫靈於人，故因假借以為人之偁。」（《說文》14下-24）

至於《史記》稱「子者，滋也；滋者，言萬物滋於下也。」《漢書》則謂「孳萌於子」。

《古文字詁林・子》〔註21〕之釋意則有：小兒、地支、說文巳字、人初生也、胎之初文。

案：子、滋二字音同意近，並都有深具養份尚未萌生之旨，是以詞語中的植物稱「種子」，於人則是「子嗣」、「子孫」、「子息」等，都有生命延續之意。而从子為聲符的字族如：芓（麻母、有實）、孜（汲汲也）、李（果也）、秄（雝禾本）、仔（克也）等字，也都是和籽、實、根等寓意有關；至於「子」字假借為「地支」名，並為「地支」之首，則是「子」字內涵的引申，並象徵「易气動，萬物滋」的重要起首時刻。

〔註21〕《古文字詁林》，冊10，頁1065～1083。

（2）丑【chǒu／ㄔㄡˇ／敕九切／三部】──「紐也。十二月，萬物動，用事。象手之形。日加丑，亦舉手時也。凡丑之屬皆从丑。」段注「律厤志曰：紐牙於丑。釋名曰：丑，紐也。寒氣自屈紐也。淮南天文訓、廣雅釋言皆曰：丑，紐也。糸部曰鈕，系也；一曰結而可解，十二月陰氣之固結已漸解，故曰紐也。」（《說文》14 下-28）

至於《史記》丑下闕文，《正義》稱「丑者，紐也。言陽氣在上未降，萬物厄紐未敢出也。」《漢書》則謂「紐牙於丑」。

《古文字詁林·丑》〔註22〕之釋意則有：紐之古文、杽之初文、扭之初文。

案：丑之本意為陽氣在上未降，引申有在「上」處之物、糾結不開或間雜之意，是以从丑為聲符的字族如：衄（鼻出血也）、飳（雜飯也）、粈（雜飯也）、狃（犬性忕也。段注：忕，習也。狎也）、汨（水吏也。段注：謂水駛也；駛，疾也。吏字為訛）、紐（系也）、鈕（印鼻也。用以繫綬）、杻（剌也。鄭司農云：剌謂矛刃臂也）；同時，忸怩、扭打、紐結、鈕扣、狃習等詞語，也都有糾結不開之旨。至於「丑」字假借為「地支」名，則是其本意之引申，象陽氣在上未降，有糾結不開之意，其理自明矣。另外，單純以丑為聲符的假借字專名則有：邯（地名）、敂（人姓也）。

（3）寅【yín／一ㄣˊ／弋眞切／十二部】──「髕也。正月，昜气動，去黃泉，欲上出，陰尚強也，象宀不達，髕寅於下也。凡寅之屬皆从寅。」段注「髕，字之誤也，當作濥。史記淮南王書作螾；律書曰：寅言萬物始生，螾然也；天文訓曰：斗指寅則萬物螾；高注：螾，動生兒。」（《說文》14 下-29）

《史記》稱「寅言萬物始生螾然也，故曰寅。」《漢書》則謂「引達於寅」。

《古文字詁林·寅》〔註23〕之釋意則有：髕也、胂之古文、進也、敬也、濥也。

案：螾即蚯蚓，正月，昜气動，蚯蚓活動欲出。《說文》寅作髕（膝蓋骨），於義不通；段注作濥，指水脈潛行地中，只是，若水脈潛行地中，又何以「去黃泉，欲上出。」於義仍是不相符；深究其文意，寅當作螾（蚯蚓）的本字

〔註22〕《古文字詁林》，冊 10，頁 1107～1110。

〔註23〕《古文字詁林》，冊 10，頁 1112～1116。

為佳，其內涵除了與《史記》、《漢書》所載相合外，並完全可以印證先民造字之形、義，至於其後引申為動生貌，則凡从寅為聲符的字詞如：瞵（開闔目數搖也）、夤（敬惕也）、演（長流也）、螾（側行者），以及螾然、演化、演生、夤緣、濥濥等，也都具有「動生」之旨。因此，「寅」字作為「地支」名是假借，並是其引申意「動生」之旨的延伸，與「正月，易气動，蚯蚓活動欲出。」的現象完全可以符合。至於單純以寅為聲符的假借字則有：黃（兔苴也）、戭（長槍也）。

    （4）卯【mǎo／ㄇㄠˇ／莫飽切／古音在三部】—「冒也。二月，萬物冒地而出。象開門之形。故二月為天門。凡卯之屬皆从卯。」段注「律書曰：卯之為言茂也，言萬物茂也。律厤志：冒茆於卯。天文訓曰：卯則茂茂然。釋名曰：卯冒也，載冒土而出也，蓋陽氣至是始出地。」（《說文》14下-29）

至於《史記》稱「卯之為言茂也，言萬物茂也。」《漢書》則謂「冒茆於卯」。

《古文字詁林·卯》〔註24〕之釋意則有：象開門之形、鉚之借字、劉之假借字。

案：卯之本意應是冒出貌，並引申有豐富茂盛之旨，假借為「地支」名，也與「二月，萬物冒地而出。」的自然現象相符合，是以从卯為聲符的字詞如：鉚（地窖也）、奅（訓大）、聊（訓耳鳴），以及「困鉚倉城」，也都寓意豐富盛大之旨，這正是「形聲相益」、「據形系聯」原則的引申，至於單純以卯為聲符的假借字則有：昴（白虎宿星），也可見其造字脈絡清晰。

    （5）辰【chén／ㄔㄣˊ／植鄰切／古音在十三部】—「震也。三月，易气動，靁電振，民農時也，物皆生。从乙、匕，匕象芒達；厂聲。辰，房星，天時也。从二，二，古文上字。凡辰之屬皆从辰。」段注「震、振古通用。振，奮也。律書曰：辰者言萬物之蜄也。律厤志曰：振美於辰。釋名曰：辰，伸也，物皆伸舒而出也。季春之月，生氣方盛，陽氣發泄，句者畢出，萌者盡達。二月，靁發聲始電，至三月而大振動。豳風曰：四之日舉止，故曰民農時。」（《說文》14下-30）

〔註24〕《古文字詁林》，冊10，頁1116～1121。

至於《史記》稱「辰者，言萬物之蜄也。」《漢書》則謂「振美於辰」。

《古文字詁林·辰》〔註25〕之釋意則有：震也、古之耕器、古振字、清除草木的農具、即蚌鎌。

案：春雷驚蟄後，萬物躍躍欲動、伸展而出，而辰字即寓涵活動欲伸展之旨。是以凡从辰為聲符的字族如：祳（社肉，盛以蜃，天子所以親遺同姓）、唇（驚也）、踸（動也）、脣（口喘也。指張口處）、賑（富也）、宸（屋宇也。應是指天際線如燕尾伸展）、侲（僮子也）、娠（伏兒）、欪（指而笑也）、震（劈歷，振物者）、振（舉救也）、娠（女妊身動也）、蜃（雉入海，化為蜃。案：蜃氣是影像之延伸），及至踸動、妊娠、震動、振作、賑災、脣槍舌劍等詞，也都有活動、行為伸展欲出的寓意，並符合「三月，易气動，靁電振。」之農時。因此，辰字本意是指春雷震動，而其引申則是萬物活動伸展欲出，並假借為「地支」名。至於單純以辰為聲符的假借字則有：農（房星）、麎（牝麋也）、脤（水皀也）。

(6) 巳【sì／ㄙˋ／祥里切／一部】——「已也。四月，易气已出，陰气已臧，萬物見，成彣彰，故巳為它，象形。凡巳之屬皆从巳。」段注「律書曰：巳者言萬物之已盡也。律厤志曰：已盛於巳。淮南天文訓曰：巳則生已定也。釋名曰：巳畢布已也，辰巳之巳。既久，用為已然、已止之已，故即以已然之已釋之。」（《說文》14下-30）

至於《史記》稱「巳者，言陽氣之已盡也。」《漢書》則謂「已盛於巳」。

《古文字詁林·巳》〔註26〕之釋意則有：已也、古文巳字象人形。

案：从巳為聲符的字族如：祀（祭無已）、起（立也、始也、走也）、改（大剛卯以逐鬼魅也）、汜（水之別流，復還本水者）、配（廣臣也。廣大）、圯（東楚謂橋為圯）等字，這些文字的寓意都有延伸、無止盡之旨，這和前言「律書曰：巳者言萬物之已盡也」略有出入；反倒與「律厤志曰：已盛於巳。淮南天文訓曰：巳則生已定也。」有近似之意，並和「四月，易气已出，陰气已臧，萬物見，成彣彰。」的現象較為符合，也可見巳之本意；至於作為「地支」名，則是假借。

〔註25〕《古文字詁林》，冊10，頁1121～1127。

〔註26〕《古文字詁林》，冊10，頁1128～1132。

（7）午【wǔ／ㄨˇ／疑古切／五部】──「啎也。五月，会气啎屰，易冒
地而出也。象形，此與矢同意。凡午之屬皆从午。」段注「啎屰各
本作午逆，今正。律書曰：午者陰陽交故曰午。律厤志曰：咢布於
午。天文訓曰：午仵也。陰氣從下上，與陽相仵逆也。廣雅釋言：
午仵也，按仵即啎字。四月純陽，五月一陰屰陽，冒地而出，故製
字以象其形。古者橫直交互謂之午，義之引申也。儀禮度而午注云：
一縱一橫曰午。」至於「矢之首與午相似，皆象貫之而出也。」（《說
文》14 下-31）

至於《史記》稱「午者，陰陽交，故曰午。」《漢書》則謂「咢布於午」。

《古文字詁林・午》〔註27〕之釋意則有：啎也、杵之古文、鏃鏑、仵也、
迁也。

案：午字構形的確像鏃鏑冒出且矢身筆直狀，印證於从午為聲符的字族如：
許（聽）、杵（舂杵）、汻（滸，水厓）等，則應是本意之引申。因此，當自然
中陰陽二氣也筆直相交時，例如：節氣中的「端午」（即重五，於「夏至」前後）
是惡月，必須吃粽子以養生〔註28〕；而一天中的「正午」日頭惡毒，則須避免
曝曬，以免身體不適，這些生活中的經驗，都是指陰陽相交不和諧之意，並引
申有仵逆之旨。至於「午」字作為「地支」名，則是假借。

（8）未【wèi／ㄨㄟˋ／無沸切／十五部】──「味也。六月，滋味也。五
行，木老於未。象木重枝葉也。凡未之屬皆从未。」段注「韻會引作
六月之辰也。律書曰：未者言萬物皆成有滋味也。淮南天文訓曰：未
者味也。律厤志曰：昧薆於未。釋名曰：未昧也，日中則昃向幽昧也。
廣雅釋言曰：未味也，許說與史記同。」（《說文》14 下-32）

《史記》稱「未者，言萬物皆成，有滋味也。」《漢書》則謂「昧薆於
未」。

《古文字詁林・未》〔註29〕之釋意則有：味也、枚之古文、采也。

案：《古文字詁林》載郭沫若「然『未』乃象形字，滋味必猶其引伸之義。

〔註27〕《古文字詁林》，冊 10，頁 1137～1142。

〔註28〕俞美霞，〈民俗與米食文化探析──兼論端午食粽以養生的習俗〉，《台灣傳統民俗
節慶講座文集》，頁 6～23，台北：國立歷史博物館，2009。

〔註29〕《古文字詁林》，冊 10，頁 1143～1145。

許謂『象木重枝葉』，然於味則不相屬。余謂未者采穗也，古音未采本同部。」
〔註30〕這樣的釋意未、采不分，於形、義的解說上仍欠完足。畢竟，印證於
从未為聲符的字詞如：味（滋味）、核（坼也，果孰有味亦坼）、眛（目不明）、
昧（天欲明）、寐（眠而無知）、沬（洗面）、妹（女弟）等字，以及品味、昏
眛、曖昧、寤寐、沬血等詞語，都寓意「感官」上須予以「分辨」之旨，因
此，「未」之本意仍應作「味」，動詞；至於「未」字又假借為「地支」名，
象徵作物滋味美好之意，則是其引申意無疑。

（9）申【shēn／ㄕㄣ／失人切／十二部】—「神也。七月，会气成，體自
申束。从臼，自持也。吏以餔時聽事，申旦政也。凡申之屬皆从申。」
段注「神不可通。當是本作申，如已巳也之例。」又，「律書曰：申者
言陰用事，申則萬物故曰申。律厤志曰：申堅於申。天文訓曰：申者
申之也，皆以申釋申，為許所本。而今本淮南改申之作呻之，其可欸一
而已。或曰：神當作身下，云陰氣成體。釋名、晉書樂志、玉篇廣韵
皆云：申身也。許說身字从申省聲，皆其證，此說近是，然恐尚非許
意。」（《說文》14 下-32）

至於《史記》稱「申者，言陰用事，申賊萬物，故曰申。」《漢書》則謂「申
堅於申」。

《古文字詁林・申》〔註31〕釋意有：神也、甲字也、伸之古文、繩之本字、
電也。

案：據《史記》、《漢書》所載，申字本意都有伸展、舒緩之旨，證諸从申
為聲符的字族如：呻（吟也）、胂（夾脊肉。祭祀用上肉）、伸（屈伸）、魓（神
也）、紳（大帶也）等字，以及呻吟、伸展、仕紳等詞語，也都具有伸展、舒緩
貌，並是地位尊崇的象徵。至於單純以申為聲符的假借字則有：陳（宛丘，舜
後嬀滿之所封）。

（10）酉【yǒu／ㄧㄡˇ／與久切／三部】—「就也。八月，黍成，可爲酎
酒。象古文酉之形也。凡酉之屬皆从酉。」段注「就高也。律書曰：
酉者萬物之老也。律厤志曰：畱孰於酉。天文訓曰：酉者飽也。釋

〔註30〕《古文字詁林》，冊 10，頁 1144。
〔註31〕《古文字詁林》，冊 10，頁 1145～1149。

名曰：酉秀也，秀者物皆成也。」（《說文》14 下-33）

至於《史記》稱「酉者，萬物之老也，故曰酉。」《漢書》則謂「留孰於酉」。

《古文字詁林·酉》〔註32〕之釋意則有：就也、古文酒字、壺尊之象也。

案：酉字象形，為甕類容器，以黍穀久藏於酉則可為酒，故稱萬物之老也。是以從酉為形符的字詞都與事物醞釀、發酵的過程有關，如：醞、釀、酵、醋、酒，醞釀、發酵等，都是指「物」需經歷長時間的蘊藏而使熟成；至於從酉為聲符的字族如：遒（迫也。同逎）、熮（積火燎之也）、醜（可惡也）、庮（久屋朽木）等字，以及遒盡、熮祭、醜陋等詞語，也多與物之老、熟的過程有關，並多呈現酉聲符「反義」之引申，如：盡、醜、腐朽之旨等，也可見聲符兼意之轉折。

(11) 戌【xū／ㄒㄩ／辛聿切／十二部】—「威也。九月，易气微，萬物畢成，易下入地也。五行，土生於戊，盛於戌。從戊一，一亦聲。凡戌之屬皆從戌。」段注「威，大徐作滅，非。」又，「律書曰：戌者萬物盡滅。淮南天文訓：戌者滅也。律厤志：畢入於戌。釋名：戌恤也，物當收斂矜恤之也。九月，於卦為剝，五陰方盛，一陽將盡，陽下入地，故其字從土中含一。」（《說文》14 下-43）

至於《史記》稱「戌者，言萬物盡滅，故曰戌。」《漢書》則謂「畢入於戌」。

《古文字詁林·戌》〔註33〕之釋意則有：滅也、古文成之假借字、象古兵器、戚之初文、廣刃之句兵形似斧。

案：從戌為聲符的字詞有：歲（木星也），是物類專名，假借。《說文·歲》「木星也，越歷二十八宿，宣徧陰陽，十二月一次，從步戌聲。律厤書名五星為五步。」（2 上-41）是以「日復星為歲」，十二月盡則為一歲，戌字作為「地支」名，雖為假借，也可見其與本意之關係。

(12) 亥【hài／ㄏㄞˋ／胡改切／一部】—「荄也。十月，微易起，接盛会。從二，二，古文上字也。一人男，一人女也。從乙，象裹子咳

〔註32〕《古文字詁林》，冊 10，頁 1152～1155。

〔註33〕《古文字詁林》，冊 10，頁 1205～1211。

咳之形。《春秋傳》曰：亥有二首六身。凡亥之屬皆从亥。」段注「律
麻志曰：該閡於亥。天文訓曰：亥者閡也。釋名曰：亥核也，收藏
萬物，核取其好惡真偽也。許云荄也者，荄根也，陽氣根於下也。
十月，於卦為坤，微陽從地中起，接盛陰，即壬下所云陰極陽生，
故易曰：龍戰於野，戰者接也。」（《說文》14 下-44）

至於《史記》稱「亥者，該也。言陽氣藏於下，故該也。」《漢書》則謂「該
閡於亥」。

《古文字詁林・亥》〔註34〕之釋意則有：荄也、豕之象形、垓之初文、地
之初文、鳥名、艸根也。

案：就史籍釋文來看，亥字寓意包藏、賅備之意，並頗能符合「亥」字
作為「地支」名假借之用的內涵與作用。是以从亥為聲符的字族如：荄（艸
根也）、咳（小兒笑也）、該（軍中約也）、殺（大剛卯也，以逐精鬼）、骸（脛
骨也）、胲（足大指毛也）、刻（鏤也）、核（蠻夷以木皮為篋）、晐（兼晐也。
段注：日光兼覆也）、侅（奇侅，非常也）、垓（兼垓八極地也）、陔（階次也）
等字，都與事物的「核心」之旨有關，並多是美好的象徵，這和《史記》所
稱「言陽氣藏於下，故該也。」的寓意頗有異曲同工之妙；另外，又有部分
从亥為聲符的內涵則應是亥聲符的反義字，如：欬（屰气也）、頦（醜也）、
駭（驚也）、愒（苦也）、閡（外閉也）、劾（法有辜也）、痎（二日一發瘧），
雖仍寓意包藏、賅備之意，而其內涵卻是負向思考的引申，其詞語如：欬
逆、頦頦、驚駭、疑閡、彈劾、痎瘧等；至於單純以亥為聲符的假借字專名則有：
郂（陳留鄉）。

3.3 訓四時字組

「四時」詞彙字組的內容包括──春、夏、秋、冬四字，這是古人藉以紀
錄四時運轉的表意符號，由於時序單純明朗，是以《史記》、《漢書》中並未見
文字特別記述。至於其個別寓意則是：

（1）萅（春）【chūn／ㄔㄨㄣ／昌純切／十三部】─「推也。从日艸屯，
屯亦聲。」（《說文》1 下-53）段注「日艸屯者，得時艸生也；屯字象
艸木之初生。」

─────────────

〔註34〕《古文字詁林》，冊 10，頁 1211～1220。

　　《古文字詁林・萅》董作賓謂「清于鬯《說文職墨》說萅字與若字同例，證明萅字上半所從為木形，深合于卜辭，且為繁體春字的最好注腳。」並以為「春字所從之木實即叒木，也就是桑木。」夏淥稱「甲骨文『春』，以楊柳在春天發出的柔枝嫩綠，婀娜多姿的形象來表示。本來是原始的象形表意文字。以後在金文中才發展，出現從日屯聲的形聲字。」另外，高田忠周釋春「字亦作芚，為同意。」而馬敘倫則謂「即以屯為春」〔註35〕，都可見屯與春字關係之密切。

　　案：萅字從日艸屯，屯亦聲。因此，萅字的結構應是會意兼形聲，並象春時艸木初生貌。《說文・屯》則稱「難也。象艸木之初生，屯然而難，從屮貫一，屈曲之也。一，地也。《易》曰：屯，剛柔始交而難生。」（《說文》1下-1）可見屯字本意為象艸木初生，其引申則有貫一、屈曲、困難之旨；至於「剛柔始交而難生」則又有囷聚之意。是以《說文》中從屯為聲符的字族如：萅（推也）、朜（面頯也。俗作顄）、笔（篅也。存米穀器，囷聚之意）、窀（窀穸，葬之厚夕也。囷聚之意）、頓（下首也。以首叩地）、庉（樓牆也。貫一貌）、黗（黃濁黑也）、奄（大也。通作純）、純（絲也。指一色帛、帛之粹者，貫一貌）、鈍（錭也，刀劍不利也），而相關的字詞如：朜朜、笔篅、窀穸、困頓、純粹、遲鈍等，也頗見屯意之引申；至於單純以屯為聲符的假借字專名則有：杶（木也）、邨（地名）、軘（兵車名）。

　　（2）夏【xià／ㄒㄧㄚˋ／胡雅切／古音在五部】—「中國之人也。從夂從頁從臼。臼，兩手；夂，兩足也。」段注「以別於北方狄，東北貉，南方蠻閩，西方羌，西南焦僥，東方夷也。夏引伸之義為大也。」（《說文》5下-36、37）

　　《古文字詁林・夏》釋意繁多，葉玉森稱「疑卜辭叚蟬為夏，蟬乃最著之夏蟲，聞其聲即知為夏矣。」程耀芳則謂「我認為夏國或夏朝的夏也和商周一樣是由其原始國都『冀』衍化而成。」〔註36〕

　　案：《說文》此說與夏字作為季節名頗有差距；且後人釋「夏」之意也頗多歧異。事實上，甲骨文、金文中的「夏」字明顯是昆蟲狀，且形體碩大，

〔註35〕《古文字詁林》，冊1，頁580～586。

〔註36〕《古文字詁林》，冊5，頁660～667。

應為象形。只是，是否必然為蟬，個人則保留，因為，蟬的頭上並無鬚角，應是指夏季時蟲類滋長壯碩，是以引申為「大」，並可完全符合文字構字之原則與用心。

《說文》夏字釋為「中國之人也」，仍應是本意的引申，並假借為「夏朝」或「華夏」民族，並是「大」之引申；雖然，段注有言「夏引伸之義為大也」，卻不見其緣由與出處。然而，「夏之義為大也」的觀念，證諸典籍記載，卻隨處可見並流傳久遠。

《書‧武成》有言「華夏蠻貊，罔不率俾，恭天成命。」傳曰「冕服采章曰華，大國曰夏。」疏「釋詁云：夏，大也。故大國曰夏。華夏謂中國也」〔註37〕而《左氏‧定‧十》也有「裔不謀夏，夷不亂華。」之句，疏「正義曰：夏也中國。有禮儀之大故稱夏，有服章之美謂之華；華、夏一也。」〔註38〕另外，《詩經‧秦風‧權輿》稱「於我乎夏屋渠渠」注曰「夏，大也。」〔註39〕而《史記‧司馬相如列傳》子虛賦「巖突洞房」句下注《索隱》則作「楚辭云『冬有突厦夏屋寒』，王逸以為複室也。」〔註41〕可見「夏」字無論是做為專名稱謂或形容詞，都有「大」或「盛大」之旨，並都是本意「萬物滋長繁盛」之引申；作為「季節」名，假借。至於《說文》中從夏為聲符的字族則有：厦（屋也），指高大的房舍。

(3) 秋【qiū／ㄑㄧㄡ／七由切／三部】──「禾穀孰也。从禾，𤉟省聲。」
　　　段注「其時萬物皆老而莫貴於禾穀，故从禾。言禾復言穀者，晐百穀也。禮記曰：西方者秋，秋之為言揫也。」（《說文》7上-51）

《古文字詁林‧秋》郭沫若稱「今案字形實象昆蟲之有觸角者，即蟋蟀之類。以秋季鳴，其聲啾啾然。故古人造字，文以象其形，聲以肖其音，更借以名其所鳴之節季曰秋。」〔註42〕則是明確指出季節名與時序景物間的緊密關係與融合。

案：「秋」作為「季節」名，假借，指收成之際，其時秋風蕭瑟，故引申

〔註37〕《尚書》，疏10-1，頁13，台北：藝文印書館，1993。

〔註38〕《左傳》，疏卷56，頁2，台北：藝文印書館，1993。

〔註39〕《詩經》，疏6-4，頁11。

〔註41〕《史記》，卷117，頁3026。

〔註42〕《古文字詁林》，冊6，頁651～656。

有「肅殺」、「悽涼」、「哀傷」或「低下」之旨。《說文》中從秋為聲符的字族如：啾（小兒聲也）、愁（憂也）、湫（隘下也）、揫（束也）、甃（井壁也。段注：井壁者謂用塼為井垣也），以及啾號、憂愁、湫室、揫聚、揪心等詞語，都是秋字之引申；至於單純以秋為聲符的假借字專名則有：萩（蕭也。蒿類）、篍（吹箶也。即竹簫）、楸（梓也）。

(4) 冬【dōng／ㄉㄨㄥ／都宗切／九部】──「四時盡也。从仌从夂。夂，古文終字。」段注「冬之為言終也。考工記曰：水有時而凝，有時而釋，故冬从仌。」（《說文》11下-8）

《古文字詁林·冬》郭沫若稱「冬字多見，但均用為終。」馬敘倫謂「翟云升曰：御覽引作終也盡也。嚴可均曰：夂古文終字校語。倫按四時盡也非本義。冬音端紐，為凍之轉注字，以四時盡而水凝，故借以為四時盡之名。許蓋本訓終也。」此字體例應是會意。

案：《說文》從冬為聲符的字族有：苳（艸也）、鼨（豹文鼠也）、終（絿絲也），其中，苳、鼨為專名，假借；只有「終」作絿絲也，也可見其別絲並有時而盡之意，並是本意之引申，作為「季節」名，假借，指一年將盡之時。

4. 干支四時文字的美學思想解析

天干、地支與四時的運轉既是宇宙自然的現象，且其對國計民生之影響極為重大深遠，因此，表現於文字中的美學思想也必然雋永而深刻。本文對於天干、地支與四時相關內涵的文字計二十六，已分別詳述於前，至於此節則是就文字本身所蘊含的美學影響予以解析，並更見「詞彙字組」的重要與發展。

4.1 天象曆算以見《史記·律書》的正確性

中國向來以農立國，春耕、夏耘、秋穫、冬藏，生活中，農事的進行必須依循四時及節氣的轉換始能有所收成，因此，自古以來，先民對天即十分敬畏，《禮記·郊特牲》所謂「萬物本乎天，人本乎祖，此所以配上帝也。郊之祭也，大報本反始也。」〔註43〕即已明確指出「天」是萬物生存的憑藉與根本，因此，一切行事的依據必以天象為最高準則；同時，《易經·繫辭》也稱

〔註43〕《禮記》，疏卷26，頁7，台北：藝文印書館，1993。

「在天成象，在地成形，變化見矣。」〔註44〕說明日、月、星、辰，山、川、草、木等變化，都是天地懸象運轉以成，不可任意忤逆違悖，是以《易經‧乾卦》稱「象曰：天行健，君子以自強不息。」〔註45〕都說明先民從畏天、敬天更進而法天、順天，並因此對天道的運行仔細觀察且詳實紀錄，以致推算出舉世聞名的曆法——陰曆，舉凡農事、禮俗和歲時儀節，都依循曆法行事，不敢任意有所踰越，《史記‧律書》所謂「律曆，天所以通五行八正之氣，天所以成孰萬物也。」〔註46〕即是此意。

事實上，觀星象以知天意的概念，早在黃帝時期即已成形，《史記‧曆書‧索隱》即載「案：古曆者，謂黃帝《調曆》之前有《上元太初曆》等，皆以建寅為正，謂之孟春也。」又，「太史公曰：神農以前尚矣。蓋黃帝考定星曆，建立五行，起消息，正閏餘，於是有天地神祇物類之官，是謂五官。」《索隱》「案：《系本》及《律曆志》黃帝使羲和占日，常儀占月，臾區占星氣，伶倫造律呂，大橈作甲子，隸首作算數，容成綜此六術而著《調曆》也。」〔註47〕都可見曆書對中國文化的影響力，並隨著時代的進步演化而益趨成熟，在生活中廣泛運用，甚至以為圭臬，奉行不移。

這套古老且嚴謹的曆法，即是以干支作為時序先後的憑藉，並因此得以長久流傳。根據甲骨文字的記載，早在殷商時期，先民便已在生活中廣泛運用，無論是禮俗、制度、農事、歲時、節慶等，都必須恪遵曆法而行事，並明白這套曆法是以月亮的運行為依歸，以便作為生活規範以及農事行為的準則和依據，這就是著名的「陰曆」（Lunar Calendar）或「太陰曆」，坊間俗稱「農曆」或「農民曆」，其淵源並可遠溯及夏潮。

至於相關的研究與著作如董作賓的《殷曆譜》〔註48〕、嚴一萍的《續殷曆譜》〔註49〕，則是以出土的甲骨文字為依據，對殷商時期的帝王世系、干支年譜有所考證，其影響直至宋朝以降，並歷經數千年也不曾錯亂失序過，這種尊

〔註44〕《易經》，卷7，頁2，台北：藝文印書館，1993。

〔註45〕《易經》，卷1，頁8。

〔註46〕《史記》，卷25，頁1243。

〔註47〕《史記》，卷26，頁1255～56。

〔註48〕董作賓，《殷曆譜》，《中央研究院歷史語言研究所專刊》，四川李莊石印本，1945。

〔註49〕嚴一萍，《續殷曆譜》，台北：藝文印書館，1955。

重天地自然的生活哲學和態度，的確是先民在面對自然和災難時，寶貴的生存經驗與智慧累積，並與西方以太陽為中心的「陽曆」同為世界兩大曆法。

古人以干支記年、記月、記日、記時，並以「干」記天，以「支」載地，除了有觀察記錄的作用之外，其真正目的則是務必使陰陽相互調合，以便呈現時序符號中意義與作用的合諧，這樣的觀念也正是《易經·說卦》所謂「昔者聖人之作易也，將以順性命之理。是以立天之道，曰陰與陽；立地之道，曰柔與剛；立人之道，曰仁與義。兼三才而兩之，故易六畫而成卦，分陰分陽，迭用柔剛，故易六位而成章。」〔註50〕的真正寓意。於是，天干以——甲、乙、丙、丁、戊、己、庚、辛、壬、癸——這「十」個符號為一循環，而地支則以——子、丑、寅、卯、辰、巳、午、未、申、酉、戌、亥——「十二」個符號為一循環，天干與地支因陰陽相互結合運行，使每六十年為一個「甲子」週期；至於「四時」的運轉交替則是農事與歲時的依據，生民、萬物並因此生生不息，這是宇宙自然的規律和秩序，人們的生活也藉以休養生息，代代相傳。

這種對宇宙自然的敬畏，進而對天地陰陽之象細密的觀察和紀錄，使流傳於後世，並在生活中恪遵奉行。是以《史記》有〈律書〉、〈曆書〉、〈天官書〉等篇章記律曆天官之象，而《漢書·律曆志》也載明宇宙陰陽之運行以及萬物生化之理，並稱「故孳萌於子，紐牙於丑，引達於寅，冒茆於卯，振美於辰，已盛於巳，咢布於午，昧薆於未，申堅於申，留孰於酉，畢入於戌，該閡於亥。出甲於甲，奮軋於乙，明炳於丙，大盛於丁，豐楙於戊，理紀於己，斂更於庚，悉新於辛，懷任於壬，陳揆於癸。故陰陽之施化，萬物之終始，既類旅於律呂，又經歷於日辰，而變化之情可見矣。」〔註51〕

這些精要易懂的文字，不僅便於記誦與運用，更說明律曆制度在上古時期早已盛行，並明確記載於史冊典籍中長久流傳。尤其是《史記》的重要性與正確性，對干支詮釋具有相當程度的影響力與說服力，嚴謹的治學成果並可和出土文字相互印證，對先民尊重宇宙自然的傳統思想和生活美學的保存，的確是功不可沒，並完全符合維柯和夏夫茲博里的美學觀點。於是，文字中所透露出

〔註50〕《易經》，疏9，頁3。

〔註51〕《漢書》，卷21上，頁964～965。

的文化內涵與習俗，便不再是空洞的無稽之談，而應是後人必須努力專研並予以發揚光大的重要標的。

4.2 「詞彙字組」形式美學──假借與引申

本文所欲探討的「詞彙字組」，理當歸屬於「合義複詞」，然而，「詞彙字組」在文字的屬性及運用上都明顯與「合義複詞」有異，個人已於「前言」一節中述及。尤其當「詞彙字組」的結構是以個別的「字」連結成另一個詞彙的概念時，這些「字」多以「假借」或「引申意」的方式呈現，這樣的「形式」是「詞彙字組」所獨具的特色，並完全符合夏夫茲博里所謂「美在形式說」的論點，是以仍有深入探討的空間。

事實上，先民造字原本即是社會思想與哲學思維的反映。許慎在《說文解字·敘》文末已明確闡述漢字造字的原委，「蓋聖人不妄作，皆有依據。今五經之道，昭炳光明，而文字者，其本所由生，自周禮漢律皆當學六書，貫通其意。恐巧說衺辭，使學者疑，慎博問通人，考之於逵，作說文解字。」〔註 52〕其初始目的雖在於通五經之用，然而，其於文字之源起，卻明白指出「倉頡之初作書，蓋依類象形，故謂之文；其後形聲相益，即謂之字。文者物象之本，字者言孳乳而寖多也。」〔註 53〕並稱「其建首也，立一為耑。方以類聚，物以群分，同條牽屬，共理相貫，襍而不越，據形系聯，引而申之，以究萬原，畢終於亥，知化窮冥。」〔註 54〕

從這些文字詳盡地敘述，可見「形聲相益」、「據形系聯」，正是漢字（或形聲文字）「孳乳而寖多」的重要因素，並是「引而申之」的關鍵與法則，而其條理則是以「方以類聚，物以群分，同條牽屬，共理相貫，襍而不越。」等原則，以致快速衍生並形成形聲字族脈絡，至於其影響則是「畢終於亥，知化窮冥。」於是，宇宙天地間所有的事物、思想，便都可以在形聲字族的記錄下，暢快並細密地表達，並將其造字的脈絡與法則融匯於文字之中，其理便清晰可知。

固然，古之聖人、帝王深知天象之不可違，是以謹守陰陽之理。《史記·

〔註 52〕《說文解字》卷 15 下，頁 10。

〔註 53〕《說文解字》卷 15 上，頁 2。

〔註 54〕《說文解字》卷 15 下，頁 2。

天官書》所謂「太史公曰：自初生民以來，世主曷嘗不曆日月星辰？及至五家、三代，紹而明之，內冠帶，外夷狄，分中國為十有二州，仰則觀象於天，俯則法類於地。天則有日月，地則有陰陽。天有五星，地有五行。天則有列宿，地則有州域。三光者，陰陽之精，氣本在地，而聖人統理之。」〔註55〕正是此意。

至於干支與四時「詞彙字組」的文字，雖然只是天象紀錄的符號，且天象本身原本即有各異的風貌與內涵，然而，若做為文字符號的表達，抽象的概念卻難以用一個「字」具體呈現，是以先民衍生「詞彙字組」的形式，俾便傳承完整的文化思惟；尤其重要地是，干支與四時的運行，是農事時序的憑藉，影響民生和作息都極為深遠。因此，「字組」中符號的「假借」或「引申」便成為最簡單也最有力的表現方式，不僅與字的本意相互呼應，並與「字組」的架構也完全密合，表現整體的美學思想。

馬敘倫在《古文字詁林‧菁》有言「蓋四時之偁，惟有以形聲之法可以造字，在形聲造字法未發明以前，則用假借。六書之假借，非鄭玄所謂假借。即以屯為春，枂為夏，𥯤為秋，𠘧為冬。」〔註56〕這樣的見解，的確是一針見血地指出四時之名與形聲造字法的關係，且其初始多是同音假借，至於若就其形聲體例中形、音、意的結構而論，也很能表現「形聲相益」、「據形系聯」的漢字特色。李孝定所謂「許說不可據，凡干支字皆假借也。」〔註57〕正是此意。

這樣的見解的確和文字的運用及發展相互吻合，若就此準則再更進一步重新檢視干支與四時字組的文字——甲、乙、丙、丁、戊、己、庚、辛、壬、癸，子、丑、寅、卯、辰、巳、午、未、申、酉、戌、亥，以及春、夏、秋、冬等，這二十六個字初始都各有其本意，然而，若作為干支與四時字組的符號，則必定是「假借」或本意「引申」而成，這幾乎是所有「詞彙字組」的結構規則和特色。

同時，由前文字族的列舉，明顯可見這二十六個字，除了各有其本意外，

〔註55〕《史記》，卷27，頁1342。

〔註56〕《古文字詁林》，冊1，頁584。

〔註57〕《古文字詁林》，冊10，頁982。

且都作為「聲符」，並是形聲字族的「根」，這是「形聲相益」原則的運用，進而又串連出一系列的形聲字族與詞語，不僅可作為華語漢字教學的憑藉，也更見「詞彙字組」的重要性以及其整體思想的脈絡與發展。

4.3 正經籍訛誤之作用

漢語「詞彙字組」的功能，依前文所述，大致可歸納為：知沿革、明興替、正訓詁、辨訛誤等作用。

所謂「知沿革」除了是指對「詞彙字組」本身的內涵有所認知，並進而知其流變。例如：「甲」字本意為「孚甲」之旨，這原本是指保護植物嫩芽外的皮殼，《史記》稱「甲者，言萬物剖符甲而出也。」《漢書》則謂「出甲於甲」，則是當皮殼爆開後，始開花結果，於是，這種由閉合而開裂的現象，使「甲」字又引伸有開合之意，並孳乳出呷、柙等字族。

而「明興替」則是因而了解「詞彙字組」的功能，例如：前言，《史記·曆書》載「案：古曆者，謂黃帝《調曆》之前有《上元太初曆》等，皆以建寅為正，謂之孟春也。」又，「太史公曰：神農以前尚矣。蓋黃帝考定星曆，建立五行，起消息，正閏餘，於是有天地神祇物類之官，是謂五官。」則都是因干支曆算的樹立，進而得知古曆以及五官制度的興替始末，是以《左氏·昭·二十九》載「故有五行之官，是謂五官，實列受氏姓，封為上公，祀為貴神，社稷五祀，是尊是奉。木正曰句芒，火正曰祝融，金正曰蓐收，水正曰玄冥，土正曰后土。」〔註58〕即是對天地神民類物之官明確的敘述。

至於「正訓詁」則是對經籍文字之考證，具有重要的影響與地位，例如：四時中的「夏」字，本是農事時序中的依據與歷程，影響民生和作息也極為深遠。只是，據《說文解字》所載，春、秋、冬等字的內容，都是藉動、植物生長以及自然現象詮釋，其釋文頗能符合季節特徵的描述，然而，卻唯有「夏」字釋為「中國之人也」，明顯與其他三字的風格不類且難以融合，並與「四時」之意差距頗大，應是本意之引申。

前言，個人舉《書·武成》「華夏蠻貊」、《左氏·定·十》「裔不謀夏，夷不亂華。」之句，以及《詩經·秦風·權輿》「於我乎夏屋渠渠」與《史記·司馬相如列傳》子虛賦「巖突洞房」句下注《索隱》謂「楚辭云『冬有突厦

〔註58〕《左傳》，疏卷53，頁5、6。

夏屋寒』，王逸以為複室也。」可見「夏」字無論是做為專名稱謂或是形容詞，都有「大」或「盛大」之旨，並都是本意之引申；至於其本意若依甲骨文、金文釋形來看，則仍應以昆蟲之旨為佳，其後引申為大，其意證諸經籍，普遍可見，也可知許慎之說仍有未盡周延處。

而「辨訛誤」的作用則如：《說文》中的天干「字組」，十個字於文末全引《大一經》之說，只是，其說卻未能與構字之形、意完全相符，殊為可惜。是以吳其昌《古文字詁林·壬》稱「『甲』、『乙』、『丙』、『丁』、『戊』、『己』、『庚』、『辛』、『壬』、『癸』十者，皆兵器，殺人器，刃屬器也。」〔註59〕這種「皆兵器」的觀點證諸「天干」十字的解說與運用，未能盡釋其意與源流，是以不足採信；至於戴君仁又言「說文所解干支字均誤，不可從。」〔註60〕而楊樹達也有「許君說十干十二支之說皆牽強不可信」〔註61〕的言論；這樣的觀點未免過於武斷且論証不足，因此，本文特別引用《史記》、《漢書》等文字作為比附。

事實上，許慎解字或有未盡如人意處，即以天干字組引《大一經》之說為例，便是無稽可考的文字論述，然而，這樣的現象卻也只是反映當時的美學思想而已，無傷大雅。至於《說文》中許多的干支釋意明顯是參考《史記》、《漢書》，或西漢以來學者對天文星相的觀察與記實，只是，後之學者卻也不可因此否定許慎的學術思想與成果，以及司馬遷、班固等史官的縝密研究。反而應對前人治學的功力，及其於律曆嫻熟和深入研究的態度予以高度肯定才是。

4.4 干支中的數字觀念

語言和文字是一種約定俗成的工具，並也是社會思想的真實反映。事實上，各個民族對於「數字」所蘊含的思想也都各有其獨具的文化傳承和禁忌，因此，在中國文化中和數字相關的詞語，便也極具深入探討的意義和價值。

即以干支為例：天干十、地支十二，然而，在中國文化的字詞運用中卻很少出現以「十」為習俗的詞語，或以「十進位」為計數法的制度，因為，這是

〔註59〕《古文字詁林》，冊10，頁1052。

〔註60〕《古文字詁林》，冊10，頁1001。

〔註61〕《古文字詁林》，冊10，頁1109。

西方的觀念；至於天干「十」的概念，其淵源實應來自於先民對於「十」的中數，「五」的崇拜——五色、五行、五方、五味、五音、五官、五臟、五帝、五倫、五德、五穀等複詞，並都是以「五」作為其字義範疇的限定，因此，這樣的數字「五」自有其民族文化的特色與意義。

事實上，以「五」作為限定字義的詞彙，在生活中普遍可見，這些除了是漢語「詞彙字組」的範疇外，並可發現其內涵多與人自然生成的「感官」有關，是天意所致，不可隨興變易，這是天人交感的具體顯示，進而形成「倫常」與「制度」。《說文解字‧五》所謂「五，五行也。從二，会易在天地間交午也。」即是此意，並象徵人與天地自然的合諧與平衡。同時，五也是陽數，早在《易經》賁卦、泰卦中即以「五」分別表示「天位」與「帝位」之旨，是陽爻，也是天的象徵，而二五一十，以陽數示天，除了符合天干之旨外，也更見「天」意的無所不在。

至於地支則有十二，其中數為六，有關於「十二」的概念在生活中也極為普遍。如：十二月、十二地支、二十四節氣、三十六天罡、七十二地煞、六十為甲子等，其成數並都是十二的倍數，內涵與作用也多與天地自然的運行有關，而其強調地則是人們對宇宙自然的「知覺」；因此，中數「六」的運用在生活中也習以為常，例如：六甲、六合、六腑、六軍、六律、六呂、六瑞、六藝、六書、六義、六極等字組，除了有自然的規律與現象外，並多寓意與人之「涵養」有關。《說文解字‧六》所謂「《易》之數，会變於六，正於八。從入八。凡六之屬皆從六。」〔註62〕這種以「六」為陰數，並重視陰陽調和的思想不可違逆。於是，干支的意義與作用除了作為時序的象徵外，實與天、地、人「三才」的融合有密切的關聯，其架構嚴密，充分地表現且運用於文字、詞語及字族脈絡中，並因此形成中國文化的基礎，干支的重要性也於此可見。

印證於前言《漢書‧律曆志》稱「天之中數五，地之中數六，而二者為合。六為虛，五為聲，周流於六虛。虛者，爻律夫陰陽，登降運行，列為十二，而律呂和矣。」〔註63〕可知數字本身在民族文化中是寓涵著獨特的美學特

〔註62〕《說文解字》卷14下，頁16。

〔註63〕《漢書》，卷21上，頁964。

質，「五」與「六」則分別象徵天與地，具有陰陽調和的特色，是宇宙自然運行不變的法則，並因此化生萬物。於是，天干十，地支十二，便不再只是空汎無稽的數字而已，而是深具民族文化意識與作用的重要符號象徵。

《史記‧律書》所謂「神生於無，形成於有，形然後數，形而成聲，故曰神使氣，氣就形。形理如類有可類。或未形而未類，或同形而同類，類而可班，類而可識。聖人知天地識之別，故從有以至未有，以得細若氣，微若聲。然聖人因神而存之，雖妙必效情，核其華道者明矣。」是以「太史公曰：（故）〔在〕旋璣玉衡以齊七政，即天地二十八宿。十母，十二子，鍾律調自上古。建律運曆造日度，可據而度也。合符節，通道德，即從斯之謂也。」〔註64〕

這樣具體地闡述數字在中國文化中的重要性，除了是天地的象徵，具有陰陽調和的特色外，更是萬物「形然後數」的精神寓涵，並因此可以「合符節，通道德」，其影響深入人心，對倫理（五倫）、制度（五官、六瑞、六軍）、道德（六事、六德），甚或生活中的食（五味）、衣（五色）、住（五行）、行（五方）、育（六書、六藝）、樂（六律、六呂）等行為都予以規範，這是帝王、聖人所遵循的準則，而其本質內涵則都蘊藏於「詞彙字組」的結構中，並成為中國美學思想重要的核心價值。

4.5 干支與四時的運用

干支與四時的運用，表現最為廣泛的便是「天干」，這是先民對天的尊崇。是以甲、乙、丙、丁、戊、己、庚、辛、壬、癸這十個字，古人作為序列或計時的符號。至於其構字初始則各有其本形、本意，並都與植物的生長暨天象有關，同時，為了彰顯「天干」文字的影響力，這些文字也都做為字族中的聲符兼意符，內涵豐富並能完全符合「天」之意，至於後之學者訓釋形、義各異，實肇因於對文字分別訓詁，卻未能就其「字組」整體思想與架構予以剖析，以致未能匯通其旨，見解歧出。

同時，這些字組的文字其後又作為天干名，則是單純以聲符作為假借用；類似的現象在甲骨文字中早已大量出現，尤其是殷商祖考的名號也以出生日的天干作為代稱，如：且乙、父乙、且丁、且辛等，這樣的思想固然是「君

〔註64〕《史記》，卷25，頁1252、3。

權神授說」具體的反映與遺留，畢竟，自古以來，所謂的「天子」即是「天帝之子」，是上天所賦予，並有替天行道的權責和義務，因此，以出生日的天干為祖考名，除了有尊崇「天」意的寓涵外，更有世代及時序交替的承續作用，「天干」的重要性便也不言可喻。

另外，天干在生活中的運用也極為普遍，尤其有趣地是，天干這十個字的本形、本意，就古文字的結構言，其序列與四時節氣、五行方位也都有密切的關聯。如：甲、乙、丙象春，丁、戊、己狀夏，庚、辛象秋，壬、癸則象冬；另外，這十個字又分別是方位名及五行的象徵：甲、乙為東，木之屬；丙、丁為南，火之屬；戊、己為中，土之屬；庚、辛為西，金之屬；壬、癸為北，水之屬。這種結合天干、四時、五方、五行的運轉而衍生的整體宇宙觀，具有強烈濃厚的序列特質，並具體反映自上古以來以至於秦漢時期的社會思想與習俗。

因此，這十個字是天干序、節氣序、方位序，並也是五行序列的重要象徵。強烈鮮明的「序列」特質，涵蓋了宇宙自然的循環以及天、地、人之間陰陽調合的緊密關係，這是中華文化重要的內容與特色，並清晰呈現於相關聲符字族、詞語中；至於後世又延伸為考試分科、成績高下，以及等第、等級排列的序名，則是「天干」符號在生活中更為普及化的運用了。

5. 結　論

古人造字的嚴謹性、合理性與脈絡略如上述，至於本文則以天干、地支及四時等「詞彙字組」為例，除了說明「字組」文字的內涵、運用及發展。同時，在這些「字組」的系聯中，並可發現蘊涵著時間、秩序、等第、方位、陰陽、五行、數字等思想，而這些思想都是中華文化的精華與融合，很能代表先民「萬物終始」、「生生不息」、「陰陽調和」的美學原理；表現於文字中，又有知沿革、明興替、正訓詁、辨訛誤等作用，更能清晰呈現漢字是世界語族中「表意文字」的重要代表，而文字是一個民族社會思想與文化的具體反映，也再次得到印證。

尤其難能可貴地是，這些「詞彙字組」的思想和運用，在現代生活中依然鮮活，並仍可具體實踐與奉行，即使歷經世代變遷，卻是中華文化中「世守勿替」的精神指標與生活哲學；同時，這些珍貴的文化資產獨步寰宇，不

可取代，長久以來，仍清晰呈現在「詞彙字組」與形聲字族中。那麼，華語文字的教與學，是否也該回歸自「字本位」的思考，且從文化層面著手，確實遵循中國美學的思惟，使漢語字、詞的學習，具體落實於生活的經驗和古典的哲學思惟中呢！

（原文載《第十屆世界華語文教學研討會》論文集，頁 222～252，世界華語文教育學會 2011.12）

參考文獻

1. 袁慶德，《古漢語詞彙學》，長春：吉林大學出版社，2011。

2. 俞美霞，〈民俗與米食文化探析——兼論端午食粽以養生的習俗〉，《台灣傳統民俗節慶講座文集》，頁 6～23，台北：國立歷史博物館，2009。

3. 殷寄明，《漢語同源字詞叢考》，上海：東方出版中心，2007。

4. 朱光潛，《西方美學史・上》，台北：頂淵文化事業有限公司，2006。

5. 朱光潛，《啟蒙運動的美學》，台北：金楓出版社，1987。

6. 古文字詁林編纂委員會，《古文字詁林》，上海：上海教育出版社，2004。

7. 賴明德，《中國文字教學研究》，台北：文史哲出版社，2003。

8. 魏・王弼注、唐・孔穎達正義，十三經注疏《易經》，台北：藝文印書館，1993。

9. 漢・鄭玄箋、唐・孔穎達正義，十三經注疏《詩經》，台北：藝文印書館，1993。

10. 漢・孔安國傳、唐・孔穎達正義，十三經注疏《尚書》，台北：藝文印書館，1993。

11. 漢・鄭玄注、唐・孔穎達正義，十三經注疏《禮記》，台北：藝文印書館，1993。

12. 晉・杜預注、唐・孔穎達正義，十三經注疏《左傳》，台北：藝文印書館，1993。

13. 東漢・班固《漢書》，台北：鼎文書局，1991。

14. 東漢・許慎著、清・段玉裁注，《說文解字注》，台北：蘭臺書局，1977。

15. 西漢・司馬遷，《史記》，台北：洪氏出版社，1975。

16. 嚴一萍，《續殷曆譜》，台北：藝文印書館，1955。

17. 董作賓，《殷曆譜》，《中央研究院歷史語言研究所專刊》，四川李莊石印本，1945。

八、從禮俗談「哭喪」文化中的文字暨內涵

【中文摘要】

　　哭是情感的表達，人們哀傷的時候會哭，高興的時候也會因喜極而泣，同樣是流眼淚，然而，無論是內涵、形式卻大不相同。尤其值得注意地是，哭在中華傳統文化中更是一種「禮」的儀節，喜極而泣較為單純可以不論，然而，在哀傷的時刻，特別是喪葬儀式中若哭的不得體，不合時宜，便是失禮的行為。

　　於是，古人為了表示盡哀之意，使哭不絕聲，以便彰顯「禮」的形制，是以主張要「敘哭」；同時，為了防止孝子因久哭而傷身，又有請人「代哭」、「助哭」的習俗，並從此訂定制度而流傳，使後人知其禮數而有所節制；這樣的文字詳載於經籍史料中，並廣為後世所遵循，其習俗流傳久遠，即使是台灣現今的喪葬科儀中，也仍可見其遺風，例如：牽亡歌陣、孝女白琴、五子哭墓等陣頭，並都是傳統中華禮制之傳承，本文將詳其沿革及脈絡。

　　有關哭喪文化的研究，文字並不多見，然而，這樣的內涵卻是了解中華傳統禮俗重要的項目之一，若能充分體悟，則不僅可以了解「哭喪」和禮俗制度的關係密切；同時，和哭相關的字彙如《說文解字》中「哭」之屬唯有「喪」字，至於泣、唬、涕、喪、呱、唁、唬、噭、咷、啼等字，則是真實細膩地反映「流眼淚」這個行為的內涵、形式與差異，唯有深入探討剖析，才能真正瞭解中華禮俗的真諦與淵源，進而明白文字的奧秘及其背後所深藏的文化底蘊。

　　關鍵詞：哭喪、敘哭、牽亡歌陣、孝女白琴、五子哭墓

1. 前　言

　　義大利思想家揚巴蒂斯塔・維柯（Giambattista Vico, 1668～1774）在《新科學》〔註1〕一書的第三部份「原則」中曾經指出：全世界各個民族的起源和發展是不同的，然而，所有的民族文化中卻必定保有三種習俗。

> 　　我們觀察到一切民族，無論是野蠻的還是文明的，儘管是各自分別創建起來的，彼此在時間和空間上都隔很遠，卻都保持住下列三種習俗：（1）都有某種宗教。（2）都舉行隆重的結婚儀式。（3）都埋葬死者。無論哪一個民族，不管多麼粗野，在任何人類活動之中，沒有哪一種比起宗教、結婚和埋葬還更精細、更隆重。

　　這樣細密的觀察，明確指出各民族對宗教、婚姻、喪葬習俗的看重，並透過各種儀式和制度，撫慰人心對生命的疑惑，進而尋求宗教的引導而解脫。而其中，又以喪葬之事，無論是對生者或死者來說，都是最難開脫的大事，而且，世界各民族的喪葬制度雖然都大不相同，然而，在「萬物有靈」甚或「厲鬼思想」的觀念下，寧可信其有不可信其無，於是，人們對喪葬習俗的繁複周備，自然也表現地敬慎且不敢有所怠慢。

　　至於本文的研究方法則是以文獻分析法、歷史溯源法、田野調查法為主軸，並就「哭喪」的角度，於典籍文獻中探討中華傳統哭文化的禮制與內涵，及其所衍生敘哭、代哭等制度的發展與脈絡，這樣的風俗流傳久遠，亦即是台灣喪葬禮俗中「牽亡歌陣」、「孝女白琴」、「五子哭墓」的濫觴，其重要性與影響的確不容小覷；另外，在台灣的喪葬習俗中又有目連救母、三藏取經等科儀，這樣的習俗明顯是受到佛教觀念的影響，是外來文化的遺留，是以本文不論。

2. 哭喪文化──哭以盡哀的習俗

　　喪葬習俗是中華傳統文化中的「凶禮」，並也是「五禮」──吉、凶、賓、軍、嘉之一，至於其細目及內涵，則詳盡載於《周禮・春官・大宗伯》〔註2〕篇中，都可見古人對「五禮」的重視。

〔註1〕維柯，《新科學》，頁159，台灣：商務印書館，2009。

〔註2〕十三經注疏《周禮・春官・大宗伯》，卷18，頁1～31，台灣：藝文印書館，1993。

　　這種對禮俗的尊崇，也可見於《周禮・地官》〔註3〕論及保氏培養世子品德時所稱「保氏掌諫王惡。養國子以道，乃教之六藝：一曰五禮、二曰六樂、三曰五射、四曰五馭、五曰六書、六曰九數。乃教之六儀：一曰祭祀之容、二曰賓客之容、三曰朝廷之容、四曰喪紀之容、五曰軍旅之容、六曰車馬之容。」這種以「道」教育國子，並以「六藝」、「六儀」予以涵融，其教育宗旨的確是涵蓋周備，且無論是六藝中的「五禮」，或是六儀中的「喪紀之容」，其文字論述詳盡，也可知古人對「喪葬禮俗」的敬慎之情。

　　至於在喪禮中，哭，似乎是再自然不過的行為。人們因為親人、友好的辭世而哭，並因懷念不捨而落淚，這種發自內心的哀痛，是情感真摯的流露。韓國學者崔吉城在〈哭泣的文化人類學：韓、日、中的比較民俗研究〉〔註4〕一文中指出：哭泣是介於生理和語言之間的行為。人悲哀時哭，高興時也哭，這意味著哭的根源與型態極為多樣，有以泣聲為主的泣（crying），以眼淚為主的涕（weeping），以泣聲旋律為主的哭（wailing）等。

　　同時，文中又指出：哭除了是情感的表達之外，更是禮節性的形式。尤其在喪葬儀式中，以前曾認為哭女是在對悲哀表現強烈的中國文化影響下產生的，僅見於東亞幾國。實際上，哭女令人意外地在很廣範圍內存在。把雇用哭女理解為是對父母盡孝的一種社會現象和把哭泣理解為並非孝道而是在施行巫術，存在著不盡相同的哭泣理論。是以柳田國男把哭泣當作民俗的形式表現來看待，這一點很重要；至於井之口章次曾指出，「哭女」在朝鮮、中國東北和中國內地均頗盛行，但不能用模仿和傳播來解釋日本的同類情形。

　　這樣的論述的確將「哭喪」文化闡述地淋漓盡致，又明確點出「哭女」習俗的廣泛存在，這是「禮節性的形式」，也是「民俗的形式」表現。這樣的見解的確是一針見血，鞭辟入裏，只是，作者雖有這樣細密的觀察，卻並未對其歷史淵源與文化傳承有所闡述，殊為可惜。

　　至於本文則是以台灣喪葬禮俗為基礎，進而與先秦古禮印證，探討其中的內涵與形制，俾便闡明台灣喪葬習俗其來有自，並是中華傳統文化思想的具體實踐與延伸。

〔註3〕十三經注疏《周禮・地官・保氏》，卷14，頁6。

〔註4〕周星主編，《民俗學的歷史、理論與方法》，頁557～594，北京：商務印書館，2006。

3. 哭喪是中華禮制重要的文化內涵之一

哭喪是中華禮制的重要文化內涵之一，其形式並有敘哭、代哭與助哭之實，這樣的思想和文字詳載於典籍文獻史料中，並長久流傳於後世。

即以《禮記・檀弓下》〔註5〕所述「穆伯之喪，敬姜晝哭；文伯之喪，晝夜哭。孔子曰：知禮矣。」注曰「喪夫不夜哭，嫌思情性也。」這是載及穆伯死後，敬姜白晝哭而不夜哭，只因穆伯是敬姜的丈夫，其死也哀，然而，情感的表達卻理當有所節制；至於兒子文伯之死，敬姜則日夜哭，以示內心的傷痛不捨。孔子稱述敬姜知其禮數。這種將「哭喪」的儀式與「禮」相結合，並藉著「晝哭」、「晝夜哭」的形式，以示人倫關係的親疏遠近，使符合「禮」的規範，這樣明確區隔為夫與為子哭喪禮制的不同，是倫常的基礎，自然不可有所混淆。

類似的記載也可見於《禮記・檀弓下》〔註6〕所謂「曾子曰：賣尚不如杞梁之妻之知禮也。莊公襲莒于奪，杞梁死焉，其妻迎其柩於路，而哭之哀。」這種「迎柩於路而哭哀」的舉止，也可見先賢視「哭喪」、「哭哀」為「知禮」的行為。

至於君臣之間的「哭喪」行為模式，則有《淮南子・說林訓》〔註7〕稱「桀辜諫者，湯使人哭之。」這是指夏桀暴虐，磔殺了諫言者，湯知情後，差人前往哭悼諫者。由此可見「哭」並不只是情緒的抒發而已，更是一種弔唁的社會現象，其中並寓涵君臣之間「禮」的形制與內涵。

相關的文字也可見於《周禮・夏官・虎賁氏》〔註8〕所謂「虎賁氏掌先後王而趨以卒伍，軍旅會同亦如之，舍則守王閑。王在國則守王宮，國有大故則守王門，大喪亦如之。及葬，從遣車而哭。」以及《周禮・夏官・內宗》〔註9〕所稱「內宗掌宗廟之祭祀，薦加豆籩，及以樂徹則佐傳豆籩。賓客之饗食亦如之。王后有事則從大喪序哭者，哭諸侯亦如之。凡卿大夫之喪，掌其弔臨。」

〔註5〕十三經注疏《禮記》，疏卷9，頁24、25。

〔註6〕十三經注疏《禮記》，疏卷10，頁12。

〔註7〕漢・劉安撰、高誘注，《淮南鴻烈》，《景印文淵閣四庫全書》冊848，卷17，頁16，台北：商務印書館，1983。

〔註8〕十三經注疏《周禮》，疏卷31，頁9、10。

〔註9〕十三經注疏《周禮》，疏卷21，頁19、20。

這是指國有大喪時，為人臣的虎賁氏、內宗等，都必須負起哭喪的職責，也可見倫常制度中，「哭喪」已經成為一種必然的形式和儀節，並為社會大眾所遵行。

同時，在喪葬儀式中，人們為了彰顯「禮」的存在，以示盡哀，因而又衍生出一套完備的「哭喪」習俗，俾便遵循。於是，先賢對於何時該哭，以及哭時的長短，也都有所規範，尤其是哀痛至極時，又有「哭無時」的行止。《禮記・檀弓上》〔註10〕所謂「父母之喪哭無時，使必知其反也。」句下疏並稱「正義曰：禮，哭無時有三種。一是初喪未殯之前，哭不絕聲；二是殯後除朝夕之外，廬中思憶則哭；三是小祥之後哀至而哭，或一日二日而無復朝夕之時也。此云哭無時，謂小祥之後也。何以知然，下云使必知其反，是其可使之時也。」則已明確指出「哭無時」的內涵，而這種「哭不絕聲」的形式，亦即「敘哭」制度的由來與沿革。

於是，先民在喪禮中不只是哭，還主張要敘哭（或稱為序哭），使哭不絕聲以示哀戚；同時，為了防止孝子因久哭而傷身（或傷生），又有請人代哭、助哭的舉措，並從此訂定制度而流傳，使後人知其禮數，有所節制。

這樣的文字詳載於《周禮・春官・肆師》〔註11〕言及國君大喪的記述「大喪大渳以鬯則築鬻，令外內命婦序哭。」其下並有注曰「序，使相次秩。」疏「釋曰：案下注六鄉以出及朝廷卿大夫妻皆為外命婦，其內命婦即下經內命女是也。謂三夫人已下至女御也。」即是言明三夫人、九嬪、世婦、女御等外內命婦，在國君大喪時有序哭的職責。

另外，《周禮・天官・九嬪》〔註12〕載及九嬪職責，也稱「九嬪掌婦學之灋，以教九御，婦德、婦言、婦容、婦功，各帥其屬，而以時御，敘于王所。凡祭祀，贊玉齍，贊后薦，徹豆籩。若有賓客，則從后。大喪，帥敘哭者亦如之。」也明確指出婦學之灋除了教導命婦四德（婦德、婦言、婦容、婦功）之事外；至於祭祀、宴饗賓客，所有命婦則須依尊卑次第隨從后妃行事，大喪敘哭時也是如此。都明確述及王大喪時有敘哭之實，這是「婦學之灋」的重要內涵，至於〈肆師〉所謂「令外內命婦序哭」一句，則更明令規範「序

〔註10〕十三經注疏《禮記》，疏卷8，頁20。

〔註11〕十三經注疏《周禮》疏卷19，頁15。

〔註12〕十三經注疏《周禮》疏卷7，頁24、25。

哭」是外內命婦的職責，並強調是由「女性」來擔任，事實上，這樣的「序哭」就其意義與作用言，自然也寓涵「代哭」之旨。

至於《周禮‧夏官‧挈壺氏》〔註13〕又稱「凡喪，縣壺以代哭者，皆以水火守之，分以日夜。」注曰「代，亦更也。禮：未大斂，代哭，以守壺者為沃漏也。」都說明在「代哭」的行為中，理當有所節制，於是，由挈壺氏執掌漏刻，懸壺計時以為依據。

「代哭」既然是禮制的呈現，因此，代哭的儀節也應有尊卑之分，士的地位較低，所以代哭者必不為官。《儀禮‧士喪禮》〔註14〕所謂「賓出，主人拜送於門外，乃代哭，不以官。」注曰「代，更也。孝子始有親喪，悲哀憔悴，禮防其以死傷生，使之更哭不絕聲而已。人君以官尊卑，士賤以親疏為之，三日之後哭無時。周禮挈壺氏：凡喪，縣壺以代哭。」即是此意。另外，《禮記‧喪大記》〔註15〕也有類似的記載，並稱「大夫官代哭，不縣壺；士代哭，不以官。」都說明大夫與士的職等有別，是以代哭者的階級、親疏，哭時的長短也各有差異，不可錯亂，這些並都是禮制的呈現。

於是，哭哀的習俗流傳，其文字並普遍見於史料典籍之中，例如：《漢書‧禮樂志》〔註16〕強調哭哀要有節制，並稱「哀有哭踊之節，樂有歌舞之容。」而《南史‧卞彬列傳》〔註17〕言及當世「代哭」的習俗，載齊高帝事無所成，彬乃謂帝曰「比聞謠云『可憐可念尸著服，孝子不在日代哭，列管暫鳴死滅族』。公頗聞不？」

尤其值得注意地是，《南史》中除了有「代哭」的習俗之外，又有「助哭」的風氣。〈王秀之列傳〉〔註18〕載及王秀之於隆昌元年卒，即曾遺令僕妾無需於靈前助哭，所謂「朱服不得入棺，祭則酒脯而已。世人以僕妾直靈助哭，當由喪主不能淳至，欲以多聲相亂。魂而有靈，吾當笑之。」這樣的文字記載，也間接指出當時以僕妾助哭風氣之盛並蔚為習尚；只是，細細思量，這樣的「助

〔註13〕十三經注疏《周禮》，疏卷30，頁16。

〔註14〕十三經注疏《儀禮》，疏卷36，頁16。

〔註15〕十三經注疏《禮記》，疏卷44，頁12、13。

〔註16〕東漢‧班固撰，《漢書》，卷22，頁1028，台北：鼎文書局，1991。

〔註17〕唐‧李延壽撰，《南史》，卷72，頁1767，台北：鼎文書局，1976。

〔註18〕《南史》，卷24，頁652。

哭」不也正是另一種「代哭」形式的轉化與延伸。

是以《新唐書・禮樂志》〔註19〕言及諸臣之喪，謂有官職、幕僚輔佐的人，以官代哭；無，則以親疏為之。而《續通典・喪制上・小斂奠》〔註20〕載及宋品官喪、明品官喪，也以親疏代之，使哭聲不絕以盡哀。至於清・福格《聽雨叢談・助哭》〔註21〕則更細密記述「哀哭之事，中外禮儀不同。至尊親臨大臣之喪，或望衡即哭，或見靈而哭，各視其臣之眷也。哭畢，祭酒三琖，既灌復哭，每哭必有中官助聲，雖列聖大事，亦有助哭之宦寺等輩，一人出於哀切，眾人出於揚聲，聞之自有別也。」也都說明自古以來，先民對哀哭一事的看重，以至於代哭、助哭的行為，在喪葬儀式中自有其歷史傳承並不可或缺。

尤其值得注意地是「一人出於哀切，眾人出於揚聲，聞之自有別也。」這樣的「助哭」不僅有「主從」之別，且更見其抑揚頓挫之旋律，並可與哭哀聲相互呼應，其內涵與作用實與台灣「孝女白琴」的職業「代哭」陣頭殊無二致。

同時，《聽雨叢談》又載「按喪大記：君、大夫、士皆有代哭者，周官挈壺氏懸壺以代哭者，禮未大殮代哭懸壺，明更迭時均也。肆師云：大喪外內命婦代哭。凡此皆今時朝廷所行之禮也。」並稱「唐李匡乂資暇集云：喪筵伎婢唱悲切聲，助主人哀云云，是此禮行之已久，粵中地區尚存其意耳。」都闡明自唐朝以降，古人對「代哭」的要求已更為講究，並當吟悲切聲，這是喪筵中的習俗，其禮行之已久，直到清朝時粵中地區尚存其意。

這樣的記載，印證於台灣現存的喪葬禮俗，可以說完全吻合。事實上，早期臺灣的居民多遷徙自閩、粵地區，是以相關的禮制也多承襲於閩、粵，且「代哭」的習俗在台灣早已行之有年，都頗能呼應《聽雨叢談》所謂「粵

〔註19〕宋・歐陽修、宋祁撰，《新唐書》，卷20，頁449，台北：鼎文書局，1976。

原文載「下帷，內外俱坐哭。有國官、僚佐者，以官代哭；無者，以親疏為之。夜則為燎於庭，厥明滅燎。」

〔註20〕清・嵇璜、曹仁虎等奉敕撰，《欽定續通典》，《景印文淵閣四庫全書》冊640，卷77，頁17，台北：商務印書館，1983。

原文載：宋品官喪「惟內外俱坐，以親疏為之代哭。」而明品官喪「喪主以下哭盡哀，乃代哭不絕聲。」

〔註21〕清・福格，《聽雨叢談》，卷7，頁143、144，台北：鼎文書局，1978。

中尚存其意耳」的記載。相關的文字也可見於《鳳山縣采訪冊》〔註22〕「因記其始末以代哭。其他宦蹟，則請以俟之作史者。」的記述；以及《臺灣私法人事編・喪儀（一）・官員之喪禮》〔註23〕於（14）祖奠所稱「親賓致奠行禮，如成服致奠儀。賓出，喪主以下代哭，如在殯時。」這些文獻明確指出「代哭」的傳統性和必要性，且無論是在中國或台灣，並都是喪葬制度中「禮」的文化形式呈現。

至於說到敘哭的習俗，據《臺灣私法人事編・喪儀（三）・庶人喪禮》〔註24〕所載，於「（3）啟殯至葬」一節，言及擇吉開壙，祀土神，作神主等儀式，尤其是在發引前一日及發引後，也有詳盡的文字用以闡述「敘哭」的形制與內涵。並稱：

（3）啟殯至葬　踰月而葬，營葬地及葬具（中略）。擇吉開壙，祀土神，作神主，備靈車一、柩舉一，別制布衾衣柩，不施幬蓋，杠舉兩端飾黑，中飾紅堊。發引前一日，喪主以下就位，哭。朝奠訖，奉魂帛辭於祖禰，還靈座，晡時設祖奠，以永遷告，喪主以下再拜，哭，盡哀。厥明，五服之人畢會，納靈車於大門內之右，納柩舉於廳事，內外各就位，哭。徹幬，遷靈座，役人（十有六人）舉柩就載，衣以大衾，喪主以下哭碉。載訖，設奠柩前，如祖奠禮。奉魂帛就靈車，置主櫝於後，迺發引；前列明器及鞍馬一，男女以次哭從。及墓，執事者豫設藉席於壙前，設靈座於墓道之右，設奠案於座前，設題主案於奠案右。靈車至，奉魂帛於座，柩至脫載，下於藉席。喪主以下憑棺哭，婦女哭墓右，屆時男女以次哭叩辭訣，諸親會葬者均以次哭叩辭歸，喪主及諸子哭謝，迺窆，納柩於壙下，誌石復土，祀土神如儀。喪主以下退，就靈座之側序立，子弟啟櫝，奉木版臥置案上，宗親善書者一人題主訖，子弟奉置靈座，納魂帛

〔註22〕盧德嘉，《鳳山縣采訪冊》，《臺灣文獻叢刊》第73種，頁412，台灣銀行經濟研究室編印，1960。

〔註23〕不著撰人，《臺灣私法人事編》，《臺灣文獻叢刊》第117種，頁7，台灣銀行經濟研究室編印，1961。

〔註24〕《臺灣私法人事編》，頁18、19。

於廂，設奠讀告辭畢，喪主以下哭，叩，盡哀。祝焚告辭，奉魂帛
埋於墓側，奉主納檳遂行，喪主以下哭從，如來儀。

這樣繁複的文字細密地闡述由出殯到下葬的過程，且次第言及「哭喪」
的儀節並答禮，都明確顯示「哭」絕不只是單純的情緒抒發而已，而是一種
禮俗，一種制度；至於儀式中的「以次哭」及「哭從」則更寓意「敘哭」之
旨，而其作用則在於「盡哀」，也可見台灣喪葬習俗中的哭喪內涵及傳承。今
就其序列略條理如下，使見其宗旨，以為參酌：

（1）發引前一日（牽引亡魂）：「喪主以下就位哭」、「喪主以下再拜哭」、
　　　「內外各就位哭」、「喪主以下哭」。

（2）發引中（出殯）：「男女以次哭從」。

（3）發引後（哭墓、下葬）：「喪主以下憑棺哭」、「婦女哭墓右」、「男女
　　　以次哭叩辭訣」、「諸親會葬者均以次哭叩辭歸」、「喪主及諸子哭謝」、
　　　「喪主以下哭」、「喪主以下哭從」。

4. 台灣喪葬陣頭中的哭喪科儀

哭喪是中華文化的重要禮制已如前述，而其形式則有：敘哭、代哭與助
哭；雖然，相關的文字在典籍史料中所載極為豐富，然而，其儀式則不可得
見。只是，禮失而求諸野，且台灣向來是華人世界中保存中華傳統文化最為
豐富並完整的地區，因此，即使是邁入 21 世紀的現今，於台灣哭喪文化的田
野調查中，有關敘哭、代哭與助哭的儀式，在台灣全島仍普遍可見，而其陣
頭又以：牽亡歌陣、孝女白琴、五子哭墓等科儀最為著名。

這樣繁複的喪葬科儀，深具中華傳統文化特質，不僅深入民間，其特殊性
並吸引國際媒體如英國 BBC、Discovery 頻道以及日本 NHK 深度專訪〔註25〕，
受重視的程度極為深遠，其中，又以「孝女白琴」劉君玲及其所屬團隊最為著
名，並於馬英九總統母親秦厚修女士辭世時〔註26〕，執行「敘哭」、「代哭」與
「助哭」的儀式，便可深切了解「哭喪」文化在台灣的發展與保存。

前言，《臺灣私法人事編・庶人喪禮》中的哭喪科儀，據其發引先後序，大

〔註25〕國際中心/綜合報導，〈台灣最知名送葬者劉君玲！「孝女白琴」哭喪文化登 BBC〉，
　　　ETtoday 東森新聞雲，2013.02.27。
〔註26〕黃欣柏，〈暴「利」團長前女友，總統母喪裹儀師〉，《自由時報》，2014.06.27。

致可分為三個階段，且台灣「哭喪」文化中的儀式與內涵，和實境現存的：牽亡歌陣、孝女白琴、五子哭墓等科儀也完全吻合，都可見歷史文獻與田野調查的傳承真實並世守勿替，這樣的現象並也是禮俗文化中最為珍貴的特質之一。今就其內涵分別闡述如下：

4.1 接引西方的科儀——牽亡歌陣

說到牽亡，其形式和作用可分為兩種：一種是陽間的親人想要與死者對話，於是藉著亡魂與「靈媒」附身的機會而有所聯繫，這是將亡魂牽引至陽世，亦即民間所謂的「牽亡魂」；這和台灣習俗中的「觀落陰」是由親友到陰間去尋找亡魂的過程大不相同，事實上，「觀落陰」的習俗也是來自於福建地區的「落陰歌謠」及「尪姨歌」，其內容並與台灣南管樂曲的「尪姨歌」、「尪姨疊」和歌仔冊中的「落陰歌謠」有許多相似之處，也可見其文化傳承及地域性特色，只是，這一部分和觀靈術有關，並非本文所欲探討的喪葬科儀重點，是以略而不論。

至於另一種牽亡形式，則是指喪葬陣頭中的「牽亡歌陣」，這是喪家在喪葬儀式中，邀請陣頭總計五人——法師、娘媽、尪姨、小旦及樂師，表演兩場歌舞儀式。首先，於出殯前一日的傍晚或晚上，為超渡亡靈，將亡魂引領至西方極樂世界，這樣的儀式即是「接引西方」，其過程則是：請魂就位、請神、調營、出路行、送神等五個階段，使亡魂在眾神的護持及法師、娘媽的導引之下，順利過陰府、遊十殿，以便達到極樂世界；至於在出殯當日，則是藉著歌舞小戲，分別在移柩、啟靈、下葬前短暫演出，其作用則是在「開魂路」或「引魂」，俾便死者得以順利前往安息之路。

牽亡歌陣的內涵源自於福建漳、泉移民的喪葬習俗，著重的是儀式性而非藝術價值，因此，牽亡歌陣雖是以歌舞小戲的形式呈現，然而，演出者並無特殊訓練，且多是為了維持生計而參與，是以多由歌仔戲演員兼任，並時有將歌仔戲曲調融入「牽亡歌陣」的現象。

只是，牽亡歌陣和歌仔戲之間，二者無論是在表演形式、內涵與作用上，卻仍有很大的差距。畢竟，台灣歌仔戲中並無類似「牽亡歌陣」的劇目；且歌仔戲的曲調雖有「哭調」、「七字調」、「都馬調」，卻從未見「牽亡調」之曲目，都可見二者在意義、作用上的不同，這樣的差距也正是地方戲曲和喪葬科儀最大的分別。

　　固然，就田野調查所見，「牽亡歌陣」的儀式在陣頭歌舞、念白的伴隨下，具有引領亡魂的意義與作用。例如：「出路行」在超渡亡靈時，必須在眾神護佑下，由娘媽帶領亡魂，一路經過草埔路、鬼門關、奈何橋、枉死城等三十六關卡，而後再遊地府，同時，每通過一個關卡，就必須焚燒紙錢籠絡守關的鬼卒，以便亡靈能順利過關。

　　尤其是過奈何橋時，法師即先敘述奈何橋周遭的情境——奈何橋上有牛將軍和馬將軍（牛頭馬面）手持鐵叉鐵耙在把守，好心善良的人才能順利過橋，無惡不做者到此將被推落橋下，給銅蛇、鐵狗生剝活食，使他變成血水，萬年不得超生。接著，法師又請來觀世音菩薩保薦，謂亡靈生前「服事三寶，孝順父母」，以便可以順利渡過奈何橋。同時，在過「奈何橋」的儀式中，法師又隨時叮嚀亡靈要小心過橋，而且，「若要過橋，家內大大小小就要喊伊的名。」於是，在過橋時，子女捧著往生者的牌位一路隨從法師的腳步高聲呼喊著「阿爸（或阿嬤）！要過橋了！」或是「阿爸（或阿嬤）！要下橋了！」使亡靈能夠隨從眾人的指引順利過關。

　　至於在牽亡歌陣「遊地府」的劇目中，其內容及過程則與善書「十殿閻王」或掛軸「十殿閻羅圖」的形式極為類似，不僅強調因果報應的思想，並具有勸戒教化「行善積德，諸惡莫做」的積極作用，這樣的喪葬習俗反映地是台灣人民質樸的生活態度，真誠的信仰價值與道德思維；而表演者高難度的下腰飲酒動作，則更凸顯台灣喪葬文化中，藉著歌舞表演以緩解喪家哀戚之情的藝術特質。

　　這樣的「牽亡歌」長久深入民間，且多具勸世向善意味，影響層面極為廣泛，不僅成為台灣喪葬文化中不可或缺的科儀，並輾轉傳唱於大街小巷，成為名符其實的「勸世歌」。例如：柯仁堅詞曲的「牽亡歌」即稱「今夜風寒來拆分開，綿綿情意為你一人。有人做惡講做善，守善犯惡惡報現，人有善念是天堂，若無地獄受苦煉。……」另外，又有劉福助的「牽亡歌」（師公歌）以及黃克林融合「牽亡歌」元素為主題的〈倒退嚕〉，都很能傳神地將「牽亡」文化發揮地淋漓盡致，那麼，「牽亡歌」的存在便不再是無的放矢，而「牽亡歌陣」也不可只是視為喪葬文化的科儀之一了！

4.2 職業代哭的喪葬儀式——孝女白琴

　　前言，哭喪文化是中華傳統的重要習俗。《周禮・天官・九嬪》言及王大喪

時，后須帥外內命婦，依次敘哭，使哭聲不絕，以示盡哀並合乎禮制。另外，清·福格《聽雨叢談》也稱唐朝時「喪筵伎婢唱悲切聲，助主人哀云云。」這樣的習俗衍化，顯示歷代以降對敘哭、代哭、助哭的儀式更為講究並精緻化，不僅是哭，還要吟悲切聲，使更見其禮制內涵與文化精髓，這是喪筵中的習俗，直到清朝廣東地區仍存其意，也可見哭喪文化的本質及精神，即使歷經數千年也不曾改變，並在閩、粵移民大量遷台之後，直接影響台灣喪葬科儀。

說到台灣的哭喪陣頭，無論是敘哭、代哭或助哭形式，都以「孝女白琴」最為典型代表，並是台灣喪葬科儀中的職業代哭團體。蔡金鼎〈代哭文化考古：輓歌聲中哭泣的孝女〉〔註27〕一文，即稱孝女白琴的故事是源自於1970年代黃俊雄布袋戲〈雲州大儒俠〉中「孝女白瓊」的角色扮演；並指出「美國加州大學教授 Tom Luze 研究哭泣的文化和歷史面向，經過考證發現古希臘、羅馬、回教世界甚至是西班牙，都有哭喪及代（傭）哭文化，而哭喪事業在十二世紀時達於高峰，直到中世紀末才開始式微。」這樣的觀點，Tom Luze 認為是基於「靈魂不滅」的原始宗教觀，人們相信哭喪活動可以使死者再度復活所致；另外，文中又指出：上海、江西、廣西、河南、台灣等地也都有哭娘或代哭者的現象。

只是，蔡文中雖也略舉先秦典籍的哭喪文化記述，然而，卻未將其沿革脈絡予以梳理，終致錯失哭喪文化中敘哭、代哭與助哭的重要本質，殊為可惜；事實上，「孝女白瓊」只是黃俊雄布袋戲中自創的一個角色而已！且無論是「白瓊」也好，「白琴」也罷，都只是文化符號的象徵。最重要地是，所有的民間戲劇或地方劇種，都是當地民情風俗、社會思想及文化藝術的具體反映，再加上「哭喪」的習俗長久流傳於官方與民間，且歷來敘哭、代哭及助哭者的身分，除了是外內命婦、較低階的官員之外，便是喪家的親屬、奴僕或伎婢，至於民間將職業代哭團體的女子視為「孝女」稱之，自然有拉近關係，以示親近的意味。

尤其是「孝女白琴」的角色，在喪葬科儀中，除了必須帶頭引領諸親好友哭喪，以便完成其敘哭、代哭、助哭的意義與作用外；同時，為了感懷死者，「孝女」於俯首跪爬行進時，又必須在哭泣中兼述往生者的生前行誼、家

〔註27〕蔡金鼎，〈代哭文化考古：輓歌聲中哭泣的孝女〉，《朝陽人文社會學刊》，第 6 卷第 2 期，頁 291～321，朝陽科技大學，2008.12。

庭狀況以及社會地位等事蹟，以示追思孺慕之情，是以每一場次的啼哭內容都不盡相同，並須符合喪家的背景及需求。所謂哭以盡哀，於是，「孝女白琴」肩負著喪葬場面的莊嚴隆重、哀戚肅穆，其責任之重大，絕非一般人可以輕易勝任。

這樣的喪葬習俗平實真切而又深具歷史文化，是以劉梓潔獲獎的小說《父後七日》〔註28〕，以及由原作與資深影像工作者王育麟聯合編導的同名電影《父後七日》，都是以職業哭喪陣頭作為藝術形式表現的主題，真實客觀地呈現台灣喪葬文化中的特質，不僅深刻打動人心，並在國際影展中頗獲好評。

只是，當所有的文字或形式表現，都聚焦在「哭喪」儀式中的喧囂華麗時，卻反而忽略了其文化內涵與歷史沿革的重要性，且對於職業性的哭喪陣頭，非但不知其來歷，竟又將「哭喪」的形制視為「黑色喜劇」，以為這是台灣喪葬文化中詼諧荒誕的盛筵，實在是嚴重扭曲傳統文化，並違逆數千年來良善禮俗的本質，聞之實令人扼腕。

固然，職業代哭團體的行業特質，原本就是要引人注目，除了盡哀，也有舒緩家屬傷痛情緒的作用，以及闡揚孝道的社會教化意義。只是，由於現今代哭團體的成員素質大抵良莠不齊，且多是由業餘人員或歌仔戲演員兼任，甚至有因為麥克風的音量過大，噪音騷擾而引來側目，致使旁人心生怨怒，因此，如何使職業代哭團體在哭喪之餘，更見其盡哀、節哀之旨，並又可兼顧傳統的孝道與禮俗，甚或如唐代喪筵伎婢吟唱悲切聲，使哀戚的氛圍更具藝術特質，則是喪葬文化中仍可思考的重要課題。

4.3 漳、泉地區哭喪哀歌的遺風——五子哭墓

五子哭墓的儀式不知始於何時？然而，有關「哭墓」的故事或曲調卻深入民間，並普遍流傳於福建各地，甚至成為漳、泉地區哭喪哀歌之遺風。

事實上，古不墓祭，這樣的觀念早在史籍中已有記載。《宋史‧禮志‧凶禮二》〔註29〕即稱「上陵之禮。古者無墓祭，秦、漢以降，始有其儀。至唐，復有清明設祭，朔望、時節之祀，進食、薦衣之式。五代，諸陵遠者，令本

〔註28〕劉梓潔，《父後七日》，2006 年獲「林榮三文學獎」首獎作品，寶瓶文化出版，2010。
　　　　電影則是由原著作者劉梓潔及資深影像工作者王育麟聯合編導。
〔註29〕元‧托克托等撰，《宋史》，卷123，頁2881，台北：鼎文書局，1993。

州長吏朝拜，近者遣太常、宗正卿，或因行過親謁。宋初，春秋命宗正卿朝拜安陵，以太牢奉祠。乾德三年，始令宮人詣陵上冬服，歲以為常。」都可見古無墓祭的禮俗，唯自秦、漢以降，始有墓祭的儀式形成。

　　只是，自古以來，無論是否墓祭，哭墓仍是喪葬習俗中不可或缺的重要過程，並因此形成制度，廣為社會大眾所遵行。《禮記‧檀弓下》〔註30〕載「孔子過泰山側，有婦人哭於墓者而哀。夫子式而聽之，使子路問之曰『子之哭也，壹似重有憂者。』而曰『然！昔者吾舅死於虎，吾夫又死焉，今吾子又死焉。』夫子曰『何為不去也？』曰『無苛政。』夫子曰『小子識之，苛政猛於虎也。』」這段文字詳盡，並是「苛政猛於虎」典故的出處。值得注意地是：孔老夫子不僅憑式而聽，並仔細傾聽答問，也說明孔老夫子對於「哭墓而哀」這個行為的極度關注。

　　這樣的習俗長久流傳於後世，是以《宋史‧虞允文列傳》〔註31〕、《元史‧許衡列傳》〔註32〕及《清史稿‧鄭立本列傳》〔註33〕等文獻史料中，也載及許多哭墓相關事宜，且民間故事、戲劇中也有大量「哭墓」的情節，最著名的即是《梁山伯與祝英台》，都說明古人對「哭墓」一事的重視。

　　至於在台灣的喪葬習俗，其內涵除了傳承自中華文化的道統之外，並多沿襲自閩、粵原鄉舊俗。尤其是福建民間故事〈心酸酸〉，其內容描述地是古代有位員外續弦，後母虐待五個孩子，於是，五個孩子經常到亡母墓前哭訴，並在父親死後都考中科名，然而，事奉後母卻仍一如過往的孝順，終於使後母痛改

〔註30〕十三經注疏《禮記》，疏卷10，頁16、17。

〔註31〕《宋史》，卷383，頁11791。

　　　　原文載「虞允文字彬甫，隆州仁壽人。父祺，登政和進士第，仕至太常博士、潼川路轉運判官允文六歲誦九經，七歲能屬文。以父任入官。丁母憂，哀毀骨立。既葬，朝夕哭墓側，墓有枯桑，兩烏來巢。」

〔註32〕明‧宋濂等撰，《元史》，卷158，頁3729，台北：鼎文書局，1975。

　　　　原文載「已而卒，年七十三。是日，大雷電，風拔木。懷人無貴賤少長，皆哭於門。四方學士聞訃，皆聚哭。有數千里來祭哭墓下者。」

〔註33〕趙爾巽等編，《清史稿》，卷285，頁13779，台北：國史館，1993。

　　　　原文載及鄭立本，父相德，坐罪戍新疆，立本年十八，辭母以求父，時張格爾亂未定。「待亂定，乃行至綏來，則父歿已數年。相德在戍授同戍子弟讀，歿，弟子為治葬。立本哭墓而病，居二年，相德弟子力護視，故得不死。」

前非。

這樣的題材頗富勸世意味，並具有濃厚的社會教化作用，其深入人心，並成為台灣喪葬禮俗──哭喪儀式的重要內涵，影響所及，以至於台灣歌仔戲、電影（導演：唐紹華，1957）、歌唱劇（鄭源、林茹萍，1983）及台灣新編高甲戲中都有〈五子哭墓〉的劇目，很能代表台灣喪葬文化的精神與特質。

尤其值得注意地是：高甲戲的音樂是以南管為主軸，這是原本盛行於泉州、廈門等地的地方劇種之一，據王漢民《福建戲曲海外傳播研究》〔註 34〕所載「1928 年 1 月，閩劇『新賽樂』一行 70 多人由廈門搭海輪赴新加坡、馬來西亞、印度尼西亞等地進行商業演出。」其中劇目便有〈五子哭墓〉一齣，並極獲好評。此戲流傳至台灣，除了保留泉州腔外，又揉合北管及漳州腔的口白，並在吸收多種戲曲元素後，於台灣盛極一時。至於台灣高甲戲中的〈五子哭墓〉，據《台灣高甲戲的發展：周水松先生紀念專輯》一書所載，這是台灣高甲戲中的「新編劇目」〔註 35〕，在融合福建傳統民間故事的內容之餘，不僅成為台灣喪葬科儀中的陣頭，並與大陸福建原鄉地區交流後，深受歡迎，反倒成為薌劇重要的劇目，也可見「五子哭墓」和泉、漳地緣關係之密切，盛行於台灣，則可視為原鄉哭墓習俗的遺風。

5. 《說文解字》「哭喪」相關字詞於華語教學中的運用

哭是人類情感真摯的流露，運用於華語教學中，不僅可以了解「哭喪」和禮俗文化的關係密切；同時，和哭相關的字彙如《說文解字》中的：哭、泣、唬、涕、喪、呱、咺、咷、噭、咻、暗等，都能非常真實細膩地反映「流眼淚」這個行為的內涵、形式及和語言的相關反應，若能因此深入剖析，不僅更能瞭解中華禮俗文化的真諦和淵源，同時，運用於華語教學中，也有助於學習之功效，應有相當裨益才是。

即以東漢・許慎《說文解字》〔註 36〕為例，這是中國現存最早的字書，書中所載文字無論是在形、音、義各方面，其內容都很能表現先民造字時的社會

〔註34〕王漢民，《福建戲曲海外傳播研究》，頁 18，北京：中國社會科學出版社，2011。

〔註35〕林麗紅、李國俊合著，《台灣高甲戲的發展：周水松先生紀念專輯》，頁 32，彰化縣文化局，2000.12。

〔註36〕東漢・許慎著、清・段玉裁注，《說文解字注》，台北：蘭臺書局，1977。

思想與制度，並可見先民對「哭文化」的詮釋與運用，今就其與「哭」相關的文字略作排比，並羅列如下，以為參酌。

（1）《說文解字·哭》「哀聲也。从吅从獄省聲。凡哭之屬皆从哭。」（2上-30）

（2）《說文解字·泣》「無聲出涕者曰泣。从水立聲。去急切。」段注「無聲出涕者曰泣。依韵會所據小徐本訂者，別事詞也。哭下曰。哀聲也。其出涕不待言。其無聲出涕者爲泣。此哭泣之別也。」（11上2-40）

（3）《說文解字·嘷》「号也。从口虒聲。杜兮切。」段注「号也。号各本作號。今正。号下曰。痛聲也。此可證嘷号與嗁號不同字也。号，痛聲。哭，哀聲。痛在內。哀形於外。此嘷與哭之別也。」（2上-26）

（4）《說文解字·涕》「泣也。从水弟聲。他禮切。」段注「泣也。按泣也二字，當作目液也三字。轉寫之誤也。毛傳皆云。自目出曰涕。篇，韵皆云。目汁。泣非其義。从水弟聲。他禮切。十五部。」（11上2-40、41）

（5）《說文解字·喪》「亡也。从哭亡。亡亦聲。息郎切。」段注「亡也。亡部曰。亡，逃也。亡非死之謂。（下略）」（2上-30、31）這樣的說法應是源於南唐·徐鍇《說文解字繫傳》[註37]所謂「臣鍇按：淮南子曰羿妻姮娥竊不死藥，闋然有喪，凡失物則為喪。蘇湯反。」

（6）《說文解字·呱》「小兒嗁聲。从口瓜聲。《詩》曰：后稷呱矣。古乎切。」（2上-13）

（7）《說文解字·咺》「朝鮮謂兒泣不止曰咺。从口亘聲。況晚切。」（2上-13）

（8）《說文解字·唴》「秦晉謂兒泣不止曰唴。从口羌聲。丘尚切。」（2上-13）

（9）《說文解字·噭》「口也。从口敫聲。一曰噭，呼也。古弔切。」（2上-12）

（10）《說文解字·咷》「楚謂兒泣不止曰噭咷。从口兆聲。徒刀切。」（2上-13、14）

〔註37〕南唐·徐鍇撰，《說文解字繫傳》，通釋第3，頁13，台北：中華書局，1987。

（11）《說文解字・喑》「宋齊謂兒泣不止曰喑。从口音聲。於今切。」（2上 -14）

至於《說文解字》中又有哽、咽、唏、嘘等字，或也形容聲音的氣塞、呼喊，然而，卻未必盡與「哭文化」完全密合，是以略而不論。

總結《說文解字》並注所載，可見上古時期對「哭」這樣的行為極為重視，不僅有細膩的觀察和記錄，同時，和「哭文化」相關的字彙也極為豐富，並可明確反映當時的社會思想和習俗，今大致歸納如下：

（1）就其內涵言：哭時必流「涕」，而涕則是指哭泣時，淚自眼出（意即「目汁」）的生理現象。文獻所謂：痛哭流涕、破涕為笑、感激涕零等，都是指人們在極度悲傷、高興或感動時，會情不自禁地流下眼淚，這樣的「涕」，當然是情感真摯的反應和寫照。

（2）就其形式言：出哀聲為「哭」，無聲出涕曰「泣」（抽泣也），至於因發自內心的哀痛而哭則稱「唬」，俗作「啼」；這樣細膩的分辨，也可見古人對「哭」的行為，其生理、心理層面的觀察入微。這與崔吉城在〈哭泣的文化人類學〉一文中所謂：有以泣聲為主的泣（crying），以眼淚為主的涕（weeping），以泣聲旋律為主的哭（wailing）相比擬，崔文中則少了「唬」字，而所謂的「唬」則是嚎啕大哭，不僅涕泗縱橫，而且伴隨言語呼號，是痛徹心扉「痛在內」的真實呈現。

（3）就其影響言：「喪」字在《說文解字》中是為哭之屬，且哭之屬就只「喪」一字，也可見古人在造字時，早已認定「喪」事與「哭」文化關係密切；因此，即使徐鍇、段玉裁都以為「喪」字本義應是逃亡之旨，為棄亡之辭，卻不可否認「死曰喪」以及「哭喪即哭死」的作用和內涵。這樣的思想及語用，不僅可以印證先秦典籍中敘哭、代哭、助哭之意，並也完全符合《台灣文獻叢刊》中所謂以次哭、哭謝、哭從之意；是以《說文解字》中「哭」之屬就只「喪」一字，也可見古人造字之慎重。

（4）至於先秦時期，古人對「小兒泣不止」這件事情也極為重視。除了有「呱」字作小兒啼聲外，各地方言又各有不同的稱謂，如：朝鮮曰「咺」，秦晉曰「嘵」，楚曰「嗷咷」，宋齊曰「喑」等，這固然是由於小兒無法言語，以至於「小兒啼泣不止」的行為令人憂心，是以各地多有專屬用字，這樣的

現象卻也充分反映各地對「小兒啼泣不止」一事的社會解讀，是著重於哭聲的「瓜」音，強調痛楚的「呟」，抑或是哭極音絕的「哓」，大聲號呼的「嗷」、「咷」，並啼極無聲的「喑」，這些各異的方言，雖然在形式表達上略有差異，情感面卻都極為相近，並是民情風俗的具體呈現。

6. 結 論

台灣是華人世界中保存中華傳統文化最豐富也最完整的地區，這不僅是因為長久以來台灣對傳統文化的重視；同時，對禮俗的敬重，尤其是喪葬習俗，在「寧可信其有，不可信其無。」的觀念下，台灣，保存了許多傳統的儀式與文化內涵，至於台灣現存古老的「哭喪」文化：牽亡歌陣、孝女白琴、五子哭墓等科儀，在其歷史沿革的變遷中，既保有先秦時期的傳統思想，又具備閩、粵地方文化的特質，並可與《說文解字》中相關「哭喪」文字的內涵相呼應，於是，台灣文化的豐富性與獨特性更意在言外，彌足珍貴了！

（原文發表於「第四屆兩岸華文教師論壇」，北京華文學院、世界華語文教育學會，2014.07）

參考文獻

1. 十三經注疏《周禮》，台灣：藝文印書館，1993。

2. 十三經注疏《儀禮》，台灣：藝文印書館，1993。

3. 十三經注疏《禮記》，台灣：藝文印書館，1993。

4. 東漢‧班固撰，《漢書》，台北：鼎文書局，1991。

5. 唐‧李延壽撰，《南史》，台北：鼎文書局，1976。

6. 宋‧歐陽修、宋祁撰，《新唐書》，台北：鼎文書局，1976。

7. 元‧托克托等撰，《宋史》，台北：鼎文書局，1993。

8. 明‧宋濂等撰，《元史》，台北：鼎文書局，1975。

9. 趙爾巽等編，《清史稿》，台北：國史館，1993。

10. 清‧嵇璜、曹仁虎等奉敕撰，《欽定續通典》，《景印文淵閣四庫全書》冊 640，台北：商務印書館，1983。

11. 漢‧劉安撰、高誘注，《淮南鴻烈》，《景印文淵閣四庫全書》冊 848，台北：商務印書館，1983。

12. 東漢・許慎著、清・段玉裁注,《說文解字注》,台北:蘭臺書局,1977。

13. 南唐・徐鍇撰,《說文解字繫傳》,台北:中華書局,1987。

14. 清・福格,《聽雨叢談》,台北:鼎文書局,1978。

15. 盧德嘉,《鳳山縣采訪冊》,《臺灣文獻叢刊》第 73 種,台灣銀行經濟研究室編印,1960。

16. 不著撰人,《臺灣私法人事編》,《臺灣文獻叢刊》第 117 種,台灣銀行經濟研究室編印,1961。

17. 王漢民,《福建戲曲海外傳播研究》,北京:中國社會科學出版社,2011。

18. 劉梓潔,《父後七日》,2006 年獲「林榮三文學獎」首獎作品,寶瓶文化出版,2010。電影則是由原著作者劉梓潔及資深影像工作者王育麟聯合編導。

19. 維柯,《新科學》,台灣:商務印書館,2009。

20. 周星主編,《民俗學的歷史、理論與方法》,北京:商務印書館,2006。

21. 林麗紅、李國俊合著,《台灣高甲戲的發展:周水松先生紀念專輯》,彰化縣文化局,2000.12。

22. 黃欣柏,〈暴「利」團長前女友,總統母喪襄儀師〉,《自由時報》,2014.06.27。

23. 國際中心／綜合報導,〈台灣最知名送葬者劉君玲!「孝女白琴」哭喪文化登BBC〉,ETtoday 東森新聞雲,2013.02.27。

24. 蔡金鼎,〈代哭文化考古:輓歌聲中哭泣的孝女〉,《朝陽人文社會學刊》,第 6 卷第 2 期,頁 291～321,2008.12。

九、台灣語文化符號解析

【中文摘要】

　　語言和文字，是人們思想溝通的工具，也是表情達意重要的方式之一。這種約定俗成的的文化符號不僅孕育了先民生活的經驗與智慧，更是民族社會習俗、律令制度以及精神文明的反映，這是族群共同的記憶，在歲月的洗禮中，傳遞著思想、情感並事物行止的點點滴滴，平實深厚的文化底蘊，是族群生存、生活最真實的寫照，並也是民族文化資產重要的項目之一。

　　尤其是臺灣，這是保存中華傳統文化最豐富、也最完整的地方，理當是世界漢學研究的中心；然而，台灣在多元族群融合的歷史因素下，除了國語之外，又有閩南語、客家語和原住民語，且其無論是在語彙、語法以及語用方面，都是保留中華上古時期文化最為豐富的語種之一，並在歷史背景的影響下，有相互融合的傾向，本文統稱之為「台灣語」，並於文獻、史籍中探討其詞彙、語用以及傳承之沿革並發展，使學習者真正明白「台灣語」之文化內涵及其歷史價值。

　　關鍵詞：台灣語、閩南語、客家語、文化符號、語用

1. 台灣語的形成與特質

　　台灣是一個多元文化聚集的島國，其族群除了原住民外，大多來自閩、粵地區，是以在台灣盛行的語言多以福建話（漳、泉、廈門、福州等）、客家話（閩西彰州客、廣東地區）為主，再加上原住民的漢化並與漢族通婚，於是，現行的「台灣語」便也融合了各個不同族群語言的特色與文化，尤其是福建話、客家語原本就是來自於中國大陸原鄉，豐富的語彙和語用，保留了中國上古時期語意的遺風，其內涵並很能表現中華文化的特質與淵源。

　　閩、粵地區，這是中國東南沿岸靠海的省分。尤其福建多山、少平原、河流急促，生活較為不易，是以人們早已習慣離鄉背井或到外地討生活，並曾在官方的領導下，數度移民至台灣或南洋墾殖；至於廣東廣州，早在兩漢時期便即是海上絲路重要的港口之一，長久以來，人們對於外來文化的入侵並不陌生，只是，由於文化的差異頗鉅，和洋人的爭執也時有所聞〔註1〕。然而，正是因為這樣的地理環境及生活磨練，因此，閩、粵地區的居民大多吃苦耐勞，頗有冒險犯難之精神，並視遷移為平常。《清史稿》載「福建民情獷悍」〔註2〕，言及粵地則稱「廣東民情剽悍，與閩、浙、江蘇不同。」〔註3〕即可知閩、粵地區強悍的民風。

　　同時，就歷史的演進來看，現今閩、粵地區的人民原本即是中古時期自中原地區不斷向南遷移的族群。尤其閩南語又稱為河洛語，即是因閩南地區的人民是於五胡亂華時期，晉室不斷南遷的結果，並自黃河流域的河、洛地區經過三次大遷移，直到福建南部，最後又落腳台灣，並將其母語遠自中原帶至台灣，是以「閩南語」又稱為「河洛語」即是此意；同時，閩南族群在歷史長久的融

〔註1〕 清史稿校註編纂小組編輯，《清史稿・宣宗本紀三》，卷19，頁682，台北：國史館，1991。

原文載及道光二十七年五月，「辛卯，以廣東民情與洋人易啟釁端，命擇紳士裏辦交涉事宜。」

〔註2〕 《清史稿・覺羅伍拉納（浦霖）列傳（之四）》，卷346，頁9444。

原文載「五十四年，授閩浙總督。上以福建民情獷悍，戒伍拉納當與巡撫徐嗣曾商権整飭。」

〔註3〕 《清史稿・徐廣縉列傳》，卷401，頁9957。

原文載及道光年間「粵民堅執洋人不准入城舊制」並殺英人六。二十九年，「廣縉復疏言：入城萬不可行。廣東民情剽悍，與閩、浙、江蘇不同。」

合下，彰州腔、泉州腔、廈門腔也早已不再區隔嚴明，甚至在漢人和平埔族通婚的情況下，其語言也融合原住民的語用和詞彙。

另外，最值得注意地是，河洛語來自上古時期的中原地區，並在歷史的遷移中，仍保留許多古漢語的語彙和文化習俗，其聲調並有七個之多，和客家語的八個聲調，並都是古漢語中聲調最為豐富的語言；因此，河洛語早就被公認為具有「汲古」之風。這樣傳統的古音特質，於今閩南語中仍多保留，並在古詩詞吟唱時表現地最為鮮明，因為，只要以閩南語吟唱古詩詞，便可輕鬆且清晰地辨明平仄、韻腳及其古調，即可知閩南語保留了大量上古音韻的本質與特色。

至於客家語也是魏晉時期中原士大夫、仕族等，在晉室南遷後，歷經五胡亂華、安祿山之亂、宋室南遷、明、清亂事等，由中原地區先後五次向南大遷移的結果，是以江西、閩西、廣東、台灣甚至南洋等地，都可見客家族群遷移的足跡，長久以來，仍保留古老的中原傳統習俗，並為強調其族群血統的純正性，不與其他族群通婚，且於遷移過程中自詡為「外來作客者」，是以人稱「客家人」，至於其語言聲調有八，是現今中國方言中聲調最為豐富的語言之一，傳統保守的性格，並完整保留自上古時期以來中原地區豐富的語言特質。

是以連橫《台灣語典‧自序（一）》〔註4〕中言及台灣語的特質與淵源，開宗明義的一段話，即很能表現台語的本質與特色。

> 連橫曰：余臺灣人也，能操臺灣之語而不能書臺語之字、且不能明臺語之義，余深自愧。夫臺灣之語，傳自漳、泉；而漳、泉之語，傳自中國。其源既遠、其流又長，張皇幽渺、墜緒微茫，豈真南蠻鴃舌之音而不可以調宮商也哉！余以治事之暇，細為研究，乃知臺灣之語高尚優雅，有非庸俗之所能知；且有出於周、秦之際，又非今日儒者之所能明，余深自喜。試舉其例：泔也、潘也，名自《禮記》；臺之婦孺能言之，而中國之士夫不能言。夫中國之雅言，舊稱官話，乃不曰泔而曰飯湯、不曰潘而曰淅米水；若以臺語較之，豈非章甫之與褐衣、白璧之與燕石也哉！又臺語謂穀道曰尻川，言之甚鄙，而名甚古。尻字出於《楚辭》、川字載於《山海經》，此又豈俗儒之所能曉乎！

─────────────

〔註4〕 連橫，《台灣語典》，頁 1，《臺灣文獻叢刊》第 161 種，台灣銀行經濟研究室編印，1963。

> 至於累字之名，尤多典雅：糊口之於《左傳》、捆力之於《南華》、拗
> 蠻之於《周禮》、停困之於《漢書》，其載於六藝、九流，徵之故書、
> 雅記，指不勝屈。然則臺語之源遠流長，寧不足以自誇乎！

這樣明確清晰的見解，平實中肯，並頗見台灣語之濫觴及其沿革，實可追溯自周、秦之際的上古時期並文獻。是以本文將就台灣語中閩、粵地區語彙之語源、語用，舉例條列其歷史淵源，以為參酌，進而印證台灣語是保留中國傳統上古時期重要語彙及文化特質的重要語言。

2. 閩南語特質舉隅

台灣語融合了閩、粵地區的語彙、語用，並保留了中國上古時期重要語源及文化特質的重要語言。這樣的文化特質於今閩南語中仍多保留，並可溯其源頭，以明其流變。今略舉例如下：

2.1 「查某」的「某」字是對人的敬詞

查甫與查某，這是閩南語中稱男子與女子。特別是閩南語有俗諺云「娶某娶德而非娶色」，又稱「娶著好某，較好做祖。」〔註5〕都是誡人慎擇良偶，並指出男子娶到賢妻，比升格當曾祖父（做祖）還好。只是，「甫」是男子的美稱，那麼，「某」又是指甚麼意思呢？

事實上，《台灣語典·查某》早已載明「女子曰查某。女子有氏而無名，故曰某；猶曰某人之女某氏、某人之妻某氏。查，此也，猶言此女；則《詩·召南》之稱『之子』也。」〔註6〕即已清晰可見「查某」一詞的由來及其古意。同時，就古文獻所見，查某的「某」字，其寓意不僅內涵豐富，且其流傳久遠，頗有來歷，都可見閩南語的文化淵源與濫觴。

「某」字不見於甲骨文，至於青銅器中則頗見𣥂字，且其語用都是置於重要的人物或職官之後。例如：禽簋中的「周公某」〔註7〕、諫簋中的「女（汝，指內史敄）某」〔註8〕，都是不直言其名，以示對「對方」的尊重。這樣的語法

〔註5〕 徐福全，《福全台諺語典》，頁210，自印，2003。

〔註6〕 連橫，《台灣語典》，卷3，頁63。

〔註7〕 吳鎮烽編著，《商周青銅器銘文暨圖像集成》，第10卷，頁332、333，上海古籍出版社，2012。

〔註8〕 吳鎮烽編著，《商周青銅器銘文暨圖像集成》，第12卷，頁55、56。

也可見於《尚書‧金縢》所謂「史乃冊祝曰：惟爾元孫某，遘厲瘧疾。」的記載，其注並稱「某，名臣諱君故曰某。」〔註9〕這是史官為元孫武王所作之祝辭，不直言其人而諱稱「某」，則當為敬詞。其語法並直接影響《史記‧高祖本紀》所謂「高祖奉玉卮，起為太上皇壽曰：始大人常以臣無賴，不能治產業，不如仲力。今某之業所就，孰與仲多？」〔註10〕

同時，據《說文解字》載，「某」字的本意是「酸果名，从木甘。闕。」注曰「此是今梅子正字，說見梅下。」〔註11〕是以作「楳」，又作「梅」；至於古人以婦女懷孕或害喜時喜食酸果做為懷孕的徵兆，這種因生理現象所衍生出來的心理反應，逐漸形成一種集體認同的社會意識與習尚，以致古人在造字時，多以从「某」之字作為懷孕或延續生命意義相關的文字符號，其意義與影響重大，是以引申為對人的尊稱。

的確，「某」字的意象清晰，並寓涵婦女懷孕生子，延續生命的重責大任，因此，从「某」為聲符而衍生的文字脈絡也極為明確，例如：

「楳」即「梅」字，其內涵則從酸果名轉化為女子因懷孕而喜食酸果的文化象徵。《詩經‧召南‧摽有梅》〔註12〕全章即是以「梅」比擬女子，並謂男女須及時嫁娶之意，是以後世稱「梅開二度」是指女子再嫁，其終極目的都是因為女子婚嫁有繁衍子嗣的責任與義務。

「禖」是求子的祭祀。《禮記‧月令》有「高禖」〔註13〕一詞，是指求子之神；而《詩‧魯頌‧閟宮》〔註14〕所稱之「閟宮」，甚或《宋史‧樂志八‧樂章二》〔註15〕述及「熙寧以後祀高禖六首」與「紹興祀高禖十首」，則也有

〔註9〕十三經注疏《尚書》，疏13，頁8，臺北：藝文印書館，1993。

〔註10〕漢‧司馬遷撰，《史記》，卷8，頁387，臺北：鼎文書局，1975。

〔註11〕東漢‧許慎撰、清‧段玉裁注，《說文解字注》，6篇上，頁20，臺北：洪葉文化事業出版公司，2013。

〔註12〕十三經注疏《詩經》，疏1-5，頁1～4，臺北：藝文印書館，1993。

〔註13〕十三經注疏《禮記》，疏卷15，頁4，臺北：藝文印書館，1993。

原文載及仲春之月「是月也，玄鳥至，至之日，以大牢祠于高禖，天子親往。」

〔註14〕十三經注疏《詩經》，疏20-2，頁1。

原文載「閟宮有侐，實實枚枚。」鄭玄箋「閟，閉也。先妣姜嫄之廟在周常閉而無事。孟仲子曰是禖宮也。」

〔註15〕元‧脫脫等撰，《宋史》，卷133，頁3122～3124，臺北：鼎文書局，1983。

「禖宮」、「郊禖」、「先禖」、「神禖」、「高禖」以及「禖宮」、「禖壇」、「禖祠」等記載，都是指求子的場所；至於《漢書・枚皋傳》載及「武帝春秋二十九乃得皇子，群臣喜，故皋與東方朔作〈皇太子生賦〉及〈立皇子禖祝〉。」師古曰「禮月令『祀於高禖』。高禖，求子之神也。武帝晚得太子，喜而立此禖祠，而令皋作祭祀之文也。」〔註16〕，則言及「禖祝」、「禖祠」，並都是與求子祭祀（高禖）相關的祝辭與神祠。

「腜」是婦女始孕的徵兆—是以「腜兆」即是美兆，象徵吉慶之事；而韓詩稱「腜腜」則是指美也、肥也，和婦女懷孕時安祥、大肚的徵兆也都十分相當。

「媒」則是婚姻的中介者，其目的在於媒合二姓，使生命種族延續；所謂的媒人、媒婆或媒合、作媒、媒妁之言等，都是此意。即以典籍所載，《周禮・地官》早已有「媒氏」之屬，以掌萬民之判，「令男三十而娶，女二十而嫁。」〔註17〕其職責即在於促使男女婚嫁，使達成生命種族延續之目的。

「謀」則是運用心思促使不認識的雙方，使之相識，或使事情達成目標，並都有謀而後動之旨，這樣的對象與動機又可擴大至婚姻、工作、君臣遇合、友朋等，所謂的謀士、謀生、謀合、謀略、謀害、謀畫、計謀等，其意象、本質都極為鮮明且完整。而某、謀、禖、媒、腜等五字，其聲母相同，韻母又在同一部，也都可見聲符與字族結構關係延伸之緊密。

至於「禖」字雖也是祭名，並是天子求子的儀式，是生殖崇拜的最高規格。然而，此字不見於甲骨文，也可見這樣虔誠的祭祀行為轉化為禮俗制度，應是社會文化發展至相當階段後始成形。根據甲骨文的記載，武丁曾卜問愛妃婦好分娩安否之事達十餘次之多，可見在醫療設施並不發達的年代裡，古人對生子一事之敬慎，尤其是后妃生子更關係著帝王世系命脈之延續，是以不惜刻之甲骨，視為大事而卜問；後世帝王承襲此禮俗，並於初春時節，率領眾嬪妃舉行求子祭祀，除了有添丁祈福之意外，也更見先民對生命延續一事的敬慎與重視了。

原文載「禖宮立祠」、「郊禖之應」、「先禖肇祀」、「神禖儲慶」、「赫赫高禖」以及「禖宮肇啟」、「狩歟禖宮」、「有奕禖宮」、「祇祓禖壇」、「藏事禖祠」等句。

〔註16〕漢・班固撰，《漢書》，卷51，頁2366、2367，臺北：鼎文書局，1991。

〔註17〕十三經注疏《周禮》，卷14，頁13，臺北：藝文印書館，1993。

　　這樣的觀念至今仍普遍留存於社會習俗或地方語言中，例如：閩南語中保留了大量的中古音韻及上古語，且某、梅今讀仍為雙聲，其古韻亦不甚遠；尤其值得注意地是閩南語中稱「女人」為「查某」，而「娶妻」則是娶「某」，「某」字的意義則由原本的酸果名延伸至對人的稱謂，並是表達「尊敬」之意的避諱與應用。這樣的記載可見於前言《尚書・金縢》「惟爾元孫某」句下注稱「某，名臣諱君故曰某。」其內涵和語用並更貼近其本意轉化為喜食酸果的懷孕婦女，這是延續生命子嗣文化象徵的特定對象，也說明妻子的責任即是懷孕生子；這樣風格鮮明的聲符兼意符，和《詩經・摽有梅》詩句中以「梅」比擬女子，並寓意男女須及時嫁娶的目的也完全吻合。

　　「某」字的內涵豐富，意象鮮明，並因此衍生出許多從「某」為聲符的形聲字，並可清晰見其文字脈絡，那麼，閩南語中的「某」字不也更見其淵源與發展，並再次印證閩南語保留大量中古音韻及古語特色的重要價值了！

2.2 對「死」字諧音的忌諱

　　至於在閩南語中又有部分用語和詞性較為特殊，並是其他語言文字較少企及處，或應是地方習俗所致。例如：

　　台灣傳統小吃「四神湯」，這是大街小巷經常可見的平民湯品，並有食補之功能，這樣的湯品是以蓮子、淮山、芡實、茯苓等藥膳燉煮而成，其療效為補脾益氣，健胃止瀉，幫助消化，增強免疫力等。此四味食材在中藥裡又稱為「四臣子」，於閩南語則稱為「四神」。

　　只是，「四神」的「四」字在閩南語中讀為ㄙㄨˋ，這和數字「四」的語音作ㄒㄧˇ，二者極為不同，這樣的差異應是對「死」字的忌諱所致，因為，閩南語中的「四」和「死」為諧音，人們為避免其發音近似，是以有所避忌，這和「四季」的「四」字也讀作ㄙㄨˋ，頗有異曲同工之妙，便可知「四神」的「四」和數字「四」的語音有異，並是人們有意識的區隔，而絕非無的放矢之舉了。

2.3 不錯吃

　　台灣語中較為特殊的措辭有「不錯吃」、「不錯看」、「不錯聽」這樣的語彙，這固然是從閩南語直接音譯而來，表示很好吃、很好看、很好聽之意。只是，這樣的語用和語法在現今的國語（北京話）中並不存在，以致於許多華語教學

者多以為這是「台式國語」，非但不符合傳統語法，甚或嗤之以為陋俗。

　　只是，「不錯吃」、「不錯看」、「不錯聽」這樣的語彙，考諸典籍文獻之中，不僅行之久遠，並有其歷史、文化傳統之濫觴。而且，錯是錯失、錯置之旨，而非對錯、訛誤之意；因此，在語法及結構上並無偏失。

　　《禮記・祭義》所謂「孝以事親，順以聽命，錯諸天下，無所不行。」疏曰「以此二者錯置於天下，故無所不行，言皆行也。」〔註18〕可見「錯」之本意為「錯置」之旨，是為動詞；至於「不錯」之意則應是「不錯置」或「不錯失」之省略，並在「不錯」之後再行添加補語，指「不錯置」的行為或動作，是以其後補語多為謂語形式，並因而有「不錯吃」、「不錯看」這樣的句型結構和語用。

　　事實上，這樣的語用及流變早於先秦典籍中即可見其端倪，且「不錯」之本意由「不錯置」或「不錯失」之省略，其後，更賦予正面之肯定而寓意「很好」的思想，這是現今口語中「不錯」之旨，略述如下，以見其沿革與宗旨。例如：

　　《尚書・虞書》言及詩歌聲律，謂「八音克諧，無相奪倫，神人以和。」漢孔安國傳曰「倫，理也。八音能諧，理不錯奪，則神人咸和，命夔使勉之。」〔註19〕類似的文字也可見於《史記・五帝本紀》〔註20〕所載。

　　《儀禮・聘禮》則稱「八壺設于西，序北上二，以並南陳。」漢鄭玄注「壺，酒尊也。酒蓋稻酒、粱酒，不錯者，酒不以雜錯為味。」〔註21〕

　　《禮記・祭義》言及朝廷同爵者尚齒，並稱「行肩而不併。不錯則隨。見老者則車徒辟。斑白者，不以其任行乎道路而弟達乎道路矣。」疏「正義曰：錯，參差。假雁行為行，父黨隨行。王制文。」〔註22〕這樣的「不錯」也是指「不錯置」之意，是以其行雖參差，卻仍然雁行有序。

　　《漢書・食貨志》載及王莽篡漢，有言「富者驕而為邪，貧者窮而為姦，

〔註18〕十三經注疏《禮記》，疏卷47，頁10。

〔註19〕十三經注疏《尚書》，疏3，頁26。

〔註20〕《史記》，卷1，頁39。

　　　原文載「孔安國云：倫，理也。八音能諧，理不錯奪，則神人咸和，命夔使勉也。」

〔註21〕十三經注疏《儀禮》，疏卷21，頁16，臺北：藝文印書館，1993。

〔註22〕十三經注疏《禮記》，疏卷48，頁10。

俱陷於辜，刑用不錯。」句下注「師古曰：錯，置也。」〔註23〕

《漢書‧天文志》則曰「內臣猶不治，四夷猶不服，兵革猶不寢，刑罰猶不錯，故二星與月為之失度，三變常見。」〔註24〕

《漢書‧王莽列傳》莽曰「俱陷于辜，刑用不錯。」注「師古曰：錯，置也，音千故反。」〔註25〕

《後漢書‧祭祀志下‧社稷》「古者師行平有載社主，不載稷也。」其句下注曰「今記之言社，輒與郊連，體有本末，辭有上下，謂之不錯不可得。禮運曰：『政必本於天，殽以降命，命降于社之謂殽地，參於天地，並於鬼神。」〔註26〕

《晉書‧劉頌列傳》言及封建「宜更大量天下土田方里之數，都更裂土分人，以王同姓，使親疏遠近不錯其宜，然後可以永安。」〔註27〕

《舊唐書‧韋貫之列傳》載其子澳曰「吾不為時相所信，忽自宸旨，委以使務，必以吾他歧得之，何以自明？我意不錯。爾須知時事漸不堪，是吾徒貪爵位所致，爾宜志之。」〔註28〕

《宋史‧忠義列傳七》載及吳楚材，有言「郡遣錄事婁良南訊之曰『汝何為錯舉？』楚材抗聲曰『不錯，不錯。如府錄所為，乃大錯爾。』」〔註29〕這裡的「錯」雖仍是「錯舉」之意；然而，「不錯，不錯。」卻已有肯定讚賞之旨。

至於《福建通志‧郭尚先列傳》則稱「侯官廖鴻荃督學江蘇，陛辭，宣宗曰『汝問郭尚先為學政，如郭尚先便不錯』。」〔註30〕這裡的「不錯」也寓涵有「很好」的意思。

從上述的典籍史料來看，「不錯」一語之本意為「不錯置」或「不錯失」，

〔註23〕《漢書》，卷24上，頁1143、1144。

〔註24〕《漢書》，卷26，頁1291。

〔註25〕《漢書》，卷99中，頁4111。

〔註26〕南朝宋‧范曄撰，《後漢書》，志第9，頁3200～3202，台北：鼎文書局，1987。

〔註27〕唐‧房玄齡等撰，《晉書》，卷46，頁1299，台北：鼎文書局，1987。

〔註28〕《舊唐書》，卷158，頁4176。

〔註29〕《宋史》，卷452，頁13312。

〔註30〕陳衍，《福建通志》，頁275，《臺灣文獻叢刊》第195種，台灣銀行經濟研究室編印，1964。

並是其省略，其詞彙經常運用於典籍文字；至於在口語對話中，尤其是唐、宋以降，則已明顯有所轉化，「不錯」除了仍具有「不錯置」或「不錯失」之旨外，並也寓涵「很好」、「美好」的正面思想。

這樣的轉化與沿革，相較於閩南語中「不錯吃」、「不錯看」這樣傳統的語法結構和內涵，便明確可知其典雅及古意。同時，這種文字和語言分離的特殊現象與轉變，不僅可以印證語言的重要性及其文化特質，進而肯定「河洛語」是直接承襲自中國上古時期傳統的文字、語言習俗而來；更重要地是，其於台灣的生活中完整保留下來，後人不察，終致於錯失閩南語作為中國古語傳承的重要契機，實令人扼腕並嘆息。

2.4 乎乾啦

在台灣，有一首膾炙人口的廣告歌是這麼唱的「有緣，無緣，大家來作伙，燒酒飲一杯，乎乾啦！」是的，乎乾啦！乎乾啦！⋯⋯大伙兒這樣盡興地舉酒乾杯，的確是令人歡愉。只是，這句話裡的「乎」字指的又是什麼意思呢？

「乎」是閩南語「給」的發音，這在閩南語中是極為特殊的語用。例如：「心肝乎（給）別人」、「拿乎（給）伊啦」等；至於「乎乾啦」的本意原應是「乎伊乾啦」，亦即為「給伊乾杯啦」，至於「伊」就是「他」的意思，發音輕而短，且口語中常因為強調語氣而省略「伊」字，例如：「乎伊死」亦即「給伊（他）死」，並也經常作「乎死」。

事實上，這樣的語用也經常出現在生活中祝福的口語或歌詞內容。例如「圓仔圓圓，乎你吃了團團圓圓。」這是結婚儀式中，好命婆（福婆）餵食新郎、新娘吃湯圓時的祝福用語，期望「給」你吃了湯圓之後，夫妻倆便團團圓圓，永不分離，有取其諧音之意；類似的語用，在閩南語中，相關的例子還不少。如：

> 新年頭舊年尾，乎你子孫賺家夥。吃土豆，乎你大家吃甲老老老。善事做多多，乎你金銀財寶滿布袋。愛你就是每日乎你穿甲水水。（〈為你打拼〉，葉啟田唱）

> 這陣風，只是乎阮的心更加堅強。（〈堅持〉詞／曲：江志豐，歌：翁立友）

> 你是我的，行來我的面頭前，乎我抱一下，聽我心內上真的話

（耶）。（〈我是為你活〉黃立成&麻吉）

這樣的習慣用語，在閩南語中隨處可見，且「乎」字的結構與作用相當於現今口語中的「給」字，寓意「給予」或「提供」之旨；《說文解字》稱「給，相足也。從糸合聲。」〔註31〕引申為「完足」或「相足」之意；這樣的語用和《說文解字》言及「美，甘也。從羊大，羊在六畜主給膳也。美與善同意。」〔註32〕其中所謂「主給膳也」的「給」字，其意義與作用相同，並都有「給予」或「提供」之意。這種語言和文字的發展，除了見其淵源外，也可見國語口語中「給」字句的句型和結構其師出有源，絕非無的放矢之舉，並自上古以來即於閩南語中完整保留。

3. 閩、客語中的文化傳承

在閩、客語中，無論是語彙、語源及語用都保留了上古時期的文化思維，這樣的例子在口語中屢見不鮮，並可證明閩、客語古老的文化傳承。

3.1 謙沖平和言「失禮」

中國為四大文明古國之一，自古以來，即以「禮義之邦」見稱於世，因此，對於「禮」的內涵與實踐自然多所著墨，要求較高。至於生活中的行止若有欠周全，或失其義理、儀節處，一般文字或語言多以「致歉」或「歹勢」、「對不起」、「不好意思」呈現；然而，有趣的是，無論是在傳統中國的文字中，甚或台灣史料典籍，以及現行閩、粵的口語裡，對行止不當或有失義理處，卻仍然秉持著傳統謙沖的情懷，對人道聲「失禮」。

這樣的措辭極為典雅古拙，語用也謙沖平和，頗見君子之風。尤其是這樣的詞語至今仍盛行於閩、粵以及台灣地區，並是生活中常用的口語，然而，若論其淵源，則於先秦典籍中早已見其濫觴與沿革，並可印證閩南語即是承繼上古時期以降的文字語言和習俗。君不見：

《禮記‧郊特牲》載及君臣覲禮，即言「天子不下堂而見諸侯，下堂而見諸侯，天子之失禮也。」〔註33〕

〔註31〕漢‧許慎著、清‧段玉裁注，《說文解字》，13 篇上，頁 9，台北：洪葉文化事業有限公司，1998。

〔註32〕《說文解字》4 篇上，頁 35。

〔註33〕十三經注疏《禮記》，疏卷 25，頁 14。

《左傳‧定公‧十年傳》則稱「兵不偪好，於神為不祥，於德為愆義，於人為失禮。」〔註34〕

至於《史記‧春申君列傳》載及李園女弟承閒以說春申君曰「君貴用事久，多失禮於王兄弟，兄弟誠立，禍且及身，何以保相印江東之封乎？」〔註35〕

另外，《舊唐書‧玄宗本紀上》也載及自古帝王皆以厚葬為誡，並謂「今乃別造田園，名為下帳，又冥器等物，皆競驕侈。失禮違令，殊非所宜；戮屍暴骸，實由於此。」〔註36〕

這樣的習俗流傳，是以《重修臺灣府志‧典禮‧鄉飲酒》有言「凡鄉飲酒禮，高年有德者坐席居上，餘以次序齒而列。其有違犯科條者，不許干良善之席；違者，罪以違制。敢有喧嘩失禮者，揚觶者以禮責之。」〔註37〕

另外，《海南雜著‧炎荒紀程》一書，作者蔡廷蘭於道光15年（1835）秋由廈門渡海回澎湖，因風飄至越南，是以記載與當地唐人（閩、粵移民）之所見所聞。言及丙申道光16年正月初十日平明，抵廣治（今越南廣治省）。「雨且至，急挽一書吏導入見巡撫官（兼管廣平，稱治平巡撫官）何公（登科）。時公方袒衣捫蝨，見客至，斂衣，遽怒鞭書吏二十。余以書進曰：『某來未失禮，何遽見辱』？」〔註38〕在這段文字中，特別是「某來未失禮」這樣的對話，不僅言及行止「失禮」一詞的內涵，且「某」字指「書吏」，是對人的尊稱，為敬詞，也可見典籍文字語用之傳承，即使是身處於越南，並仍於閩、粵移民文化中完整保留。

3.2 親暱的稱謂詞──帶詞頭「阿」

台灣語中對人的稱謂，無論是閩、粵族群，不約而同地，都有許多叫阿花、阿美的，有的是小名，大部分則多作暱稱；按照坊間一般的說法，總認為這是以平易或較通俗的稱謂，使孩子比較容易養大（阿公、阿婆怎麼說？）。

〔註34〕十三經注疏《左傳》，疏56，頁2，臺北：藝文印書館，1993。

〔註35〕《史記》，卷78，頁2397。

〔註36〕後晉‧劉昫等撰，《舊唐書》，卷8，頁174，台北：鼎文書局，1985。

〔註37〕范咸，《重修臺灣府志》，卷7，頁256，《臺灣文獻叢刊》第105種，台灣銀行經濟研究室編印，1961。

〔註38〕蔡廷蘭，《海南雜著》，頁14、15，《臺灣文獻叢刊》第42種，台灣銀行經濟研究室編印，1959。

　　因此，在台灣，即使是流行歌曲天后—原住民的張惠妹（無論是平埔族、西拉雅族或其他族裔的土著，早期也都是來自中國大陸，或在族群的融合中，被漢族裔所同化），或是前總統陳水扁（祖籍福建韶安，是為閩西漳州客），於自稱或是他人暱稱，也都以「阿妹」、「阿扁」呼之；同時，台灣語中稱自己的親人或他人的長輩，也喜用「阿」字，例如：阿兄、阿爹、阿爺、阿姊、阿婆、阿嬤等；這樣平易親切，且不分尊卑長幼的用語，人們多習以為常，使用上也毫無罣礙。

　　至於「阿」這個字，就語法言，是「稱謂用語」中的「起首辭」，是「帶詞頭衍生複詞」的「帶詞頭」形式。只是，在過去，大家對這樣的「起首辭」多以「俚俗」視之，不以為意，是以也少有人深究。然而，值得注意地是，直到現今，閩、粵地區以及台灣本島仍稱自己的祖父母為阿祖、阿嬤，稱外祖父母則是阿公、阿婆（至於客語又有姐婆、阿姐婆及姐公、阿姐公之稱），都不可免俗地冠以「阿」字，便可知這樣的稱謂是區域性約定俗成的文化語用，長久以來，並盛行於閩、粵地區而不輟。

　　據《說文解字・阿》所載「大陵曰阿。从阜可聲。一曰阿，曲阜也。」〔註39〕可見「阿」字的本意是指高大的丘陵，或土地凹陷之處，初與稱謂毫無干涉。只是，當我們檢視史料，以「阿」字為名的習俗卻早已行之有年，而其淵遠流長也可見其形成絕非偶然。

　　事實上，這樣的稱謂可遠溯自漢、魏時期。例如：東漢時期的曹操（155～220）字孟德，小名「阿瞞」，《三國演義》〔註40〕第二十回即有「曹阿瞞許田打圍，董國舅內閣受詔」的記載；而蜀漢劉備之子劉禪（207-271），字公嗣，小名「阿斗」，《三國演義》第四十一回「劉玄德攜民渡江，趙子龍單騎救主」，文字中，趙雲不顧己身安危，救的即是小主「阿斗」；至於後唐廢帝王從珂小字「阿三」，相關的文字也可見於《新五代史・唐本紀・廢帝》〔註41〕所載，這樣的「阿」字，並都是自家人親暱的稱謂。

〔註39〕東漢・許慎撰、清・段玉裁注，《說文解字注》，14 篇下，頁 2，台北：洪葉文化
　　　　事業有限公司，2013。

〔註40〕明・羅貫中撰，《三國演義》，臺北：三民書局，2013。

〔註41〕宋・歐陽修撰，《新五代史》，卷 7，頁 71，臺北：鼎文書局，1985。
　　　　原文載「從珂常立戰功，莊宗呼其小字曰『阿三不徒與我同年，其敢戰亦類我。』」

同時，這樣的現象不僅只是見於帝王貴族，並也普遍流傳於民間詩歌，例如：〈焦仲卿妻〉（或作〈孔雀東南飛〉）〔註42〕，其詩成於漢末建安年間，這是中國文學史上第一部最長的敘事詩，詩中並數度言及「阿母」、「阿女」、「阿兄」及「阿妹」。特別是詩中稱母親為「阿母」的詞語出現多達17次，而稱「母」則有7次，如「上堂謝阿母，母聽去不止。」而其中的「母」亦即是「阿母」之意，也可見當時「阿母」稱謂之通俗。

另外，與〈孔雀東南飛〉並稱為樂府雙璧的〈木蘭詩〉〔註43〕，則是北方民間敘事詩的傑作，詩中也經常出現「阿」這個字，例如：「阿爺無大兒，木蘭無長兄，願為市鞍馬，從此替爺征。」又，「爺孃聞女來，出郭相扶將。阿姊聞妹來，當戶理紅妝；阿弟聞姐來，磨刀霍霍向豬羊。」詩中的「阿爺」、「阿姊」、「阿弟」不僅讀來朗朗上口，並也都是對自家人親暱而又平易的稱謂用語，很能表現北方民歌的熱情奔放，這和閩南語又稱為「河洛語」，以至於在稱謂上大量使用「阿」字，也都有異曲同工之妙，並都是北方河洛地區方言傳承的印證。

至於其他以「阿」字作為暱稱的範例也極為常見。例如：漢武帝陳皇后小名「阿嬌」，「金屋藏嬌」〔註44〕的典故即是源出於此，其後阿嬌失寵，廢於長門宮，及至於宋〈王安石四‧明妃曲二首〉也仍有「君不見咫尺長門閉阿嬌」〔註45〕這樣的喟嘆。另外，三國時期吳國名將呂蒙，人稱為「阿蒙」，「吳下阿蒙」這個典故即是描述呂蒙由學識粗淺，發憤終致英博的故實，其文字並見於

〔註42〕宋‧郭茂倩輯《樂府詩集》，卷73，頁2～8，《景印文淵閣四庫全書》冊1347，台灣：商務印書館，1986。

〔註43〕宋‧郭茂倩輯《樂府詩集》，卷25，頁24。

〔註44〕舊題漢‧班固撰，《漢武故事》，頁2，《景印文淵閣四庫全書》冊1042，台灣：商務印書館，1986。

原文載「若得阿嬌作婦，當作金屋貯之。」

〔註45〕北京大學古文獻研究所編，《全宋詩》第10冊，卷541，頁6503，北京大學出版社，1992。

原文作「明妃初出漢宮時，淚濕春風鬢腳垂，低頭顧影無顏色，尚得君王不自持，歸來卻怪丹青手，入眼平生幾曾有；意態由來畫不成，當時枉殺毛延壽。一去心知更不歸，可憐著盡漢宮衣；寄聲欲問塞南事，只有年年鴻雁飛。家人萬里傳消息，好在氈城莫相憶。君不見咫尺長門閉阿嬌，人生失意無南北。」

史籍《三國志·吳書·呂蒙傳》〔註46〕所載。

是以宋·趙彥衛《雲麓漫抄》有言「古人多言阿字，如秦皇阿房宮，漢武阿嬌金屋。晉尤甚，阿戎、阿連等語極多；唐人號武后為阿武婆；婦人無名第，以姓加阿字。今之官府婦人供狀皆云阿王、阿張，蓋是承襲之舊云。」〔註47〕

其後，明·顧炎武《日知錄·阿》也有「隸釋漢郙阬碑陰云：其間四十人，皆字其名而繫以阿字，如劉興阿興、潘京阿京之類，必編戶民，未嘗表其德。書石者，欲其整齊而強加之，猶今閭巷之婦，以阿挈其姓也。」〔註48〕及至於清·趙翼《陔餘叢考·阿》〔註49〕也仍然如此記述。並稱：

> 俗呼小兒名輒曰阿某，此自古然。如漢武云：若得阿嬌，當以金屋貯之。蜀先主謂龐統曰：向者之論，阿誰為失？魯肅拊呂蒙背曰：非復吳下阿蒙。阮籍謂王渾曰：與卿語，不如共阿戎談。以及謝惠連之稱阿連，唐武后之稱阿武婆，韋后自稱阿韋之類。亦有不連其名，而直以次第呼之者。魏略，散騎皆以高才充選，獨孟康以外戚得之，人共輕之，呼為阿九。梁書，武帝謂臨川王宏曰：阿六，汝生活大可。隋書，文帝呼其弟瓚為阿三。五代史，王從珂小名阿三，莊宗見其勇，曰：阿三不惟與我同年，其敢戰亦類我。各處方言不同，而以阿呼名，遍天下無不同也。

這樣詳實的記錄，傳承有序，且無分貴賤長少，都可印證古人「皆字其名而繫以阿字」的風氣早已行之有年。因此，即使是清·袁枚〈祭妹文〉也仍是「堂上阿嬭仗汝扶持」、「阿嬭問望兄歸否」、「其旁葬汝女阿印，其下兩冢：一為阿爺侍者朱氏，一為阿兄侍者陶氏。」以及「阿品遠官河南，亦無子女。」

〔註46〕晉·陳壽撰，《三國志·吳書·呂蒙傳》，卷54，頁1274、1275，臺北：鼎文書局，1990。
案：原文「結友而別」句下注，《江表傳》載：肅拊蒙背曰「吾謂大弟但有武略耳，至於今者，學識英博，非復吳下阿蒙。」

〔註47〕宋·趙彥衛撰，《雲麓漫抄》，卷10，頁6，《景印文淵閣四庫全書》冊864，台灣：商務印書館，1986。

〔註48〕明·顧炎武《日知錄》，卷32，頁17，《景印文淵閣四庫全書》冊858，台灣：商務印書館，1986。

〔註49〕清·趙翼，《陔餘叢考》，卷38，頁754，上海古籍出版社，2011。

至於文末則有「紙灰飛揚，朔風野大，阿兄歸矣，猶屢屢回頭望汝也。嗚呼哀哉！嗚呼哀哉！」〔註50〕文中的阿嬭、阿印、阿爺、阿兄、阿品等稱謂，並都是「阿」字暱稱的習俗與本質。

這樣的語用證諸歷史發展，並在日本語對親屬的稱謂中也可見其影響，尤其是「阿」、「歐」都是元音，其發音部位近似，唯唇形不同。例如：「歐豆桑」（おとうさん）是指父親、「歐卡桑」（おかあさん）則是指母親；而「歐巴桑」、「歐吉桑」（おばさん、おじさん）這是指年紀較輕的阿姨、叔伯；至於母音較長的「おばあさん」、「おじいさん」則是指較年長的老婆婆、老先生，都可見「阿」、「歐」二者間關係之緊密。

當然，這樣的語用在閩、粵等地仍然大量保存，這是傳承自上古時期的河洛暨中原地區，即使滄海桑田，歷經時代、空間的轉移，卻仍然在變遷中，成為台灣庶民普遍而又親暱的稱謂。是以《台灣語典·阿》有言「為發語辭。亦呼如安。〔例〕阿舅、阿姑、阿公、阿媽。」〔註51〕

另外，台灣早期膾炙人口的民謠〈天黑黑〉也有「阿公要煮鹹，阿嬤要煮淡。」這樣逗趣而又生活化的紀實。至於曾經風行一時，由王夢麟主唱，曾炳文詞／曲的〈阿美阿美〉，則更是一首描寫男子想要結婚的急切心情，歌詞中的「阿美」，其本名雖未必一定是「阿美」，然而，藉著「阿美」這樣通俗而又親暱的稱謂，不僅拉近了人與人之間的距離，同時，「阿美」也可以是所有意中人的化身與象徵；「阿」字作為暱稱的「帶詞頭」或發語辭，其意義與作用便昭然若揭，而其濫觴並可遠溯自中國的上古時期，便可知台灣語中的「阿」字，不僅其來有自，並更兼具傳統文化特質與歷史淵源。

3.3 親暱或細小物的稱謂詞——帶詞尾「仔」

在閩南口語中，經常出現一個詞語「仔」字，無論是暱稱旅美投手王建民（台灣台南市人）為「阿民」、「建仔」，偶像團體周渝民（祖籍山東，出生宜蘭羅東）小名「仔仔」；或是稱細小的物，如：稱小孩「囝仔」、人偶玩具為「公仔」，或是動物園中的貓熊「圓仔」、養殖場的「蚵仔」、「蛤仔」，雛鳥為「鳥仔」；

〔註50〕清·袁枚，《小倉山房文集》，卷14，頁10～12，《清代詩文集彙編》第340冊，上海古籍出版社，2010。

〔註51〕連橫，《台灣語典》，卷1，頁2。

甚或是原名「落地掃」的本土小戲「歌仔戲」、童謠「搖囝仔歌」，以及平民小食「蚵仔煎」等；都少不了「仔」字，其意義與作用有如「兒」，為帶詞尾性質。

至於廣東人也有稱名為「仔」的習俗，例如：香港碼頭「灣仔」、胖子為「肥仔」、近視眼為「四眼仔」、販賣人口為「賣豬仔」等，舉凡生活中的人、事、地、物等，都可將「仔」字運用於口語之中，並多有親暱或細小的意義。只是，這樣俚俗的語用卻少見於中國其他方言，也可見這是閩、粵地區特有的習俗，流傳於台灣，遂成為生活中獨特且重要的語用。

有關「仔」字的起源甚早，《說文解字‧仔》稱「克也。從人子聲。」〔註52〕為勝任、肩任之意，詞性是動詞。至於「仔」字作為複詞的帶詞尾，則不知始於何時，且其出現於典籍中的年代較晚，茲略舉例條列如下：

《宋史‧高宗本紀》載及建炎元年，「九月己丑，建州軍校張員等作亂，執守臣張勤，轉運副使毛奎、判官曹仔為所殺，嬰城自守。」案：「曹仔」，《繫年要錄》作「曾伃」，《十朝綱要》則作「曾仔」。〔註53〕而其區域範圍，據《新唐書‧地理志》〔註54〕所載，建州為武德四年（621）建置，宋朝繼之，邊界略有調整，而其地則位於今福建北部建甌周邊，也可見稱「曹仔」一詞和福建地緣之關聯。

《元史‧孝友列傳》載及王初應，漳州長泰人，則稱「泰定二年，同縣施合德，父真祐嘗出耘，為虎扼于田，合德與從弟發仔，持斧前殺虎，父得生。」〔註55〕文中稱從弟「發仔」，這樣親暱的稱謂，也是福建漳州地區慣用的習俗。

《明史‧潘蕃列傳》載弘治十四年進右督御史，總督兩廣。令副使胡富平賊巢千二百餘所，「論功，進左都御史。已，又平歸善劇賊古三仔、唐大鬢等。」〔註56〕至於文中所稱之「歸善」，經考證：於廣東惠州、福建安溪兩地都有此縣名，然而，依潘蕃當時總督兩廣來看，「歸善」應是指廣東惠州為佳，且史載劇賊「古三仔」，這是當時對盜賊之稱謂，其語用並與今日廣東話的「古惑仔」極為相當。

〔註52〕《說文解字注》，8篇上，頁25。

〔註53〕《宋史》，卷24，頁448。

〔註54〕宋‧歐陽修、宋祁撰，《新唐書》，卷41，頁1064，台北：鼎文書局，1989。

〔註55〕明‧宋濂等撰，《元史》，卷197，頁4451，台北：鼎文書局，1990。

〔註56〕清‧張廷鈺等撰，《明史》，卷186，頁4938，台北：鼎文書局，1982。

　　而《清史稿・高宗本紀》謂乾隆五十二年春正月「甲申，常青以守備陳邦光督義民守鹿仔港，收復彰化奏聞。」〔註57〕其中所守的「鹿仔港」即今之「鹿港」，位於彰化。案：「鹿港」舊名「鹿仔港」，據傳這裡曾經是鹿群繁衍處，故名。

　　《清史稿・地理志・台灣府》言及「埔里社廳」，其下則稱「大肚溪上源曰合水溪，出埔里廳東南魚池仔，西北流，合南碰溪，經廳西北，北港溪、北碰溪並西流注之。」〔註58〕而文中所稱的「魚池仔」即今之「魚池」，位於南投埔里東南。

　　至於《蠡測彙鈔・平傀儡山賊黨記後敘》載及台灣「生番嗜殺，居民視為異類。惟漢奸挾貨以餌，得與往來，或娶番女為婦，生子稱土生仔；往往搆民番釁，並倚番害民，民甚苦之。記稱宗寶生長於番，娶番婦生四子；殆本生番之出，又為番壻，實土生仔中之尤狡者耳。」〔註59〕這種稱漢人娶番女所生之子為「土生仔」的習氣，也可說是循漢俗稱謂的最佳例證。

　　另外，《福建通志臺灣府・國朝列傳／漳浦縣》載及藍元枚於乾隆「五十二年六月到鹿仔港，隨即密會總兵普吉保於四更進兵，前往柴坑仔、大武瓏，直攻賊巢，斬獲甚眾。上嘉之。」〔註60〕而其地名多有「仔」字；類似的語用也可見於《宜蘭縣志・序》述及宜蘭地名（噶瑪蘭是平埔族語音譯）則謂「蛤仔難其舊稱也」〔註61〕，這固然是因為宜蘭沼澤地區多盛產「蛤仔」而得名，而「蛤」之物小，並以「仔」字稱之，便也生動且恰如其分了。

　　是以《海東札記・記氣習》有言：臺地交易貲費皆用洋錢，「大者，一枚重七錢二分。有二當一者，曰『中錢』；有四當一者，曰『茇仔』，且有八當一、十六當一者。臺人均謂之『番錢』，亦稱『番餅』。」〔註62〕文中所稱之

〔註57〕《清史稿》，卷 15，頁 518。

〔註58〕《清史稿》，卷 78，頁 2519。

〔註59〕鄧傳安，《蠡測彙鈔》，頁 23，《臺灣文獻叢刊》第 9 種，台灣銀行經濟研究室編印，1958。

〔註60〕清・陳壽祺，《福建通志臺灣府》，頁 795，《臺灣文獻叢刊》第 84 種，台灣銀行經濟研究室編印，1958。

〔註61〕宜蘭縣文獻委員會，《宜蘭縣志》，無卷頁，1960。

〔註62〕朱景英，《海東札記》，卷 3，頁 28，《臺灣文獻叢刊》第 19 種，台灣銀行經濟研究室編印，1958。

「茭仔」，不僅幣值較小，並也寓涵「物小」之意義。

闊、粵口語中，將「仔」字普遍運用於生活中人、事、地、物等層面而呼之，並多有親暱或細小的意義，於是，「仔」字作為帶詞尾衍生複詞中的「帶詞尾」，其意義與作用便也昭然若揭了。

4. 台灣語中的多元文化融合

台灣是多元族群融合的地區，因此，無論是飲食、文化或語言也多相互影響激盪，甚或因此而衍生出新的元素。

4.1 閩南語和原住民用語的融合

閩南語和原住民用語的融合，不在少數，即以「牽手」一詞為例，在漳泉、原住民的語彙中，都有稱自己「妻子」的寓意。相關的論述，則有翁佳音〈「牽手 Khan-chhiú」來看台灣世界史—從台灣歷史慣用語論大福佬文化圈概念〉[註63]一文，其結論並稱：

> 可知『牽手』一語分布於 16 世紀後半葉以來的東南亞，包括台灣與福建漳泉。就目前文獻紀錄，可確證菲律賓的漳州人最早使用，本文因此先排除牽手的語源是台灣原住民語的論說，繼而認定源自南島語的可能性也非常低。筆者傾向主張牽手應為漳泉人在海洋世界與各民族相會過程中所創出的新詞，語源應該是漳泉語，但並不排除源自西班牙語 *casar/casarse* 之可能性。真相如何，當然還可待進一步論辯。本文也解釋為何台灣人會把牽手視為台灣番語，與清代宦遊文士所書寫的圖像脫不了關係。

且不論其最終之定論為何？然而，文中指出「語源應該是漳泉語」，則是令人注目。的確，相關的文獻與圖像可見於《采風圖》[註64]，此圖原是清代乾隆年間（1735-1799）巡台監察御史六十七命工匠以工筆著色繪圖而成，其內容詳細描繪當時台灣平埔族群的人文風俗及物產情況等計 12 幅，圖卷原為國立中

[註63] 翁佳音，〈「牽手 khan-chhiú」來看台灣世界史——從台灣歷史慣用語論大福佬文化圈概念〉，《台灣史研究》第 13 卷第 2 期，頁 1～31，中央研究院台灣史研究所，2006.12

[註64] 《采風圖合卷》，國立中央圖書館台灣分館印行，2007。

央圖書館台灣分館所珍藏，並是其前身台灣總督府圖書館首任館長太田為三郎於西元 1921 年自東京南陽堂書店購得，是非常珍貴的史料。

尤其值得注意地是《采風圖·迎婦》題跋上即明確記載「彰邑東螺、西螺、大武郡、半線等社，娶親迎婦名為牽手。」這是平埔族群的生活記實，也是「牽手」出處的最佳印證，說明「牽手」一詞，原本就是原住民稱自己妻子的用語。

至於相關的文字史料也可見於《台灣語典·牽手》載「謂妻也。土番娶婦，親至婦家，攜手以歸；沿山之人習見其俗，因謂妻曰牽手。」〔註65〕另外，《重修福建臺灣府志·風俗·土番風俗（附）》，載及臺灣土番「俗重生女、不重生男」。並稱「女大聽自擇配」，且「當意者，始告於父母，置酒邀同社之人，即成配偶，謂之『牽手』。夫婦不合，不論有無生育，往往離異，名曰『放手』。」〔註66〕類似的文字並載於《鳳山縣志·風土志·番俗》〔註67〕，都明確可見「牽手」一詞與台灣原住民關係之密切。

只是，現今閩南語中稱自己的妻子也叫「牽手」，這或許是因為平埔族是漢化最早的族群，其後又與漢人大量通婚，並在重視女性的前提下，以至於將平埔族用語也融入了閩南語之中。畢竟，「牽手」一詞其源頭若果真出於漳泉語系的話，文獻中理當有所記載才是；事實上，南島語系源頭應是來自於台灣原住民的語言，相關的研究也可見於 David Blundell "*A Century of Research Austronesian Taiwan, 1897-1997*"〔註68〕之論述，至於翁佳音文中所稱「迄今菲律賓華裔社會還保持這種用法」，這種約定俗成的語用，也只能證明在南洋地區的原住民和台灣的平埔族在語系上同源，並進而影響漳泉移民而已！

4.2 台灣語和中國方言的融合

台灣是多元族群的融合，除了原住民外，並以閩、粵族群為主軸。然而，

〔註65〕連橫，《台灣語典》，卷3，頁70。

〔註66〕劉良璧，《重修福建臺灣府志》，卷6，頁102，《台灣文獻叢刊》第74種，台灣銀行經濟研究室編印，1961。

〔註67〕陳文達，《鳳山縣志》，卷7，頁81，《台灣文獻叢刊》第124種，台灣銀行經濟研究室編印，1961。

〔註68〕David Blundell Editor, *Austronesian Taiwan: Linguistics·History·Ethnology·Prehistory*, 順益台灣原住民博物館，2009。

自1949年國民政府播遷來台之後，南腔北調，各種詞彙與地區性方言也漸次融入台灣，並都成為台灣語的一部分。

這種多元語彙的融合並存，最具代表性、有趣而又語意鮮明的範例即是「小食」與「小吃」，這是指在正餐之外作為「點心」的食物，其分量不至於太多，卻又有暫時果腹或止飢的作用，這樣的語彙發源甚早，且在中國古代史籍和台灣文獻中多稱之為「點心」或「小食」；只是，相關的語用在現今的台灣語中竟又有「小吃」一詞共存，尤其值得注意地是，「小吃」一詞並不見於閩、粵地區，也可見這樣的語彙，應是受到中國大陸其他地區語言的影響以致共用，至於其沿革發展則略舉例如下：

事實上，有關「小食」的記載，早在《漢書·高后本紀》「列侯幸得賜餐錢奉邑」，其句下注即稱：應劭曰：「餐與湌同。諸侯四時皆得賜餐錢。」文穎曰：「湌，邑中更名算錢，如今長吏食奉，自復滕錢，即租奉也。」韋昭曰「熟食曰湌，酒肴曰錢，粟米曰奉。稅租奉祿，正所食也。四時得閒賜，是為湌錢。湌，小食也。」師古曰：「餐、湌同一字耳，音（于）〔千〕安反。湌，所謂吞食物也。餐錢，賜廚膳錢也。奉邑，本所食邑也。奉音扶用反。」〔註69〕可見早在西漢時期，帝后即已有在「正食」之外，賜與諸侯「小食」（熟食）的風氣。

其後，《梁書·昭明太子列傳》也稱「普通中，大軍北討，京師穀貴，太子因命菲衣減膳，改常饌為小食。」〔註70〕則可知「小食」的形式雖較簡易，卻仍具有果腹的作用。

及至清·李汝珍《鏡花緣》第12回「雙宰輔暢談俗弊，兩書生敬服良箴」載及「桌椅既設，賓主就位之初，除果品冷菜十餘種外，酒過一二巡，則上小盤小碗，其名南喚小吃，北呼熱炒，少者或四或八，多者十餘種至二十餘種不等。其間或上點心一二道。小吃上完，方及正饌。菜既奇豐，碗亦奇大，或八九種至十餘種不等。主人雖如此盛設，其實小吃未完而客已飽，此後所上的，不過虛設，如同供獻而已。」〔註71〕案：李汝珍（1763～1830），字松石，清代小說家，直隸大興（今北京市）人，《鏡花緣》中所稱的「小吃」，明確是指南

〔註69〕《漢書》卷3，頁96。

〔註70〕隋·窯察、謝炅，唐·魏徵、姚思廉合撰，《梁書》，卷8，頁168，台北：鼎文書局，1986。

〔註71〕李汝珍，《鏡花緣》，頁66，三民書局，2012。

方所盛行的飲食形式與稱謂，雖未述及所指何處，然而，小盤小碗，實與「小食」並無二致。

這樣的風氣流傳，於台灣文獻中，這樣的語彙也可相互印證，即以《續碑傳選集‧續碑傳選集（一）‧裕泰‧裕莊毅公家傳》所載，文中言及裕泰公則稱「宗稷辰曰：夙聞公少日趨內閣，多徒步；李太夫人日與錢買小食，每歸多不用：其清儉如此。故其貴顯，於民生之困苦，皆若身親蹈之而心知之。」案：裕泰之出身，據《續碑傳選集》所載，「公姓他塔喇氏，諱裕泰，字東巖，號餘山。先世，由長白山札庫穆臣附隸鑲紅旗滿洲第十三佐領。」〔註72〕都可見北方的滿洲族也盛行使用「小食」一詞。

至於台灣，相關的語用也可見於《臺灣語典》載及「蜜餞，為糖果之類；則以果子煮熟用蜜浸之也。《集韵》：餞音箭；小食也。」又稱「淡糝，謂小食也，如糖果之屬。淡，薄也；糝，雜也。《周禮‧天官》：籩豆之實，酏食糝食。」及「淡糝，則點心。為廣州語之變音。淡，薄也；糝，雜也。《周禮‧天官》：籩豆之實，酏食糝食。」而言及「點心，謂非時之食，如餅餌之屬。《能改齋漫錄》：唐俊為江淮留後，家人備晨饌；夫人顧其弟曰『治妝未畢，爾可且點心。』是唐時已有此語。」〔註73〕

從這些文獻典籍所載，都可見「淡糝」即是「小食」，其意為「點心」，指糖果、餅餌之屬，而其詞彙則是廣州語之變音，唐朝時即有此語；至於台灣語中多保留閩、粵之遺風，且據台灣文獻所載，無論是福建或廣東地區，至今也仍保留「小食」一詞的稱謂與文化內涵，並與南方其他地區「小吃」的語用共同留存於台灣，也可見其語彙交流融匯之沿革。

5. 結　論

語言文字是文化習俗的紀錄與社會現象最為真實的反映，尤其重要地是，當全世界有將近四分之一的人口都在使用漢字、漢語的年代裡，文字、語言若無堅韌厚實的文化內涵作基礎，漢字、漢語又將如何延續，文化的生機又焉能依附！

〔註72〕諸家，《續碑傳選集》，頁 84、81，《臺灣文獻叢刊》第 223 種，台灣銀行經濟研究室編印，1966。

〔註73〕連橫，《臺灣語典》，卷 2，頁 61、62。

　　至於閩南語、客家語則無論是在語彙、語調及語用方面，都是保存中華上古時期文化最為豐富的語種之一，值得深入研究並持續探討。至於本文的撰寫，則是拋磚引玉，並期望有更多的研究者積極投入，畢竟，語言、文字的形成，是先民長久以來約定俗成的文化紀實，這是民族或種族生存的命脈、生活的依據並智慧的結晶，是極為重要的文化資產，自然必須努力保存且不可輕易毀損才是。

參考文獻

1. 十三經注疏《尚書》，臺北：藝文印書館，1993。
2. 十三經注疏《詩經》，臺北：藝文印書館，1993。
3. 十三經注疏《周禮》，臺北：藝文印書館，1993。
4. 十三經注疏《儀禮》，臺北：藝文印書館，1993。
5. 十三經注疏《禮記》，臺北：藝文印書館，1993。
6. 十三經注疏《左傳》，臺北：藝文印書館，1993。
7. 漢・司馬遷撰，《史記》，臺北：鼎文書局，1975。
8. 漢・班固撰，《漢書》，臺北：鼎文書局，1991。
9. 南朝宋・范曄撰，《後漢書》，台北：鼎文書局，1987。
10. 晉・陳壽撰，《三國志》，臺北：鼎文書局，1990。
11. 唐・房玄齡等撰，《晉書》，台北：鼎文書局，1987。
12. 隋・姚察、謝炅，唐・魏徵、姚思廉合撰，《梁書》，台北：鼎文書局，1986。
13. 後晉・劉昫等撰，《舊唐書》，台北：鼎文書局，1985。
14. 宋・歐陽修、宋祁撰，《新唐書》，台北：鼎文書局，1989。
15. 宋・歐陽修撰，《新五代史》，臺北：鼎文書局，1985。
16. 元・脫脫等撰，《宋史》，臺北：鼎文書局，1983。
17. 明・宋濂等撰，《元史》，台北：鼎文書局，1990。
18. 清・張廷鈺等撰，《明史》，台北：鼎文書局，1982。
19. 清史稿校註編纂小組編輯，《清史稿》，台北：國史館，1991。
20. 明・顧炎武《日知錄》，《景印文淵閣四庫全書》冊 858，台灣：商務印書館，1986。
21. 宋・趙彥衛撰，《雲麓漫抄》，《景印文淵閣四庫全書》冊 864，台灣：商務印書館，1986。
22. 舊題漢・班固撰，《漢武故事》，《景印文淵閣四庫全書》冊 1042，台灣：商務印書館，1986。
23. 宋・郭茂倩輯《樂府詩集》，《景印文淵閣四庫全書》，冊 1347，台灣：商務印書館，1986。

24. 鄧傳安，《蠡測彙鈔》，《臺灣文獻叢刊》第 9 種，台灣銀行經濟研究室編印，1958。

25. 朱景英，《海東札記》，《臺灣文獻叢刊》第 19 種，台灣銀行經濟研究室編印，1958。

26. 蔡廷蘭，《海南雜著》，《臺灣文獻叢刊》第 42 種，台灣銀行經濟研究室編印，1959。

27. 劉良璧，《重修福建臺灣府志》，《台灣文獻叢刊》第 74 種，台灣銀行經濟研究室編印，1961。

28. 清‧陳壽祺，《福建通志臺灣府》，《臺灣文獻叢刊》第 84 種，台灣銀行經濟研究室編印，1958。

29. 范咸，《重修臺灣府志》，《臺灣文獻叢刊》第 105 種，台灣銀行經濟研究室編印，1961。

30. 陳文達，《鳳山縣志》，《台灣文獻叢刊》第 124 種，台灣銀行經濟研究室編印，1961。

31. 連橫，《台灣語典》，《臺灣文獻叢刊》第 161 種，台灣銀行經濟研究室編印，1963。

32. 陳衍，《福建通志》，《臺灣文獻叢刊》第 195 種，台灣銀行經濟研究室編印，1964。

33. 諸家，《續碑傳選集》，《臺灣文獻叢刊》第 223 種，台灣銀行經濟研究室編印，1966。

34. 宜蘭縣文獻委員會，《宜蘭縣志》，無卷頁，1960。

35. 李汝珍，《鏡花緣》，三民書局，2012。

36. 羅貫中撰，《三國演義》，臺北：三民書局，2013。

37. 北京大學古文獻研究所編，《全宋詩》第 10 冊，北京大學出版社，1992。

38. 清‧袁枚，《小倉山房文集》，《清代詩文集彙編》第 340 冊，上海古籍出版社，2010。

39. 清‧趙翼，《陔餘叢考》，上海古籍出版社，2011。

40. 《采風圖合卷》，國立中央圖書館台灣分館印行，2007。

41. 徐福全，《福全台諺語典》，自印，2003。

42. 吳鎮烽編著，《商周青銅器銘文暨圖像集成》，上海古籍出版社，2012。

43. 東漢‧許慎撰、清‧段玉裁注，《說文解字注》，臺北：洪葉文化事業出版公司，2013。

44. David Blundell Editor, Austronesian Taiwan: Linguistics‧History‧Ethnology‧Prehistory, 順益台灣原住民博物館，2009。

45. 翁佳音，〈「牽手 khan-chhiú」來看台灣世界史—從台灣歷史慣用語論大福佬文化圈概念〉，《台灣史研究》第 13 卷第 2 期，頁 1～31，中央研究院台灣史研究所，2006.12。

十、朱熹「閩學」對華語文教學影響之研究

【中文摘要】

　　臺灣自明清以降，即是閩、粵移民重要的地區，並因而引進許多當地的風俗與特色。尤其是「閩學」，這是宋明理學鉅擘——朱熹學術思想的重要學派，其形成並可遠溯自南宋時期，由於朱熹出生於福建，長久以來於閩地為官、講學，以致其思想、言行普遍為閩人所尊崇，且自元、明以來便長久盛行於福建，並隨著漳、泉移民的遷徙而傳佈至台灣；甚或遠播至日本、韓國和南洋等地區，直到現今，時人仍稱之為「朱學」或「朱子學」，相關的研究和論述極為豐富，其影響不可謂不深遠。

　　朱熹是理學集大成之學者，其「閩學」脈絡並以「新儒學」為號召，具有承續孔、孟道統而又能與時俱進的新思維，很能表現中華文化的傳統性與延續性，而其《朱子家禮》則是涵蓋冠、婚、喪、祭等制度，不僅深具傳統文化之特質，且其內涵並也是外國人士在學習華語較不易理解的地方，值得深入研究和闡析。

　　關鍵詞：朱熹、閩學、家禮、閩習

1. 前　言

　　自明清以降，臺灣就是閩、粵移民的重要地區，並因而引進了許多當地的風俗與特色；因此，想要理解台灣精神的內涵，唯有先認知台灣傳統文化的淵源與發展，才能真正明白台灣人文的本質和特色。至於這種文化思想的形成，且不論是肇基於臺灣本土原住民文化的淵源，中國傳統文化思想的遺緒，抑或是受到外來海洋風格的影響所致，並又在帝國主義侵略、殖民經濟思想的箝制下有所融合，甚或只是地域性漳、泉移民「閩習」風格的傳承沿襲而已。

　　然而，台灣文化的形成，有一個極為重要卻又一直被忽視的關鍵，那就是朱子的學術思想——「閩學」以及「家禮」對台灣禮俗制度的影響極為深遠。畢竟，思想影響到人們的行為方向，而禮俗則是人們生活中必備的儀節，唯有敬慎其事，人們的行事才能不失矩度，民情才能有所依歸並漸趨淳樸，這是穩定社會的力量和基礎，並是民心之所向，具有成人倫、助教化的社會功能，降及明、清，即使是《臺灣文獻叢刊》也多所記述，其影響並直到現今。

　　至於本文的研究方法則是以文獻分析法、歷史溯源法、田野調查法為主軸，闡述朱熹「閩學」對閩、臺地區的影響及作用；同時，「家禮」中所涵蓋的冠、婚、喪、祭等制度，不僅是自三代以來中華道統的具體延伸，並也是中華文化中不曾變異的根柢磐石，值得深入研究，使文化的內涵在透過學術的剖析後，學習者可以更明確地了解中華文化的特色，貼近實際生活層面的本質，進而達成深化華語教學的宗旨，這是華語教學既定的目標，也是吾人應當努力研究的方向。

2. 朱子思想在閩台地區的發展與影響

　　朱熹（1130-1200）字元晦、號晦庵，又稱紫陽先生、考亭先生，諡號為文，又號朱文公。出生於福建尤溪鄭氏草堂，十九歲即登進士，二十二歲並任職泉州同安縣主簿，密切的地緣關係，卓越的政績，以致其思想長久以來被閩人奉為圭臬，尊之為「閩學」，並隨著漳、泉移民的遷徙而傳佈至台灣；其影響可及於日本、韓國和南洋等地區，時人並稱之為「朱學」或「朱子學」。

　　朱熹在福建地區十分受到尊崇，後人為了追念其政績與思想，於閩地多設

祠祭祀，這樣的習俗直到清朝也依然如此。據《廈門志》〔註1〕載「玉屏書院」
句下稱：乾隆十六年，倪鴻範與白瀛、許逢元、黃日紀、林翼池、劉承業、廖
飛鵬等人共同設置學堂，並奉朱子於集德堂，於春、秋二季適時祭祀；乾隆五
十三年，又錄朱子「白鹿洞學規」、陳桂林相國「學約」十則，與章程共同刊行
成冊，以便昭告學子，都可見朱熹學術思想在閩地的重要性和影響性。

　　這樣的思想同樣影響到台灣，楊廷理（1747～1813）於乾隆、嘉慶年間任
職時，即曾五度進入噶瑪蘭（今宜蘭）籌設廳治，據《噶瑪蘭志略》〔註2〕載「仰
山書院：楊廷理入蘭查辦時，以楊龜山先生為閩學宗倡，而該地海中亦有嶼曰
龜山，故取仰山。」即是稱述楊龜山先生倡導以閩學為宗的理念，也可見閩學
在乾、嘉時期的台灣宜蘭早已盛行；這樣的風氣流傳，再加上漳、泉移民大量
遷徙來台，使台灣地區的教育內涵與禮俗制度，也長期浸淫於閩學的學術氛圍
和《朱子家禮》的社會規範，並深受朱熹理學觀念所薰陶。

　　固然，朱熹「閩學」能夠如此深入民間並影響久遠，不可否認地，與其
個人的美學風格關係極為密切。尤其是從朱熹的詩文中，更可明確體悟其對
人生、社會的關懷和氣度，因此，即使朱熹的個性急切正直，勇於批評時政，
以至於宦途不順，甚或其思想被斥為「偽學」，列籍於「慶元黨禁」；然而，
朱熹積極入世的哲學思想，在面對逆境時，卻仍能保有闊達的胸襟、雍容的

〔註1〕　周凱，《廈門志‧卷二‧分域略‧書院》，頁51～53，《台灣文獻叢刊》第95種，
　　　　台灣銀行經濟研究室編印，1961。

　　　　原文載「乾隆十六年，倪鴻範以南澳總兵署水師提督，與興泉永道白瀛、同知許逢
　　　　元、紳士黃日紀、林翼池、劉承業、廖飛鵬及生監共謀設學，乃逐僧徒、遷佛像，
　　　　勸紳士捐二千有奇，於文昌殿右闢地、拆舊屋，蓋講堂一所；其旁為齋廡八間，以
　　　　其二與館役宿處，餘為學舍。又其高者，為必自軒、為三台閣，與舊祀朱子萃文亭
　　　　相連。今奉朱子於集德堂，立石碑，鐫「魁」字祀之。規模煥然一新。以是年十月
　　　　興工，次年十一月工竣；靡白金千八百餘兩。」又，「其朱子春、秋二祭，費出垣
　　　　泥田租及厝租，與捐助項內無干。每祭，用豬羊各一、祭席四筵；凡與祭者，本籍
　　　　皆分胙（『鷺江志』）。乾隆五十三年，巡道胡世銓蒞任。以書院董理非人，幾致
　　　　經費無著；飭廈防同知黃奠邦清查追比，革除積弊，重定章程。錄朱子『白鹿洞學
　　　　規』、陳桂林相國『學約』十則，與章程並刊成帙，昭示多士。」

〔註2〕　柯培元，《噶瑪蘭志略‧卷七‧書院志》，頁65，《臺灣文獻叢刊》第92種，台灣
　　　　銀行經濟研究室編印，1961。

器識，坦然以對；這樣情性真摯，胸次磊落，有所為而又有所不為的端正平和，才是其學說思想最為令人折服處，並也是朱熹美學風格的真誠體現。

朱熹著名的詩作〈觀書有感〉即稱「半畝方塘一鑑開，天光雲影共徘徊；問渠那得清如許，為有源頭活水來。」〔註3〕這樣澄澈清明，直指事物本心的生命體悟，讀來的確是令人印象深刻而又豁然大度；另外，朱熹也喜好在閩地各處記游，而最為閩人所朗朗上口的詩作〈水口行舟二首〉之一，也道「昨夜扁舟雨一簑，滿江風浪夜如何？今朝試捲孤篷看，依舊青山綠樹多。」〔註4〕其風格仍是光風霽月，親近樸實而又平易天成，自然受到閩人的敬重與喜愛。

同時，朱熹在閩地又留下許多珍貴的墨寶，巖刻如：梅溪、龍門、溪山第一、流雲等擘窠大字，長久以來，都是閩人心目中的賢哲典範。鈴木虎雄《書道全集》〔註5〕剖析「嘗見朱子之簡牘數枚，蓋法魯公坐位帖。即行邊傍注，復宛然致意蒼鬱，深沉古雅，有骨、有筋、有韻，然其不以書而名者，為學所掩也。」又稱「晦翁（朱子）之書，榜額之外不多見，端州友石台記，法近鍾太傅（魏的鍾繇），並有分隸之意。」都說明朱熹的書法以擘窠大字為多，並以顏魯公為楷模，表現性格中的嚴謹公正；又近鍾繇，使其風格樸實中有典雅，復古而又創新，是「書為心畫」的最佳見證。

至於其作品又有京都大學人文科學研究所藏〈劉子羽神道碑〉、吳大澂藏墨跡〈與張栻詩〉以及白鹿洞書院朱子祠東廂「慎思園」碑廊石刻，內有朱子所書白鹿洞學規和歷次修建銘記，並書刻大字「白鹿洞」、「枕流」、「自潔」等，也都可見其美學思想與品德修為。

今日，保存閩南文化最為鮮明的聚落—金門，其民居大門上，仍處處可見貼有「程箴‧朱訓」的紅色門聯，這不僅是族人門庭家風的依據，也是當地居民時時自我惕勵的行為軌範，便可知朱熹在閩人心目中有不可取代的重要地位。同時，由於台灣同樣受到「閩學」文化的影響，建築中的祠堂、書院、寺廟等民居空間，也處處都有書法，並是生活中潛移默化的最佳學習場

〔註3〕宋‧朱熹，《朱子大全》，卷2，頁10，《四部備要》明胡氏刻本，台灣：中華書局，1966。

〔註4〕宋‧朱熹，《朱子大全》，卷10，頁4。

〔註5〕鈴木虎雄，《書道全集‧第十一卷‧宋Ⅱ‧南宋的文人學者及其書法》，頁12，台北：大陸書局，1989。

所，深具社會教化的意義與功能。尤其是建築中的匾額、楹聯、門聯，其上的書法、詩文，並多是榜額且具顏書風貌，正是朱子美學思想和書法特色的具體呈現。

這種深具「唐法」的形式與風貌，筆墨雖仍是酣暢淋漓，但氣勢上卻少見咄咄逼人之態，反倒是樸實中頗見率意真趣及草根性情，不刻意求章法嚴謹，卻自然平實穩妥，少了「閩習」的霸氣不羈、狂怪邪態〔註6〕，然而，卻在率性真誠中更憑添了幾許從容自信。朱熹的書法風格如此，寓台書家如：林朝英、張朝翔、鄭鴻猷、許南英、施梅樵、洪以南等人也莫不如是；尤其是張朝翔，更直稱其書法源自於朱熹，即是明證。

於是，顏體書風在閩、臺地區廣為流傳，便不再只是徒具形式的筆墨線條表現，或個人情感的寄託、好惡而已！而是時代風氣與朱子美學思想的真實反映，以及閩地傳統文化在臺灣的延續和地域象徵了。

3. 《朱子家禮》對臺灣的影響與重要性

朱子的閩學思想及美學風格對台灣文化的影響極為深遠，然而，更令人矚目且又少人研究的則是《朱子家禮》的社會禮俗和行為規範，對台灣人文及制度層面的形成，其深入的程度則更甚於朱子學說對台灣的影響。

《家禮》的內涵包含冠、婚、喪、祭等儀式，這樣的儀式也就是先秦「五禮」中的嘉、凶、吉等禮俗。尤其是歷經秦始皇焚書坑儒的事件之後，禮制隳墮，許多有識之士亟欲振興。是以自唐宋以來，韓文公〈答李翊書〉〔註7〕即倡言「非三代兩漢之書不敢觀，非聖人之志不敢存。」且知識份子在古文運動推行的思潮下，強調以復古為革命，明道致用為原則，並以經史作為學識追求的正統。影響所及，尤其是經籍史料中所載之吉禮、凶禮和嘉禮，這些重要的禮俗制度，是人們生活中必備之儀節，唯有敬慎其事，人們的行事才能不失矩度，民情才得以有所依歸，這是社會鞏固的力量和基礎，自是不可小覷。

至於「古文運動」作為時代風格的創新與覺醒，並成為唐代社會意識全

〔註6〕 方薰，《山靜居畫論》，《美術叢論》三集第3輯，頁167，臺北：藝文印書館，1975。
原文載「大都江西閩中好奇騁怪，筆霸墨悍，與浙派相似。」
〔註7〕 韓愈，〈答李翊書〉，《唐宋八大家文鈔》《百部叢書集成》，卷1，頁20，臺北：藝文印書館，1965。

面性的改革思潮，這樣的觀點，個人在台北市立美術館〈古文運動中書法的傳統與創新〉〔註8〕一文中已有詳盡闡述。及至南宋時期，由於理學興起，然而，朱熹的美學風格卻仍然寓意「復古」、「樸實」、「平淡天真」等特色；且「古文運動」和「家禮」的內涵也都強調經世濟民的實用功能，並都具有匡正時弊、宣揚道德教化的社會意義與作用，二者無論是在內涵或理念發展上，都十分相當並接近。

宋室南遷後，家、國遭逢鉅變，江南秀麗的景緻、人文，反倒成為亂世中撫慰人心的安定力量，這種因強制性外力所造成的文化沉澱與省思，深具凝聚、內化的效果，是以《朱子家禮》雖未必是朱熹所親自修訂完成，或有部份是其弟子於朱熹歿後所成書，然而，其裨益民心，教化社會的功能卻是極為深遠；再加上自有清以來，由於帝王的諭令、提倡與獎掖之功，以及民間對「家禮」制度的強烈需求，導致朱子學說更為普遍，這從《台灣文獻叢刊》中隨處可見先民恪遵《文公家禮》、《朱子家禮》的文字記述，便可知其梗概。

《台灣通史》〔註9〕即載：清人得臺之後，於康熙年間才開始設置義塾二所於東安坊，以教導童蒙，其後各縣增設，並擴大編制綜理學務。於是，童子七、八歲便開始接受啟蒙，先讀三字經或千字文，而後又教授四子書，並「嚴其背誦，且讀朱註，為將來考試之資。」就在這樣的風氣下，眾人莫不以考試作為人生大業，刻苦勵志，力爭上游。

同時，乾隆時期，皇帝更親自對太學的教化有所諭令，明示聖賢之道，並完全以《朱子家禮》作為士子科舉考試並言行思想的依據；這樣明確的規

〔註8〕俞美霞，〈古文運動中書法的傳統與創新〉，《2007 開 FUN——傳統‧現代國際書法學術研討會論文集》，頁 49～60，台北市立美術館、華梵大學美術系、中華漢光書道學會，2007.5。

〔註9〕連橫，《台灣通史‧教育志》，頁 269，《台灣文獻叢刊》第 128 種，台灣銀行經濟研究室編印，1962。

原文載「清人得臺之後，康熙二十二年，知府蔣毓英始設社學二所於東安坊，以教童蒙，亦曰義塾。其後各縣增設。二十三年，新建臺、鳳兩縣儒學。翌年，巡道周昌、知府蔣毓英就文廟故址，擴而大之，旁置府學。由省派駐教授一員，以理學務。而縣學置教諭，隸於學政。其後各增訓導一員。然學宮虛設，義塾空名，四民之子，凡年七、八歲皆入書房，蒙師坐而教之。先讀三字經或千字文，既畢，乃授以四子書，嚴其背誦，且讀朱註，為將來考試之資。」

範，以及對朱子學說的重視，都說明清廷對士子的要求與期待。類似的文字及諭令內容，也可見於「乾隆五年十月二十九日」《重修台灣府志》〔註10〕，及《續修台灣府志》〔註11〕、《重修鳳山縣志》〔註12〕、《苗栗縣志》〔註13〕、《噶瑪蘭廳志》〔註14〕、《淡水廳志》〔註15〕等文獻，而《台灣方志》中的地方廳志也都有相同的記述。這種上行下效的思想和風氣，對台灣民間的禮俗和行為規範影響自然極為深遠，並成為教育體制中明確的指標和依據，都可見清代帝王對朱子學說的重視，以及想要使其普及化所做的努力。

尤其是相關禮書的流佈，其來有自，並有其傳統的淵源和脈絡。徐福全《台灣民間傳統喪葬儀節研究》〔註16〕一書即稱「李唐以降，歷朝皆嘗本諸儀禮而修訂禮書，如唐之顯慶禮、開元禮、宋之政和禮、明之明集禮、明會典，清之大清通禮等是也，此皆官修之禮典也，民間亦有儒者為求實用而私修禮書者，如隋唐經籍志載謝元有內外書儀四卷，蔡超有書儀二卷，崇文總目載唐裴茞、鄭餘慶等人皆有書儀之作，傳世者有宋司馬光書儀、朱熹文公家禮、明邱濬家禮儀節、黃佐泰泉鄉禮、呂坤四禮翼、清呂子振家禮大成等；無論官修私撰皆本於禮經而損益之，是以全國各地之風俗習慣除地方特色外，更有其共通性，此一共通性自姬周以迄於今相承不墜。」都可見歷代以來，「家禮」書籍大量的刊印，且無論是官修或私撰的禮書，其社會需求都極為迫切，至於其中影響最為廣泛並具承先啟後作用的禮書，則非朱子《家禮》莫屬，

〔註10〕范咸，《重修台灣府志・典禮》，頁258，《台灣文獻叢刊》第105種，台灣銀行經濟研究室編印，1957

〔註11〕余文儀，《續修台灣府志》，頁324～326，《台灣文獻叢刊》第121種，台灣銀行經濟研究室編印，1957。

〔註12〕王瑛曾，《重修鳳山縣志》，頁178～179，《台灣文獻叢刊》第146種，台灣銀行經濟研究室編印，1957。

〔註13〕沈茂蔭，《苗栗縣志》，頁142～144，《台灣文獻叢刊》第159種，台灣銀行經濟研究室編印，1957。

〔註14〕陳淑均，《噶瑪蘭廳志》，頁120～121，《台灣文獻叢刊》第160種，台灣銀行經濟研究室編印，1957。

〔註15〕陳培桂，《淡水廳志》，頁119～120，《台灣文獻叢刊》第172種，台灣銀行經濟研究室編印，1957）。

〔註16〕徐福全，《台灣民間傳統喪葬儀節研究》，頁1，自印，1999。

這樣的現象也普遍見於《台灣文獻叢刊》所述。例如：

《黃漳浦文選》〔註17〕載及：明朝漳浦先生家居持禮，都以朱子為本，即使是擔任講席，於居喪期間，腰絰不除。並稱吾漳素遵家禮。而且對三禮的詮釋，也認為是學問中極為要緊之事。

而《平臺紀略》〔註18〕也稱曾王在六年之間，連續遭逢父、母、親人大喪，即使身形消瘦，喪事仍一遵文公家禮。閒暇時更致力於兩宋先儒等書，沉潛玩味；並以程、朱為標的，以第一等人物為期許。

至於《廈門志》〔註19〕則是述及清朝陳應清，世居海澄，隨父遷居廈城，事親極孝。父死百日，鬚髮盡白；丁母憂，哀毀如之。喪祭，式遵文公家禮；卜葬後，每逢初一、十五，必往墓前事奉茶菓，三十餘年來毫不間斷。

同時，《碑傳選集》〔註20〕也載杭世駿撰〈張尚書傳〉，稱伯行博學縱觀，

〔註17〕 明·黃道周，《黃漳浦文選·附錄二》，頁421，《台灣文獻叢刊》第137種，台灣銀行經濟研究室編印，1966。

原文載「先生家居秉禮，雖泣講席，有期之喪，腰絰不除。張晷之瑞鐘請曰：『聞晦翁欲集三禮大成，有所未及。吳幼清論次稍定，又多所遺。吾漳素遵家禮，然期功之喪，亦鮮有持者。不知孔門諸雜記，平居皆可詳說不？』先生曰：『平居且勿暇論。然三禮詮次，極是學問中要緊，久已分類引伸。但日用疏漏，未能繕寫耳。』即以三禮定本付晷之，然尚未及刊布也。」

〔註18〕 清·藍鼎元，《平臺紀略》，頁7，《台灣文獻叢刊》第14種，台灣銀行經濟研究室編印，1957。

原文載「辛卯，曾王父卒。癸巳，先王母卒。丙申，曾王母卒。六年之間，連遭大喪，哀毀瘠立，雖食貧，喪事一遵文公家禮。暇則益肆力宋先儒及許、薛、胡、羅之書，沉潛玩味。以程、朱為的，以第一等人物為期，課督不孝等。誘進後學，以敦本行、嚴取與、慎交遊為準繩。」

〔註19〕 清·周凱，《廈門志·孝友列傳》，頁513，《台灣文獻叢刊》第95種，台灣銀行經濟研究室編印，1957。

原文載「陳應清，字仰蘇，號冰壺。世居海澄，從父遷居廈城。海澄有陳氏大宗祠，僅存基址；應清承父志倡新之，置祀田。父病，醫言糞苦當愈；應清嘗糞甘，痛絕，禱天祈代。及父卒百日，鬚髮盡白。丁母憂，哀毀如之。喪祭，式遵文公家禮；卜葬後，朔望詣墓奉茶菓，三十餘年無間。」

〔註20〕 諸家，《碑傳選集》，頁365，《台灣文獻叢刊》第220種，台灣銀行經濟研究室編印，1966。

直到閱讀《小學近思錄》、《程朱語類》等書,才恍然領悟這是孔、孟學說的真傳;於是盡讀濂、洛、關、閩大儒書籍,口誦手鈔,前後共七年;居贈公憂,三年不入內室休息;喪葬並完全遵循家禮。

從以上這些文獻的記載來看,可見自明清以降的台灣,在喪葬習俗方面,都是以《家禮》為尊,並奉行宋儒或朱熹思想不輟。

另外,有關家禮的書籍也傳播至琉球。《清代琉球紀錄續輯・琉球入學見聞錄》〔註21〕即記載琉球中山文廟兩側廊廡多積藏經書,並多為中國內地書籍,且是自福州購回;至於球版《近思錄》則屢屢引用《明一統志》、邱瓊山《家禮》、梅誕生《字彙》等書,則似刻於明末典籍。這實在是因為當地三十六姓原本都是閩地人,閩地又有留存館舍,時人往返二地,所以能通曉宋儒書籍,攜回刊印,並附琉球文字,以便誦讀學習;同時,書中序文又經常可見明弘治、萬曆年號正朔,可見這些非必日人書籍。類似的說法也可見於《清代琉球紀錄集輯・中山見聞辨異》〔註22〕所載。

琉球,位於日本之南、台灣東北,包含沖繩等地計 50 餘島,明清時期隸屬於中國,並冊封其酋長為中山王,直到清光緒五年,為日本所兼併,始改為沖繩縣。這樣的記載,說明即使是琉球藩屬國,在清朝時也早已引進《家禮》等相關書籍,並在生活中作為禮制習俗的依據,詳細的文字,也是《家禮》傳播至日、韓等地重要的佐證。

原文載「及讀『小學近思錄』、『程朱語類』,乃恍然悟孔、孟之正傳;曰『入聖門庭,盡在是矣』。盡發濂、洛、關、閩諸大儒之書,口誦手鈔者凡七年。入都,補內閣中書舍人;旋改中書。居贈公憂,啜粥寢苫,三年不入內室;喪葬一遵家禮。」

〔註21〕清・潘相,《清代琉球紀錄續輯・琉球入學見聞錄》,頁 78,《台灣文獻叢刊》第299 種,台灣銀行經濟研究室編印,1957。

原文載「又考『四譯館館考』云:日本有『四書』、『五經』及佛書、白樂天集,皆得自中國;未聞有宋儒之書。而球板『近思錄』屢引『明一統志』、邱瓊山『家禮』、梅誕生『字彙』,乃似刻於明季者。蓋其三十六姓本係閩人,朝貢往還,止閩動閱三歲,閩又有存留館,留館通事之從人多秀才假名入閩以尋師者。或寓閩數年而後歸,日與閩人為友,故能知儒先之書,攜歸另刊,旁附球字,以便習。球人讀法,非日本人所能;且遵用前明宏治、萬曆年號正朔屢見於序文,亦必非必倭人之書也。」

〔註22〕清・黃景福,《清代琉球紀錄集輯・中山見聞辨異》,頁247、248,《台灣文獻叢刊》第 292 種,台灣銀行經濟研究室編印,1971。

固然，有關家禮書籍的必要性與流佈，有其不可替代的社會意識與規範。尤其是生活中，人們必須承受許多不可預知的變故，且無論是天災、人禍，都將使生命、財產或所有的努力，在旦夕間付諸流水，面對這許多無奈而又無情的生存挑戰，人們唯有藉助風土民情的認同，儀式的進行，並在社會中形成制度，俾便撫慰人們內心對自然的敬畏，以及對死亡的缺憾；畢竟，所有的生命必定歷經生、老、病、死，這是不可避免，也無法否認的事實。這正是《家禮》所以受到重視的原因，也是禮俗制度之所以歷經數千年之久，卻仍然能夠屹立不搖的思想根柢，其重要性自然值得吾輩深入研究並予以發揚光大。

4. 《朱子家禮》中的冠、婚習俗

朱熹《家禮》的版本極多，南宋時期，即已出現各種不同的版本，除了傳統的四卷本〔註23〕，又有五卷本〔註24〕、十卷本〔註25〕、七卷本〔註26〕之分。據南宋淳祐年間，宋鈔配刻本「出版說明」所載「現存的各種版本的《家禮》，盡管其刊刻的時間、地點、主持者、書的卷數、附圖情況、圖的多寡及註釋者有種種不同，可是，其正文卻沒有絲毫差別。」且其卷數都是以冠禮為首，婚禮次之，喪禮、祭禮又其次。這樣的序列雖與《禮記》卷數的前後排列有異，卻完全符合生命成長的過程。

尤其在農業社會中，由於醫藥並不發達，生命的存活面臨極大的挑戰，因此，行「冠禮」便意謂著長大成人，並須擔負責任和義務，這自然是值得慶賀和祝福的大事；至於「婚禮」則更是男女在及齡之餘，經由儀式，合兩姓之好，使家族或種族的生命得以傳衍，這些人生中的重大事件，理當訂定制度慎重規

〔註23〕朱熹，《家禮》四卷本，嘉定四年（1211），廖德明在廣州刻有《家禮》，是書今天已不可見，惟知其只有正文。本文則是引（清初「崇經堂」刊本），故伊能嘉矩氏蒐集，線裝·微卷。

〔註24〕朱熹，《家禮》五卷本，嘉定九年（1216），趙君師恕之刻於杭州，是為五卷本。淳祐五年（1245），五卷本後加附錄一卷，五卷依次為通禮、冠禮、昏禮、喪禮、四時祭。本文則是引（南宋淳祐年間）宋鈔配刻本，濟南市：山東友誼書社出版，1992。

〔註25〕朱熹，《家禮》十卷本，元刻版本，即《纂圖集註文公家禮》，十卷本將五卷本的喪禮一卷析為五卷，將其四時祭一卷析為二卷，附圖則散見各卷中。

〔註26〕朱熹，《家禮》七卷本，明刻版本，即《文公先生家禮》，五卷正文依舊，前面列家禮圖一卷，附圖集中於此，抽出深衣制度，為深衣考一卷，置為卷末。

範，並使行為有所遵循。

事實上，這樣的觀念流傳久遠，並早在先秦典籍中已見詳述。《禮記・冠義》〔註 27〕即稱「凡人之所以為人者，禮義也。禮義之始，在於正容體，齊顏色，順辭令。容體正，顏色齊，辭令順，而后禮義備。以正君臣，親父子，和長幼；君臣正，父子親，長幼和，而后禮義立。故冠而后服備，服備而后容體正，顏色齊，辭令順。故曰：冠者禮之始也，是故古者聖王重冠。古者冠禮筮日、筮賓，所以敬冠事。敬冠事所以重禮，重禮所以為國本也。」都可見古人對冠禮的重視，並以冠者為禮之始，這樣明確的記載印證於《朱子家禮》以冠禮為卷首，也可見其為古制之遺緒。至於《禮記・雜記下》〔註 28〕又言「女雖未許嫁，年二十而筓。禮之婦人，執其禮。燕則鬈首。」則是指女子未嫁，雖年至二十而筓，仍當以成人禮視之，都可見冠禮的重要性。

另外，《禮記・昏義》〔註 29〕則謂「昏禮者，將合二姓之好，上以事宗廟，而下以繼後世也，故君子重之。是以昏禮：納采、問名、納吉、納徵、請期，皆主人筵几於廟，而拜迎於門外，入揖讓而升，聽命於廟，所以敬慎重，正昏禮也。」至於婚儀六禮——提親、取女方庚帖、卜吉、下聘、擇婚期、親迎，這樣的過程，早在先秦時期也已確立，且婚儀的稱謂即使後代略有出入，卻也不脫此六項內涵。

是以《朱子家禮》中論及冠、婚禮俗，也依然是承續三代古風的制定，且據五卷本載，「男子年十五至二十皆可冠」，「女子許嫁筓」（注：年十五雖未許嫁亦筓）（卷二）。而昏禮則是：議昏、納采、納幣、親迎；至於「古禮有問名、納吉，今不能盡用，止用納采、納幣以從簡便。」（卷三）也都可見冠、婚禮俗的沿革與流變，至宋朝時期並已有簡約樽節之風。

這樣的習俗降及明清以至於臺灣，由於受到外來文化的衝擊，冠禮已漸趨式微。然而，在台灣傳統禮俗中，族人子弟年至十五，卻仍是不可免俗地舉行「成年禮」；同時，地方志中也仍可見冠、婚合一的「冠婚」古禮記載，這樣的習俗即是《朱子家禮》所謂「女子許嫁筓」的禮制，其內容並可見於台灣文獻。

〔註 27〕十三經注疏《禮記》，卷 61，頁 1，臺北：藝文印書館，1993。

〔註 28〕十三經注疏《禮記》，卷 43，頁 16、17。

〔註 29〕十三經注疏《禮記》，卷 61，頁 4。

即以《新竹縣志初稿‧閩粵俗》〔註 30〕所載「冠婚（古人自十六歲至二十歲皆可行冠禮；今則與婚並行）：一曰『問名』。媒氏以女庚帖送男家，書其生年、月、日、時；如三日內家無別故，然後訂盟。若有別故，則改卜。二曰『訂盟』。俗於『問名』後，男家母姆、親屬造女家覘媳；若媳稱姑意，則與以指環，然後諏吉成盟，令媒送銀鍼繫綵絲，俗呼『插簪』。三曰『納采』。男家備聘金、禮物及蔬盒送女家，女家亦以禮物報之；各用『婚啟』相往復。四曰『納幣』。用禮盤盛物送女家，俗呼『簛前盤』。五曰『請期』。古用禮束；今用星家諏擇吉課，送於女家。六曰『親迎』。是日新壻浴畢更衣，擇親戚中具慶者為賓，倣古『筮吉、筮賓』也。置筊蔗於堂上，復置方椅於筊蔗中，令新壻面堂而坐，賓三梳壻髮畢，祝以吉語，然後加冠於首；倣『三加』之義也。既冠，用米粉搔丸祀祖先，四拜、讀祝，即古之『告廟』也；次拜父母並拜諸父兄長。是謂之『冠』，俗呼『上頭』。」這樣細密的描述，並刻意於婚儀「親迎」時，由賓為新壻梳髮後，加冠於首，這樣的禮俗是將「冠」、「昏」的形式融合為一，稱為「冠婚」，也叫做「上頭」。

事實上，冠、婚合一的禮俗，在現今的社會中，從來也不曾消逝過。讀者各位若記憶猶新，香港歌手莫文蔚出嫁時，便強調自己是遵循古禮，新聞中並報導由其母親及好友（賓）梳頭，這是廣東傳統婚禮「上頭」的儀式〔註 31〕，並也是《朱子家禮》載「女子許嫁笄」的真實寫照；便可知「冠婚」習俗即使是在 21 世紀的今天，也依然為人們所遵循。

5. 《朱子家禮》中的喪、祭習俗

至於喪、祭習俗則是生活中人們在面對死亡所約定俗成的禮制，繁複的儀節並強調「哭哀」的習俗，不僅可以讓死者安心地離去；同時，這樣的儀式對生者而言，也寓涵了「孝親」及「慎終追遠」的教化功能，並可因此疏解親友哀慟的情緒，進而達成撫慰的作用，促使活著的人仍能堅強地延續種族命脈與個人子嗣。

〔註 30〕鄭鵬雲、曾逢辰編著，《新竹縣志初稿‧閩粵俗》，頁 183～184，《臺灣文獻叢刊》第 61 種，台灣銀行經濟研究室編印，1959。

〔註 31〕北京新浪網，〈莫文蔚婚禮遵循廣東上頭儀式 12 月香港補喜宴〉，2011.10.01.及 Yes 娛樂新聞中心，〈After Party 莫文蔚與老公大玩角色互換〉，2011.10.03.

　　面對死亡，這種強調孝親「慎終」的喪葬習俗，進而強化對先祖敬畏的「追遠」思想，原本即是中華傳統文化的軸心所在，先民極為看重。《禮記·郊特牲》〔註32〕所謂「萬物本乎天，人本乎祖，此所以配上帝也。郊之祭也，大報本反始也。」這種以祖考配祀上天的思想，除了闡述先民對上天的敬畏之外，也強調對祖先的尊崇，畢竟，沒有祖先的篳路藍縷，又何來後代子嗣的存續？因此，喪、祭習俗雖也有前後承續之關聯，然而，早在商、周時期，先民便已將喪、祭習俗畫分細密，並使喪葬習俗歸於「凶禮」，而將祭祀遠祖的制度畫分為「吉禮」，其地位僅在祭祀天地之下，都可見先民對喪葬、祭祖儀式之看重。

　　至於其間重要的儀式和過程，據《朱子家禮》所載，其大要依序為：初終、治棺、立喪主、設奠、小斂、大斂、服喪、治葬、虞祭、奉新主入祠堂置于座、小祥、大祥、禫祭等。且數千年來，自《禮記》以至於歷代史籍禮志、禮書，甚或是《台灣文獻叢刊》等，先民基於對祖先的敬畏之情，其儀式及內容幾乎仍是大同小異，不敢任意有所增損。尤其是小祥、大祥、禫祭等儀式，歷代頗見其沿革，相關的文字記述和禮俗也極為豐富，並得以窺見喪、祭儀式中思想之堂奧。

　　即以《禮記·間傳》〔註33〕為例，載及父母之喪，孝子哀慟，發之於飲食和居處者，即是「父母之喪，既虞卒哭，疏食水飲，不食菜果。期而小祥，食菜果；又期而大祥，有醯醬。中月而禫，禫而飲醴酒。始飲酒者，先飲醴酒，始食肉者，先食乾肉。」又稱「父母之喪，既虞卒哭，柱楣翦屏，苄翦不納。期而小祥，居堊室，寢有席。又期而大祥，居復寢，中月而禫，禫而牀。」都可見在喪、祭習俗中，先民所強調的「慎終」與「追遠」，典籍中早已規範，而其形式則是於親人死後滿週年行「小祥」，及於第三年「大祥」後始能除服；同時，居喪期間，孝子的飲食、居處也仍須簡約節制，不敢宴享、逸樂，以示哀戚，這才是合乎禮的行為。

　　類似的思想和言行，也可見於《禮記·雜記下》〔註34〕所載「父母之喪，將祭。而昆弟死，既殯而祭。如同宮，則雖臣妾，葬而后祭。祭主人之升降散

〔註32〕十三經注疏《禮記》，卷26，頁7。

〔註33〕十三經注疏《禮記》，卷57，頁10。

〔註34〕十三經注疏《禮記》，卷42，頁4。

等，執事者亦散等，雖虞附亦然。自諸侯達諸士，小祥之祭，主人之酢也，嚌之，眾賓兄弟，則皆啐之。大祥，主人啐之，眾賓兄弟，皆飲之可也。凡侍祭喪者，告賓祭薦而不食。」都明確指出家中若同時遭遇喪、祭之事，則待殯而後祭，且喪祭時飲酒也有一定的節制和祭儀。

這樣的習俗流傳，是以《新唐書・禮樂志・凶禮》〔註35〕言及五服之制，稱「十三月小祥，二十五月大祥，二十七月禫祭。」載及諸臣之喪〔註36〕，則是「虞。主用桑，長尺，方四寸，孔徑九分，烏漆匱，置於靈座，在寢室內戶西，東向，素几在右。設洗於西階西南，瓦甒二、設於北牖下，醴、酒在東。喪者既沐，升靈所。主人及諸子倚杖於戶外，入哭于位如初。饌入，如殷奠，升自東階。主人盥手洗爵，酌醴，西面跪奠，哭止。祝跪讀祝，主人哭拜，內外應拜者皆哭拜。乃出，杖降西階，還次。間日再虞，後日三虞，禮如初。小祥。毀廬為堊室，設蒲席。堊室者除之，席地。主人及諸子沐浴櫛翦，去首絰，練冠，妻妾女子去腰絰。主用栗，祭如虞禮。大祥之祭如小祥。間月而禫，釋祥服，而禫祭如大祥。既祥而還外寢。妻妾女子還於寢。食有醢、醬，既禫而飲醴酒，食乾肉。」細密的形式和內涵，與《禮記・間傳》所載，可以說完全吻合。

是以《明史・禮志・凶禮三》〔註37〕載及品官喪禮，開宗明義即言「品官喪禮載在《集禮》、《會典》者，本之《儀禮・士喪》，稽諸《唐典》，又參以朱子《家禮》之編，通行共曉。茲舉大要，其儀節不具錄。」又稱「三虞後，遇剛日卒哭。明日祔家廟。期而小祥。喪至此凡十三月，不計閏。古卜日祭，今止用初忌，喪主乃易練服。再期而大祥。喪至此凡二十五月，亦止用第二忌日祭。陳禫服，告遷於祠堂。改題神主，遞遷而西，奉神主入於祠堂。徹靈座，奉遷主埋於墓側。大祥後，間一月而禫。喪至此計二十有七月。卜日，喪主禫服詣祠堂，祇薦禫事。」從這些史籍文字所載，都可見喪、祭之源流，以及《家禮》的重要性。

〔註35〕宋・歐陽修、宋祁撰，《新唐書・禮樂志・凶禮》，卷 20，頁 443，台北：鼎文書局，1976。

〔註36〕《新唐書・禮樂志・凶禮》，卷 20，頁 454。

〔註37〕清・張廷玉撰，《明史・禮志・凶禮三》，卷 60，頁 1490～1491，台北：鼎文書局，1975。

另外，《清史稿・禮十二・凶禮二》〔註38〕言及品官喪禮，則有「百日卒哭，次日祔家廟。期年小祥，再期大祥，遷主入廟。祝讀告辭，主人俛伏五拜。訖，改題神主，詣廟設東室，奉祧主藏夾室。迺徹靈座。後一月禫。喪至此計二十有七月。喪主詣廟祇薦禫事。」從這些記載詳盡的文字來看，直到清朝，人們也仍然謹守著小祥、大祥以及二十七月禫的習俗，並於居喪期間不宴會、作樂，不娶妻、納妾，門戶不換舊符，都可見喪、祭禮俗的傳承，並成為人們生活中遵循的制度。

至於《臺灣縣志》〔註39〕載及臺灣的喪、祭習俗，則稱「夫禮有吉，必有凶。父母終，散髮跣而哭；置床，遷尸梳洗，斂以新服，扶坐堂中哭祭，曰辭生。蓋謂音容永隔，後此不可復睹也。親朋畢至慰問，曰問喪；問其喪事俱備也。具訃柬聞於親友，擇吉成服，朝夕奠哭無時；三旬，女婿致祭；親友祭，不拘時。除靈之後，分胙謝弔。期年後數月，隨擇吉日，為大祥之祭；實未及大祥之期也。三年之內，遇朔望，朝夕哭；除服乃止。」這是台灣喪、祭習俗的本質，名稱和《家禮》、《禮記》所載雖略有小異，然而，儀式、內容與上述禮書所言實不分軒輊。

另外，《新竹縣志初稿》〔註40〕載及閩粵風俗，也稱「期年致祭，曰『小祥』；至三年服闋，移木主於龕（即祀祖先之龕），曰『合爐』。自此以後，遇壽終之日（曰『忌辰』）以及四季、年節，皆設饌致祭；取『慎終追遠』之意也。」則是可知在死者喪葬周年行「小祥」致祭後，於第三年則有「大祥」之祭，這也就是閩粵地區所稱的「合爐」之舉，意謂將木主合祀於祖先龕位，取其慎終追遠之旨，這樣的習俗並完全是古禮的傳承和延續。

6. 結　論

臺灣是華人世界中，保存中華文化最豐富也最完整的地區。這樣的文化內涵並不只是因為臺灣的故宮博物院傳承有豐富的歷史文物而已；而是生活

〔註38〕國史館編著，《清史稿校註・禮十二・凶禮二》，卷100，頁2870，台北：國史館，1986。

〔註39〕陳文達著，《臺灣縣志・輿地志一・風俗》，頁55，《臺灣文獻叢刊》第103種，台灣銀行經濟研究室編印，1961。

〔註40〕鄭鵬雲、曾逢辰編著，《新竹縣志初稿・卷五・風俗・閩粵俗》，頁186。

中的一切，無論是精神、制度與物質各個層面，都是前人思想及文明的延續，而這些內涵正是「文化」的基本要素與特質，並也是臺灣人文最為驕傲與特殊之處。

尤其重要地是，臺灣雖獨處於海角一隅，然而，在歷經滿清政府的統治之餘，卻仍能恪遵前賢，謹記朱子思想與《家禮》；其後又在蔣介石政府的領導下，積極成立「中華文化復興運動推行委員會」（1967），推動「九年國民義務教育」（1968），頒布「國民生活須知」（1968）等措施，務必以倫理道德為淑世之根本，四維八德為生活哲學之基礎，進而使中華文化能夠在臺灣現代化的生活中，益形滋長茁壯。因此，即使是社會結構迭經變遷，風氣轉移，然而，臺灣文化的精神與內涵卻始終不移，並在保留固有傳統文化之餘而又能與時推進。

當然，更令人稱道地是，這許多既有禮俗與道統仍可在台灣現代化的生活中力行不輟，並任人親炙，這固然是朱熹閩學思想與《家禮》潛移默化的作用所致，然而，臺灣人民對禮俗文化心存敬重之意，不敢任意毀損、逾越，才是「古禮」留存真正的原因，這是台灣文化獨到之處，也是中華文化最能引人入勝的地方。這種強調「實踐」並力行「格、致、誠、正、修、齊、治、平」的美學思想，以及主張內外兼修的人生態度和實踐哲學，原本即是中華道統重要的特質之一，吾人不僅當深入研究，更應予以闡發。

今日，當許多華語教學工作者面對來自世界各地不同文化和種族的學習者，經常感嘆文化的內涵最難傳授，思索文化的精神又當如何體悟？然而，在臺灣，生活中隨手可得的物質文明、禮俗制度與精神象徵，這些博雅精深的文化內涵，不僅深具傳統，並是豐富的素材與印證，這些都是華語文教學最不可或缺的利器，實應予以珍惜並努力發揚光大才是。

（原文發表於「第三屆兩岸華文教師論壇」，廈門華僑大學、世界華語文教育學會 2013.08）

參考文獻

1. 宋・朱熹，《朱子大全》，《四部備要》明胡氏刻本，台灣：中華書局，1966。
2. 朱熹，《家禮》四卷本，清初「崇經堂」刊本，故伊能嘉矩氏蒐集，線裝・微卷。

3. 朱熹,《家禮》五卷本,(南宋淳祐年間)宋鈔配刻本,濟南市:山東友誼書社出版,1992。

4. 朱熹,《家禮》十卷本,元刻版本,即《纂圖集註文公家禮》。

5. 朱熹,《家禮》七卷本,明刻版本,即《文公先生家禮》。

6. 十三經注疏《禮記》,臺北:藝文印書館,1993。

7. 韓愈,〈答李翊書〉,《唐宋八大家文鈔》,《百部叢書集成》,臺北:藝文印書館,1965。

8. 宋·歐陽修、宋祁撰,《新唐書》,台北:鼎文書局,1976。

9. 清·張廷玉撰,《明史》,台北:鼎文書局,1975。

10. 國史館編著,《清史稿校註》,台北:國史館,1986。

11. 清·藍鼎元,《平臺紀略》,《台灣文獻叢刊》第 14 種,台灣銀行經濟研究室編印,1957。

12. 鄭鵬雲、曾逢辰編著,《新竹縣志初稿》,《臺灣文獻叢刊》第 61 種,台灣銀行經濟研究室編印,1959。

13. 柯培元,《噶瑪蘭志略》,《臺灣文獻叢刊》第 92 種,台灣銀行經濟研究室編印,1961。

14. 周凱,《廈門志·卷二·分域略·書院》,《台灣文獻叢刊》第 95 種,台灣銀行經濟研究室編印,1961。

15. 陳文達著,《臺灣縣志》,《臺灣文獻叢刊》第 103 種,台灣銀行經濟研究室編印,1961。

16. 范咸,《重修台灣府志》,《台灣文獻叢刊》第 105 種,台灣銀行經濟研究室編印,1957。

17. 余文儀,《續修台灣府志》,《台灣文獻叢刊》第 121 種,台灣銀行經濟研究室編印,1957。

18. 連橫,《台灣通史》,《台灣文獻叢刊》第 128 種,台灣銀行經濟研究室編印,1962。

19. 明·黃道周,《黃漳浦文選》,《台灣文獻叢刊》第 137 種,台灣銀行經濟研究室編印,1966。

20. 王瑛曾,《重修鳳山縣志》,《台灣文獻叢刊》第 146 種,台灣銀行經濟研究室編印,1957。

21. 沈茂蔭,《苗栗縣志》,《台灣文獻叢刊》第 159 種,台灣銀行經濟研究室編印,1957。

22. 陳淑均,《噶瑪蘭廳志》,《台灣文獻叢刊》第 160 種,台灣銀行經濟研究室編印,1957。

23. 陳培桂,《淡水廳志》,《台灣文獻叢刊》第 172 種,台灣銀行經濟研究室編印,1957。

24. 諸家,《碑傳選集》,《台灣文獻叢刊》第 220 種,台灣銀行經濟研究室編印,1966。

25. 清·黃景福，《清代琉球紀錄集輯》，《台灣文獻叢刊》第 292 種，台灣銀行經濟研究室編印，1971。

26. 清·潘相，《清代琉球紀錄續輯》，《台灣文獻叢刊》第 299 種，台灣銀行經濟研究室編印，1957。

27. 徐福全，《台灣民間傳統喪葬儀節研究》，自印，1999。

28. 鈴木虎雄，《書道全集·第十一卷·宋Ⅱ·南宋的文人學者及其書法》，台北：大陸書局，1989，頁 9～13。

29. 俞美霞，〈古文運動中書法的傳統與創新〉，《2007 開 FUN──傳統·現代國際書法學術研討會論文集》，頁 49～60，台北市立美術館、華梵大學美術系、中華漢光書道學會，2007.5。

30. 北京新浪網，〈莫文蔚婚禮遵循廣東上頭儀式 12 月香港補喜宴〉，2011.10.01.

31. Yes 娛樂新聞中心，〈After Party 莫文蔚與老公大玩角色互換〉，2011.10.03.